泉州文庫

饒宗頤題

（明）傅夏器 著
閻海文 點校

傅錦泉先生文集

泉州文庫整理出版委員會
商務印書館

前　言

　　泉州建制一千三百多年，爲中國歷史文化名城和古代海外交通的重要港口。"比屋弦誦，人文爲閩最"，素稱海濱鄒魯、文獻之邦。代有經邦緯國、出類拔萃之才，歐陽詹、曾公亮、蘇頌、蔡清、王慎中、俞大猷、李贄、鄭成功、李光地等一大批傑出人物留下了大量具有歷史、文學、藝術、哲學、軍事、經濟價值的文化遺產。據不完全統計，見載於史籍的著作家有一千四百二十六人，著作多達三千七百三十九種，其中唐五代二十九人三十二種，宋代二百人三百九十一種，元代二十一人四十種，明代五百三十六人一千五百八十五種，清代六百四十人一千六百九十一種；收入《四庫全書》一百一十五家一百六十四種，《四庫全書存目叢書》五十六家七十四種，《續修四庫全書》十四家十七種。二〇〇八年國務院頒布第一批國家珍貴古籍名錄，屬泉人著述、出版者十三種。

　　遺憾的是，雖然泉州典籍贍富，每一時代都有一批重要著作相繼問世，但歷經歲月淘汰、劫難摧殘，加上庋藏環境不良，遺存至今十無二三，多成珍籍孤本。這些文化遺產，是歷史的見證，是泉州人民同時也是中華民族的寶貴文化財富，亟待搶救保護，古爲今用。

　　對泉州地方文獻的搜集與整理，最早有南宋嘉定年間的《清源文集》十卷，明萬曆二十五年《清源文獻》十八卷繼出，入清則有《清源文獻纂續合編》三十六卷問世。這些文獻彙編，或已佚失，或存本極少。二十世紀四十年代，泉州成立"晋江文獻整理委員會"，準備整理出版歷代泉人著作，因經費短缺未果。八十年代，地方文史界發起研究"泉州學"，再次計劃編輯地方文獻叢書，可惜後來也因爲各種條件的限制，其事遂寢。但是這兩次努力，爲地方文獻叢書的整理出版做了準備，留下了珍貴的文獻資料和書目彙編。

　　二〇〇五年三月，中共泉州市委、泉州市政府決定將地方文獻叢書出版工作列爲國民經濟和社會發展第十一個五年規劃的一項文化工程。翌年,正式成立"泉州地方典籍《泉州文庫》整理出版委員會",着手對分散庋藏於全國各大圖書館及民間的古籍進行調查搜集,整理出《泉州文庫備考書目》二百六十七家六百一十四種,以後又陸續檢索出遺漏書目近百家一百八十餘種。經過省內外專家學者多次論證,最後篩選出一百五十部二百五十餘種著作,組成一套有一定規模、自成體系、比較完整,可以概括泉人著作風貌、反映泉州千餘年文化發展脉絡的地方文獻叢書,取名《泉州文庫》,二〇一一年起陸續出版發行。

　　整理出版《泉州文庫》的宗旨是:遵循國家的文化方針政策,保護和利用珍貴文獻典籍,以期繼承發揚中華民族優秀文化傳統,增進民族團結,維護國家統一,提高民族自信心和凝聚力,加強社會主義核心價值體系建設,增強文化軟實力,爲泉州的物質文明和精神文明建設服務。

　　《泉州文庫》始唐迄清,原著點校,收錄標準着眼於學術性、科學性、文學性、地域性、原創性、權威性,具有全國重要影響和著名歷史人物的代表作優先。所錄著作涵蓋泉州各縣(市、區),包括金門縣及歷史上泉州府屬同安縣,曾在泉州任職、寄寓、活動過的非泉籍人氏的作品,則取其內容與泉州密切相關的專門著作。文庫採用繁體字橫排印刷,內容涉及政治、經濟、歷史、地理、哲學、宗教、軍事、語言文字、文化教育、文學藝術、科學技術等領域,其中不乏孤稀珍罕舊槧秘笈,堪稱温陵文獻之幟志。

　　值此《泉州文庫》出版之際,謹向各支持單位、個人和參加點校的專家學者表示誠摯的感謝!由於涉及的學科和內容至爲廣泛,工作底本每有蛀蝕脱漏,加之書成衆手,雖經反復校勘,但限於水平,不足或錯誤之處還是難免,敬請讀者批評指教。

泉州地方典籍《泉州文庫》整理出版委員會
二〇一一年三月

整理凡例

一、《泉州文庫》（以下簡稱"文庫"）收錄對象爲有關泉州的專門著作和泉州籍人士（包括長期寓居泉州的著名人物）著作，地域範圍爲泉州一府七縣，即晉江（包括現在的晉江市、石獅市、鯉城區、豐澤區、洛江區）、南安、惠安（包括泉港區）、同安（包括金門縣）、安溪、永春、德化。成書下限爲一九四九年九月以前（個別選題酌情下延）。選題內容以文學藝術、歷史、地理、哲學、政治、軍事、科技、語言教育等文化典籍爲主，以發掘珍本、孤本爲重點，有全國性影響、學術價值高、富有原創性著作優先，兼及零散資料匯總。

二、每種著作盡量收集不同版本進行比較，選擇其中年代較早、內容完整、校刻最精的版本爲工作底本，并與有關史籍、筆記、文集、叢書參校，文字擇善而從。

三、尊重原著，作者原有注釋與説明文字概予保留。後來增加者，則視其價值取捨。

四、凡底本訛誤衍漏，增字以[　]表示，正字以(　)表示，難辨或無法補正的缺脱文字以□表示，明顯錯字徑直改正，均不作校記。

五、凡底本與其他版本文字差異，各有所長，取捨兩難，或原文脱訛嚴重致點讀困難，或史實明顯錯誤者，正文仍從底本，而於篇末校勘記中説明。

六、凡人名、地名、官名脱誤者，均予改正，訛誤而又查不到出處之人名、地名、官名及少數民族部落名同異譯者，依原文不予改動。

七、少數民族名稱凡帶有侮辱性的字樣，除舊史中習見的泛稱以外，均加引號以示區別，并於校記中説明。

八、標點符號執行一九九六年實施的國家《標點符號用法》。文庫點校循新版二十四史及《清史稿》例，一般不使用破折號和省略號。

九、原文不分段者，按文意自然分段。

十、凡異體字、俗體字、通假字，如非人名、地名，改動又無關文旨者，一般改爲通用字；異體字已經約定俗成、容易辨認者不改。個別著作爲保持原本文字語言風貌，其通假字則不校改。

十一、避諱字、缺筆字盡量改正。早期因避諱所產生的詞彙成爲習慣者不改正。

十二、古籍行文中涉及國家、朝廷、皇帝、上司、宗族等所用抬頭格式均予取消。

十三、文庫一般一册收錄一種著作，篇幅小的著作由兩種或若干種組成一册，篇幅大的著作則分成兩册或若干册。

十四、文庫採用橫排、繁體字印刷出版。每册前置前言、凡例。每種著作仿《四庫全書》提要之例，由編者撰寫《校點後記》，簡略介紹作者生平、著作內容及評價、版本情況，說明其他需要說明的問題。

泉州地方典籍《泉州文庫》整理出版委員會辦公室

二〇〇七年二月五日

傅錦泉文集序①

吳偉業

温陵傅錦泉先生，遭有明全盛，於嘉靖二十九年舉禮部第一。廷對抗直，指切權要，分宜相覽而惡之。尋遣人招致出門下，拒不可，以此不得入史館，除儀制司主事，轉光禄丞，改吏部稽勳郎。與其長議不合，拂衣歸，築室巖山之側，灌園著書。年八十有六而卒。

先生於《易》爲專家。自辛卯登賢書，庚戌始第進士，沉酣於六藝百家之言者二十年。制科之文，盛爲海内所傳誦。平生所作序、記、碑、銘若干卷，古風、近體諸詩若干首。先生殁後四載，同郡鏡山何公序而行之。傅氏温陵大族，子孫相繼仕宦以十數。今松江通守石漪君，其從孫也。自先生通籍之年數之，甲子一再周矣。家藏遺集往往散軼弗全，通守之尊人搜羅放失，刻之閩中。通守又刻之吳下，而屬偉業序簡端。偉業讀而嘆曰："先生之學，殆用晦者也。"

自其初治制舉義根據經術，不肯纖靡以投時好。累罷春官，垂老始遇，即以樸直失權貴人指。等輩皆顯任，而先生浮沉自如，進不爲利，退不爲名，終身寥落，而未嘗有一言不平，以自誷復用，雖其垂世不朽之文，亦既窮年矻矻，深沉有得矣。同時以古文擅聲譽、主壇墠者，爲其鄉人，先生落落其間，不欲有所標榜也。吾聞之，古君子之善《易》者，識進退得喪之道，藏器斂德，遯世不見知而不悔，若先生者，其庶幾乎？

余論次前朝，當肅皇在御，凡先後首南宫者十有五人，僅袁文榮、王文肅兩公至宰相，次有尚書華亭陸文定、侍郎海虞瞿文懿，巡撫則毗陵唐應德、平涼趙景仁，太僕則樂安李懋欽，此七公者最著。應德以古文名其家，饒經世大略，後追謚襄文，無論度越趙、李，自相國以下莫及也。文定、文懿用上第爲天子之近臣，景仁亦由庶常出補，惟唐、李初授部主事，視傅先生差相類，先生與李終不得在禁林。應德、景仁從諸曹郎召入爲宮僚,忤永嘉意,因請朝東宮,偕吉水羅達夫三人者同罷。達夫終其身不出,唐、趙後由知兵用,而唐遂勤其事,以身殉。肅皇好以操切任柄臣,永嘉、貴溪、分宜三相,輒假喜怒以排擯天下之賢士,如達夫諸公是也。獨應德晚年超授,人謂其爲分宜所知。嗟乎!彼苟貪富貴,何不少年循資拱默,以取公卿,廼末路艱難沒身王事,論者猶謂紆意時宰,從而訾警之,過矣。雖然,襄文之學,於地理扼塞、兵機成敗,無所不通,雅自負經濟,謂有用於世,世遂得而羈縻之。若傅先生者,其才固不足以及襄文,今就斯集讀之,皆歸於道德,以躬行爲本,視世事粥粥然,不欲顯短長之效。即其齟齬分宜者,非徵諸家乘、後人之所稱述,則亦無所表白,此其用意深矣。士君子當出處之間,潛鱗戢翼,圖之不夤,讀公集者,未嘗不喟焉三嘆也。

　　何鏡山之序公也,曰:"公灌園巖野,離支、龍目、來禽、青李,皆身植而手蒔之。"曰:"與兄弟四五人追隨游賞。世既棄公,公亦果於去世,竟以終其天年。"嗚呼!何公此言,所以見太平全盛,士君子隱居讀書談道之樂,而未免悵然於公之不遇也。由今觀之,如先生者,何可得哉?何可得哉?

【校記】

　　① 原底本未見著錄,今從清吳偉業《梅村家藏稿》卷二十八《文集六·序》(《四部叢刊》影印清宣統武進董氏本)中增補。

重刻傅錦泉先生集序①

周茂源

　　嘉靖中，温陵有王遵巖、傅錦泉兩先生，爲藝林龍象。遵巖古文，曲折變化，如《魚復陣圖》之莫測其端。而錦泉先生，以南宫第一人，制義衣被海内，尤與毘陵、海虞齊名。然先生數上公車，沈思味道於雲壑間者有年，晚而始遇。彼時分宜陽慕高才駿譽之彦，俾出其門，所不能招至者，爲鹿門子與錦泉先生。二公因躓於仕宦，僅各至吏部郎，席不煖而見斥。論者争惜二公具卿輔之材，不竟其用，迄今猶恨恨於柄臣。

　　予則以柄臣之憝二公者，正所以不朽二公，而亦二公之自愛其鼎，得爲千載之完人也。且如能賦李青蓮之詩，而更無潯陽之累；能爲柳子厚之文，而更無八關之嫌，豈不令讀之者，擊節加敬！顧天之所爲眷愛夫文人碩行者，亦自與春華朝艷之輩，福報有殊。

　　按鹿門先生年譜，享年九十，而錦泉先生壽亦八十有六。名德重乎五嶽，文章炳乎三辰，壽命登乎期髦。嗇於彼而豐於此，人又何苦役役於斯須之膴仕也哉？

　　會錦泉先生從孫出其家集，命予及一二同志參伍而考訂之，重授之梓，以益廣其傳。予見其古文，則皆根柢六經，靡不軌於大道，竊以爲有曾子固之風。然子固有不作詩之憾，而先生之詩學，又復温而且栗，足爲後學津梁，豈不視曩賢較勝也？

【校記】

　①　原底本未見著録，今從清周茂源《鶴静堂集》卷十六《序》（清康熙天馬山房刻本，收入《四庫全書存目叢書》集部第二百十九册）中增補。

目　錄

傅錦泉文集序 ……………………………………… 吳偉業　1
重刻傅錦泉先生集序 ……………………………… 周茂源　3

傅錦泉先生文集卷一 ………………………………………… 1
　序 …………………………………………………………… 1
　　贈座師章陽華擢南太僕少卿序 ………………………… 1
　　贈薛南塘授南刑部主政序 ……………………………… 2
　　贈昌鳳岡寧波府節推序 ………………………………… 3
　　贈袁莪溪泉州府節推序 ………………………………… 4
　　贈譚少石令魏縣序 ……………………………………… 5
　　贈徐寒泉令臨川序 ……………………………………… 5
　　贈毛野直令鄱陽序 ……………………………………… 6
　　贈趙晴原令上杭序 ……………………………………… 7
　　贈錢鶴州令江陰序 ……………………………………… 8
　　贈同年丁樂亭君令内黃序 ……………………………… 9
　　贈李少峯南戶部主政序 ………………………………… 10
　　贈劉鶴洲令翼城序 ……………………………………… 11
　　贈顔雙塘令海陽序 ……………………………………… 11
　　贈林鶴山令餘干序 ……………………………………… 12
　　贈王新泉令秀水序 ……………………………………… 13
　　贈鄭越渠令婺源序 ……………………………………… 14

贈王龍池守鄧州序 ·················· 15

　　贈朱肖若授南工部主政序 ············ 16

　　贈張養齋吉安節推序 ················ 16

　　贈錢復軒令晉江序 ·················· 17

　　贈方篆石令順德序 ·················· 18

　　贈黃六橋令宣城序 ·················· 19

　　贈周屏山節推保定序 ················ 20

　　贈朱肖簡尹清江縣序 ················ 20

　　贈郭抑菴令太平序 ·················· 21

　　贈省文林雙臺憲副督學湖廣序 ········ 22

　　贈張清江令文昌序 ·················· 23

　　贈張星湖歸任遂溪序 ················ 24

　　贈徐鴈洲授瓊州府節推序 ············ 25

　　贈謝景山令四會序 ·················· 25

　　贈孫宜山受旌并擢達州知州序 ········ 26

　　贈唐次梁擢江西上猶縣序 ············ 27

傅錦泉先生文集卷二 ···················· 28

序 ································ 28

　　贈黃歐山知撫州府序 ················ 28

　　贈黃小竹擢南太常寺少卿序 ·········· 29

　　贈林象川僉憲江西序 ················ 29

　　贈史觀吾謫判泰州序 ················ 30

　　贈王育泉擢江西屯田僉事序 ·········· 31

　　贈猶子際熙掌教從化序 ·············· 32

　　贈黃瑞峯司訓興化縣序 ·············· 32

　　贈王學溪之廣西太平州序 ············ 33

贈林子太學歸省序	34
葉南溪山陰司訓序	35
潘知軒從事南通政司序	36
蘇子順德丞序	37
贈泉郡經歷周中谷序	37
黃阜溪司訓績溪序	38
黃梧浦司訓增城序	39
王西梧司教海豐序	39
贈猶子君任歸善司訓序	40
陳弗齋清豐丞序	41
贈尤子魚臺丞序	42
王子會霖泉府照磨序	43
曾子館陶典史序	43
石崑峯永豐倉使序	44
李子永定驛宰序	45
辜春崖嘉善典史序	45
漳南道王塘南任滿保留序	46
邑侯涂桂泉旌獎序	47
贈涂侯桂泉入覲序	48
巡撫趙寧宇擢總薊州序	49
惠郡守李九嶷旌獎序	50
南安學諭陳薑臺旌獎序	51
晉江侯梁元沙兩臺交薦序	52
揮使歐陽新田守銅山序	53
唐子喬楨襲泉州衛揮使序	54
晉江邑侯譚敬所啓榮取序	55

傅錦泉先生文集卷三 57
序 57
贈卓肖麟尹新昌兼歸省序 57
壽張崌崍大母太夫人劉氏序 58
壽年伯曹鵝川六十序 58
壽年伯衛介菴暨孺人李氏序 59
壽年伯李角山序 60
年伯苟回山暨孺人雙壽序 61
壽年伯王隱軒八十五序 62
壽年伯田蓮溪序 62
壽王晉齋祖母太夫人葉氏序 63
壽南海盧四園序 64
壽南海盧四園序又 65
壽郡守熊北潭序 66
壽涂太夫人陳氏序 67
壽丘恭人黃氏六十序 68
壽涂侯桂泉太夫人陳氏七十序 69
壽王太夫人李氏序 69
壽焦二尹太夫人迮氏序 70
壽封中舍薛泳涯六十八序 71
壽泉通府陳赤沙序 72
壽漳郡守羅南泉序 73
壽二尹方東谷夢陽序 73
壽區練塘七十五序 74
壽歐陽太淑人洪氏七十序 75
壽洪英涯八十序 76

壽鳳山五叔父八十序 ··· 77
　　壽蔡纓泉七十一序 ··· 78
　　壽豫章李見羅先生序 ··· 79
　　楊貞婦旌獎序 ··· 80
　　郭白峯奏議遺藁序 ··· 81
　　張文僖公詩卷序 ··· 82
　　揮使童新泉哀榮錄序 ··· 82
　　宜水餘波集序 ··· 83
　　鄭海亭文集序 ··· 84
　　中丞陳幼溪子婦林烈女册葉序 ··· 85
　　安溪縣重脩文廟序并歌 ··· 86
　　清溪林氏族譜序 ··· 87
　　郡侯汪雲陽荒政歌頌集序 ··· 88
　　傅氏族譜序 ··· 89
　　江右舒梓溪芬先生傳序 ··· 90

傅錦泉先生文集卷四 ··· 92
　碑記 ··· 92
　　吉安府通判楓山楊公墓碑 ··· 92
　　漳州府同知北門許公生祠碑 ··· 93
　　晉江大尹復軒錢公安民碑 ··· 94
　　南安縣重脩儒學記 ··· 95
　　南安重脩城隍廟記 ··· 96
　　仙遊羅峯傅氏祠堂記并詩 ··· 97
　　福清縣儒學新創學田記并詩 ··· 98
　　重脩大盈橋記 ··· 99
　　海澄縣尹王公生祠記 ·· 100

5

見龍亭記 …………………………………………………………… 101

　　天心洞記 …………………………………………………………… 102

　　蓮花石巖室記 ……………………………………………………… 103

　　脩南安萬石陂水利記 ……………………………………………… 104

傳 ……………………………………………………………………… 105

　　山東僉憲石坡趙公傳 ……………………………………………… 105

字說 …………………………………………………………………… 107

　　綸卿字說 …………………………………………………………… 107

　　習甫字說 …………………………………………………………… 108

墓誌銘 ………………………………………………………………… 109

　　贈刑部主事史商涯暨安人包氏墓誌銘 …………………………… 109

　　處士郭梅峯墓誌銘 ………………………………………………… 110

　　處士黃南湖墓誌銘 ………………………………………………… 111

　　湖廣參議黃鰲妻宜人吳氏墓誌銘 ………………………………… 112

　　天台縣尹洪方山墓誌銘 …………………………………………… 113

　　簡州守呂疊石墓誌銘 ……………………………………………… 114

　　工部營繕司郎中王九峯墓誌銘 …………………………………… 115

　　湖廣羅田縣蕭太孺人胡氏墓誌銘 ………………………………… 116

　　浙江僉憲莊方塘墓誌銘 …………………………………………… 118

　　南陵（寧）府知府陳滄江墓誌 …………………………………… 120

　　知南陵縣晦吾暨孺人王氏墓誌銘 ………………………………… 122

　　揮使唐泮濱暨恭人林氏墓誌銘 …………………………………… 123

　　安溪林新溪暨孺人李氏墓誌銘 …………………………………… 124

　　仲弟廷璉暨弟婦黃氏墓誌銘 ……………………………………… 125

祭文 …………………………………………………………………… 127

　　祭大宗伯歐陽南野公文 …………………………………………… 127

祭况年伯文 …… 128
祭少保張龍湖文 …… 128
祭同年蔡兼峯文 …… 129
祭衛漁川侍郎文 …… 129
祭新泉童揮使文 …… 130
祭王太夫人李氏文 …… 130
祭李安人葉氏文 …… 130
祭冢宰唐太夫人文 …… 131
祭周太夫人文 …… 131

傅錦泉先生文集卷五 …… 134
五言律詩 …… 134
贈方雙江守松江(原缺) …… 134
贈葉越山之臨桂(原缺) …… 134
贈張惕齋晴江學博 …… 134
送林子之南海黄鼎 …… 134
庚申燕邸候補越年三首 …… 134
元正對客 …… 135
春日懷舊遊 …… 135
春日登樓遠眺三首 …… 135
春遊十五首 …… 135
夏賞十二首 …… 137
詠荔 …… 138
秋興十二首 …… 138
冬懷二十三首 …… 140
植庭桂 …… 143
茸敝廬 …… 143

七言律詩 …… 143
- 春日望春宫應制 …… 143
- 興慶池應制 …… 143
- 立春遊苑迎春應制 …… 143
- 香山寺應制 …… 143
- 嵩山石淙應制 …… 144
- 揚州進白兔上聖壽二首 …… 144
- 遊鯉湖仙宮紀跡二首 …… 144
- 壽李石麓椿萱 …… 144
- 遙壽蔡可泉太夫人 …… 144
- 送鄭篁溪督學江西 …… 145
- 送方存吾之柳州永興 …… 145
- 送吳自湖守揚州 …… 145
- 送林少雲僉廣東海北道 …… 145
- 贈同年麻養静令杞縣 …… 145
- 贈林雙臺督學湖廣 …… 145
- 贈溫省吾之徐聞 …… 145
- 贈李後齋之博白 …… 146
- 贈唐小漁給假葬漁石公 …… 146
- 贈通府張谷泉入覲 …… 146
- 贈朱肖簡四川僉憲 …… 146
- 贈蔡梅皋之南都 …… 146
- 况丹湖貴陽提學 …… 146
- 寄江雲石二首 …… 146
- 題張月洲朋紫樓二首 …… 147
- 積雨哀王燦（粲） …… 147

覽仙遊諸宗懷古 …… 147
示諸姪 …… 147
登萬松關 …… 147
直沽阻水 …… 148
楊村阻風 …… 148
月食中秋 …… 148
惜時 …… 148
桃花口水次獲雉二首 …… 148
秋日聞警報新設督撫四首 …… 148
荷花二首 …… 149
贈堪輿師蘇士中 …… 149
感懷 …… 149
過金山 …… 149
送陳仰雲司訓擢九江德化 …… 150
春遊八首 …… 150
夏賞七首 …… 151
秋興七首 …… 152
冬懷十二首 …… 152
北上過閩嶺遙望 …… 154
舟次錢塘懷古 …… 154
小樓夜坐 …… 154

五言絕句 …… 154

早春 …… 154
過山寺 …… 155
春日種樹 …… 155
題菜花圖二首 …… 155

春遊	155
夏賞荷 三首	155
夏夕對月 二首	155
秋興 六首	156
冬懷 十三首	156

七言絕句 157

鐵	157
鏡	157
烟雨 二首	157
新春 三首	158
京邸候補遣興八絕	158
對月	158
東齋即景 三首	159
次蘇東坡梅花十韻	159
秋感 三首	160
己未夏北上過督漕稱病口占 四首	160
觀荷 二首	160
冬詠	160
京邸過舊館慨嘆	161
渡杭口 二首	161
過建溪	161
春遊 七首	161
雨後遣興	162
盛夏 二首	162
丹荔下	162
秋興 六首	162

目　錄

冬懷 …………………………………… 162

渡前洲 ………………………………… 163

冬懷七首 ……………………………… 163

題畫菜 ………………………………… 163

過虎丘弔古二首 ……………………… 163

題墨菊 ………………………………… 164

窮途吟 ………………………………… 164

五言古風 …………………………… 164

春望 …………………………………… 164

春遊 …………………………………… 164

春日邀客飲 …………………………… 164

春日有感 ……………………………… 165

涉園遣興 ……………………………… 165

爲人題五老圖 ………………………… 165

頌晉邑大尹彭秀南國光均田茂績 …… 165

贈喬純所懋敬榮擢江右大參 ………… 166

爲陳藎臺王策君題菜圖 ……………… 166

春雨行 ………………………………… 167

春遊芳草行 …………………………… 167

初夏有感 ……………………………… 167

伴客行 ………………………………… 168

炎暑短歌行 …………………………… 168

苦暑 …………………………………… 168

看賈玉行 ……………………………… 168

見龍行 ………………………………… 168

清秋吟 ………………………………… 169

11

倚樓歌 ……………………………………………… 169
  望泉山 ……………………………………………… 169
  暮宿白葉山莊 …………………………………… 169
  秋樓吟 二首 ……………………………………… 170
  清歌行 ……………………………………………… 170
  寒風歌 ……………………………………………… 170
  巖野行 ……………………………………………… 171
  山僧對話 ………………………………………… 171
  冬夜夢 …………………………………………… 171
  冬圃行 …………………………………………… 171
  贈唐子喬楨掌嘉禾篆 ………………………… 171
  弔支推府子憂去位 …………………………… 172
  壽劉大尹 ………………………………………… 172
  贈尹斗山大尹去思 …………………………… 172
  壽劉二尹 ………………………………………… 172

七言古風 …………………………………………… 173
  過淮安舟次吟 ………………………………… 173
  長安道 …………………………………………… 173
  行路難 …………………………………………… 173
  贈司訓鄭子雲誕長孫 ………………………… 174
  題張星湖遂溪遺愛歌 ………………………… 174
  壽王紫南 ………………………………………… 174
  壽陳志齋太安人莊氏六十 …………………… 174
  壽錦峯兄八十 ………………………………… 175
  爲陳心庭題蔡宜人像 ………………………… 175

長短句 ……………………………………………… 175

		目 錄
題蔡海東孫士瑜塘東水亭	……………………………	175
題青芥圖呈程龍湖_{有守}二守	……………………………	176
錦江行	……………………………	176
登望行	……………………………	176

題叔祖錦泉先生文集後 ……………………… 傅履階 178

校點後記 ………………………………………………… 179

傅錦泉先生文集卷一

序

贈座師章陽華擢南太僕少卿序

　　陽華章老師,以考部大夫,擢南太僕少卿,行之日,諸門生祖道左,屬某序其事。某聞豐山之石,其爲鐘有九焉,懸之窮崖,蹤跡弗至,非考擊所及也。乃至飛霜之晨,鏗然鳴有聲。夫鳴信異矣,而氣符實應天地精肅之氣,布而成秋,凝而爲金。秋氣成而霜降,金氣盛而鐘成,一氣響應。其鳴也,動此通彼,遂以異聞天下。鐘應乎霜,其猶物之一音。若士處世,以知音聯合精神也,寧惟鐘於秋霜。然秋者,收也,物至此美成。先生詩書文質之雅,仁義經綸之具,爲世宗工,海內傾嚮,德業成矣。置之刑而刑平,置之禮而禮秩,置之課衡,黜陟幽明而百工諧,瑩潔精烈,鳴聲震寓內。秋霜之鳴鐘,無過此者。天下士子,和其聲而應之。

　　南宮之掄選也,夏器以哇音荷知拔,先二三子鳴。其廷對也,呂子調陽以第二人及第鳴,諸子二十人又皆當時人譽,各以其所長鳴。聚首燕臺,鍾牙投遇,洗心探止,脩要歸,抵掌而談世務,先生坐而唱之,二十人者從而和之,先生天下之烈也,豈雍容廊署是鳴是和!將磅礴九有,輝騰八絃(紘),勒崇垂鴻,東西南北,馳驅經營,以佐天子,涉五帝之寥廓,登三皇之階衡。秉鈞政府,察其成而擢之。其擢也,以南冏卿。南都卿秩階崇事簡,詎非優養樞執之地哉?先生秋霜之烈鳴聲,胡往不應?即三年不鳴,鳴驚人矣。不知秉鈞者,其將以節鎮鳴先生經略耶?其將以台鼎鳴先生謨猷耶?不知先生之南轅也,二三子其誰與鳴耶?鍾之西應,車之指南,潛氣聯貫,非几席前矣。故士有跬步而越秦,有千里而如面,惟所與輸肝膽者,奚若也？庸詎知先生秋霜鳴籟,二三子之不以竅吹鳴應耶？

陸宣公放榜拔士三十人,名公多入其轂,當時以龍虎榜稱。自今考之,名賢多矣,而不類者,未嘗無也。又不知二三子之以鳴聲應也,其有鳴之善,而爲韓愈、李絳者耶？亡亦有鳴之不善,而爲王涯、皇甫鏄者耶？

先生於二三子,號知音矣,精神感召,惟我昕夕之有搏拊焉,如歌有雅,如絲有匏,其率和聲以相從也,曰庶無鄭、衛乎？今夫子之南也,吾無以爲雅矣,即謂二三子無與鳴焉可也,此某所爲惘惘也。

贈薛南塘授南刑部主政序

古人四十而強始仕。力充之謂強；德充之謂強；知通萬賾,而是非利害,充然無所眩焉之謂強；守立萬仞而繁劇艱大,充然無所撓焉之謂強。人喜耶,動於好；人怒耶,動於惡。人憂耶,動於窘；人懼耶,動於迫。人矜耶,動於盈；人嗇耶,動於歉。人狂耶,動於肆；人蹙耶,動於憚。強則不可動,而好惡、窘迫、盈歉、肆憚之感,如浮雲之過太虛,若無有也。蒞事當官,恝乎遊刃有餘地矣。故《易》於四陽盛長命之曰《大壯》,而子輿子亦曰："我四十不動心。"夫不動而于四十乎待,此古人所以求仕於四十之後也。

薛南塘君同余成庚戌進士,皆當強仕年。然予之強年耳,南塘君氣豪而養粹,學博而志遠。其議論走坂上丸,以東西南北縱橫,而不蕩於法外；其存心欲進於古人而懼未能,力之充而德彌不動,此爲強立時矣。茲當入仕始,天曹以次授留都刑部主政,又及此強時用之也。夫其用也,當其強；其強也,惟所養。君子之強仕焉而用,學焉而養。有以養之,其鋒莫能當；無以養之,其強且憊。試以予□証之。

予嘗終日倦矣,而力若不勝衣焉。又嘗終日奮然,孜孜矻矻矣,則是力若有或生者。何也？養之以倦怠,而力亦倦怠；養之以精勤,而力亦精勤也。故養此有術,淬以恬澹之清波,礪以辛艱之砥石,煅以鼓鑄之洪爐,馳以追犇之鐵駟,人之養力無過此者，以是養德，術可知也。《易》之《壯》曰："君子以非禮弗履。"禮者，理也。一有非禮之邪，斷斷乎不以干於我。即一視一聽一言一動，純然天理，而至大至剛之氣，直養無害者，塞天地，配道義，德乃充然不動矣，其謂之壯乎？其不謂之壯乎？其謂之強乎？其不謂之強乎？

人生而年之爲十者四，如月之方望，日之丁午，過焉易缺。故光被萬物，容光必照，惟此時爲然。及至翳之以雲霧，移之乎昃缺也，其爲晦冥不久。孔子曰："年四十而見惡，其終也已。"

余年四十有二矣，君亦少予一歲，將上達而聖賢乎？惟此四十。將下達而見惡乎？惟此四十。今與君俱侍金馬，試通籍，年則強矣，君其試以養德之説自考驗，而以其暇餘爲予考，無虛此強壯時徒浮沉入仕也，則予大幸。

贈昌鳳岡寧波府節推序

同年昌鳳岡君，授寧波府節推，予爲鳳岡君賀也。君曰："奚賀哉？予釋褐蒞民，而縻兹劇，理讞辟事，且左右惠文君激濁揚清，寄耳目軒輊，察之太盡則歛怨，容之太廣則惠姦。禍福之門，難爲闇，予兹懼焉，未知免日也。"

予曰："圖難思懼，事之集也；能事旄伐，福之黨也，吾知免矣。且君之所謂難者，何哉？將惟讞辟之重輕是難？則四明瀕海之藪，勾引貿易，連際乎日國，富商巨室，權倖於大吏，一扞文罔，不縱不隨，有熙朝之三尺在。將惟惠文之耳目是難，則官吏功罪之實，郡邑任遊之姦，摘鉤距之隱伏，持案牘之平反，鏡別不差，擊斷無諱，公是公非，有三代之直道在。君無謂任事之易，又其無惟畏難之謂，其謂糾諸司以法難，絜上下以正難，而懼夫典刑之不假易也，乃日兢兢矣。不然，夫豈不知臣職之亡避難也。以君二難，吾爲君解以一懼焉。步履之傾蹎，不傷於畏途；缾罍之羸闕，不廢於戒手。何者？知懼之時無縱忽，而倉卒投擊之，無足以爲傷廢也。庖丁解牛，目之所視，未嘗見全牛也。然至於族，則爲之怵然止，爲之踟躕四顧，非爲其難故懼之耶？故遊刃無忤十九年，若新發於硎，然後知其無難也。夫折肱三而爲良醫，傷弓驚餌，乃高飛而深逝，故知阻知懼，多得諸老成更事之後。而君以英妙之年,初試之刃,遂知難而懼也,詎有阻哉?豈惟禍是免,將上下福澤是戩,東甌之民有幸矣。"

贈袁莪溪泉州府節推序

年友袁莪溪君授泉郡節推。維泉介在海隅,去京師八千里而遙,其去藩城,亦無慮三百里。故下民之困仰不得其平者,上不能直之于輦轂,次不能直之于臺省,皆求諸府而直焉。

又其地阻山跨海,姦宄剽盜,出沒濱海。航漁之民,習見擊刺,武勇鷙悍,動以忿悁相刃相靡,殺傷不避誅,其於獄訟為繁。節推司刑,繡衣使者行部,輒以節推隨。凡民間獄訟,皆先以節推訊服,而後上之臺,故節推代兩臺蒞事,其斷獄又為繁。

夫典刑者,民之司命也。君非泉之司命,而泉民之所為生死耶?言刑則律令具矣,豈其所以具哉?

昔者聖人議事以制,不為刑辟。世之偽也滋甚,堤防不能也,乃徵於書,而律令定。若以聖人意注,胡不愨焉?故得其好生之意,即法令具備,而不為苛。不得其意,而惟法是狥,執盈尺之紙,鍛練囹圄中,罪狀某也當某律令,某也當某律例,格式具備,不過費一朝檢閱而足也,如此則一吏可矣。菓菜之饋,集之可以成臟,言笑之微,摘之可以為罪,誠所謂大可論,而小可斬者,而民始無所措手足。

老子曰:"天地不仁,以萬物為芻狗;聖人不仁,以萬民為芻狗。"其言則過。然自用刑者之不得其意也,而民始搖首觸目,輒扞法網,桁楊桎梏相望,聖人之智故亦亡,乃盡天下而芻狗之耶。

世常酷趙禹、張湯。夫見知腹誹之法,自湯作,始深文所詆,得酷名宜矣。禹常據法守正,亦不免焉者,夫不得其意,而惟文法是繩,雖以蕭何之律案劾,民之不聊生者,已過半矣,雖比之湯亦可也。

莪溪君明經高第,其立心常以龔、黃、卓、魯自期抱,豈以申、韓刑名為君過計哉？君董刑法，而于敝邑之萌隸是董，故爲敝邑昌言之也。

贈譚少石令魏縣序

魏於唐爲雄鎮，歷五代常爲國梗，至宋未幾而遂陷于[虜]，此□其極衰之候矣。入我朝爲京師内輔，逼近日月，漸染雨露，使其又駸駸向盛焉。古今地靈盛衰之候相仍，其由天耶？其不盡由之天耶？夫其衰也，不自衰，必有人焉殘之；其盛也，不自盛，必有人焉昌之。當唐氏之年，如田承嗣之徒，竊其雄柄，瓜分子弟腹心，以爲民蟊賊者數百年，民遂不知有生之樂，有君之尊，是其所以乃衰，由人衰矣。今之盛也，詎不由人盛耶？迺予所覩記，未有布脩和之政，希循良之跡，反污濁之民，舉之三代之上者。將予聞見寡陋，魏有其人，而予未概見乎？亡其地運，雖向繁盛，而應運之人猶有待而未易得乎？

余同年譚少石君，以盛年掇巍科，清逸之才，明敏之識，龍泉之鋒，淬之以清波，歛之以越砥，德器深厚，如圭如璧，其試於政，確然可知矣。豈非古之循良，而今所謂應運之人與？余於君爲同年友，又同爲章陽華公門人，其知君也不膚。當今之輔邑，魏爲大。當今之魏郡，視前世之魏爲盛。當今之治魏，視國初之魏爲難。外悍驕黠，内控諸夏，實維腹心。邇者沸脣擾塞垣，力役之征，芻茭之供，百需辦也，百疲羸也。盤錯批抉，折衝袵席，鷥鳳膏澤，詎不難哉！圖難而集其易，撫運而躡其盛，少石君得無奮然發悃愊，使魏民襲見三代之治乎？若惟是，萌黎所以治平是圖，則仲由之治蒲，孔子所稱三善者，其去魏也不遠。遺風所傳，猶或可以私淑，此吾先賢之所畏也，以爲君願，奚如？

贈徐寒泉令臨川序

臨川介江湖之表，地大民稠，冠蓋接踵，天下以劇縣名。同年徐寒泉君令於斯。君天資質直，椎朴未雕，訥乎其言若好閉，粥乎其貌若怯，而耿耿然若有以自憂，憂臨川之治不易也。

予曰：濟天下之事，惟誠與才。誠本之而才用之，誠基之而才合之，此豪傑所以易海內而奏膚功也。若論其大較，誠勝多功，才勝多害。誠勝之人，淵蜎蠖濩之中，恤恤乎垂思儲精，循循乎齊功效。如紅女之於紡織也，縷縷而計之，積縷成筐；寸寸而圖之，積寸成丈，其成也，不易矣。而布帛之用，卒不能廢於天下，何者？誠壹所致，即至難極鈍，亦可以成章。曒曒嶢嶢，不汙則缺，奚績之能成？

試以臨川先輩言之。宋之晏元獻、王荊公，皆天下偉人也。元獻當時號稱儒雅質實，王荊公之才與元獻殊絕，當時以才望歸之，彼亦以才自負，其議論如輕舠乘流水下長江，如駿馬馳熟路，其意氣欲使其君為三代，而己為周公，言治孰有易於荊公者！以今觀之，何如哉？故與其才勝也，無寧誠勝。質直如君，慧巧不如人乎，奚恤？論篤如君，口給不如人乎，奚恤？和易如君，精悍不如人乎，奚恤？

予與君上下魚水讙有日矣，真倪之所流貫，步趨之所瞠矚，將惟君表裏一醇是虞，蔑為君憂矣。乃惟兢兢日不足也，而謀所以植臨川政本，則卮言為君殆有之。凡篤實之人，當達己所長，而去所短。木訥少文者，戒於苟簡；慈惠和愛者，戒於姑息；浩心寬大者，戒於後時。以至內之尊德性、道問學，擇善固執，以脩其身，而新億兆人之汙染，乃真能達己所長，戀養真誠也者，形著動變，將無不感化，而何有於臨川？是予所以為君勗也。

贈毛野直令鄱陽序

同年毛野直君，在京師邸舍，與余為莫逆交，大都篤信古初，鄙薄世態，以聖賢之學為必可師，而世俗之自棄於聖賢，至以為聖賢相詬病者，野直疾之尤深。予曰：無怪。吾屬以為己之心為古人，則何所往而不可；以為人之心為古人，則何所往而可。聖賢之道，至易至簡，易知易從，人愛人敬，無惡無射。今為古人者，或至飾智以驚愚，誇論以惑衆，揭揭乎如借人之珍寶，而衒之於市，如襲人衣冠，以示庸夫孺子，而夸耀之。欺僞勝而篤實衰，辭華侈而忠信薄。聚黨徵會，樹門立戶，群不逞之徒，望風蒸附，妄相標榜，希圖幸進。其漸必至於索隱行怪，率天下爲僞，無怪乎天下之疑且怒，至設爲浮言而肆力以攻也。予屬自反焉爾矣。

未幾，野直君授鄱陽縣令，又論所以爲鄱陽者。予曰：爲治之事，即爲學事也。以爲己之心治人，何所往而不可；以爲人之心治人，又何所往而可。語有之矣，貪夫徇利，烈士徇名。夫役役於名者，其視利之乎役役者，奚甚徑庭哉！徇利之害，亡論已，若乃所謂徇名者，志豈民萌是爲？惟名是徼，以得意於上爲知，以集上之事爲能，勢必峻其刑，苛其徵，急其期會掊克聚歛以成吾所以事上者，其或惡彼所爲，則又螫刻以爲高，鷙擊以爲快。爲下則難爲上，爲上則難爲下。又其浮慕奇異者，取法度而紛更之，以爲聰明。若是者，名爲奉法而法蠹，名爲治民而民擾，此予所謂徇名之害，而願吾子之治，必且以爲己之心爲之也。

鄱陽於江右爲巨邑，自周、陸以來，有志於聖賢道學者不少，時爲世詬病者亦數數有。君素有志古人，至鄱陽，試爲吾以前所稱爲己之學，參驗諸邑先生譚說奚若，以後所稱爲己之治，奉法循理，無愧古人，則幾矣。

贈趙晴原令上杭序

國家隤祉萬方，窮山谷之深，靡不設官置吏，以艾治斯民。其近者，懸帶日月而常照臨之，漸染雨露而常沾沐之，其咻噢爲易。其遠者，日月之所照臨漸以舒，雨露之所沾沐漸以微，故遐方民萌，每以不邇王化而罹菑是懼。

聖天子在上，平不肆險，仁不遐遺，公卿祇承德意，至於窮鄉之長吏，尤慎其選。汀之諸縣，層巒複嶺，是爲閩中奧壤，涼僻之陬，其去京國以南七千里餘。其民居錯緣陵阪，潛穴林篁，聲教壅閡，俗至陋。又其甚者，□獷之倫，乃或縱其睢暴，蹶創掌藜，叢崟爲之生塵。

上杭諸汀，即號知詩書善地，總之有諸處之獷悍焉。政府之選也，以晴原趙君令於斯，豈以衆選之碩望，而投諸荒裔哉？其謂君訓黎庶以德教，易蠢蠕以文明，揭令甲而示以罔之不可扞也。君敦厚而不迂，明達而有守，靜而毅，簡而方，布德行威，茲其人矣。君亡謂封豕之頑民，難與興化，彼其採山儲澤，治生計常饶,而椎埋桀骛,则教化法令罔闻知,岂尽为顽民过?亦司民者之过也。有循良长吏焉,整齐其政,化导其德,醇醇然渐摩薰染,一洗桀黠而新之,使俱曰:明之邹鲁,闽焉俎豆,惟我诸虔之应运,独汶汶乎?则汀、杭之教化行也。君又亡谓更化善教为迂谭也,而徒袭故常,简书是塞。

夫长民者,侔於天地,以权人物,擅山川之主,发山川之英。吾闽山川自赣而来,汀为首会,是山川之秀气,乃惟汀先得之。秀气在山川,发於物为宝,发於人为贤。汀当宋时,常产金银铜铁,宋人冶之,以佐国课。丰於物,必啬於贤,宋之陋也宜。今诸冶罢矣,山川精气,所锺在贤,试尝论之,必产育贤俊无疑也。珍宝盛而府库充,其兴作实维有司,贤才出而风化易,谁作兴之?其无乃惟君责耶?子游为武城宰,而邑人弦歌,夫子不谓迂也。君若不迂子游乎,则试以教之大者,为上杭山川发灵宝也,乃设官柔远美意不虚矣。若狱讼簿书之事,即君口耳酬耳,余何詹詹者,据梧瞑可也!

赠钱鹤州令江阴序

予窃伏田里,备尝庶民疾苦,水旱之不时,谷菜之不登,亡论已。至如天时顺若,地利茂育,五谷丰登,气浸不伦,而民犹悯悯然若负痛瘵,此其责在守令,而患莫甚於赋役之不得其宜。

今观天下财赋,倚办於东南,苏、常为渊薮。财帛之供,力役之供,所需以办,经费居天下十之五六,而民之痛忧,不可解於丰年者,又有甚於曩所觏眴。逎者天骄日域之警,蓬人荐告,内帑报乏,中外骚扰催徵,四寓之民罢焉,江淮、吴越之间,萧然特甚。以今之苏、常,视昔之苏、常,又何如哉?是予在田里所患,未若所见苏、常之患之甚也。予观往日苏、常之患,未若今日苏、常之患之甚也。

钱鹤洲君为令於常之江阴,居其地又适当此时,得无患耶?士君子入官所揆图者事,孰非所事?所醮恻於天下者忧,孰为可乐?其上整齐之,其次抚绥之,不害公,不伤民,必有石画焉。而鹤洲君以俊逸之才,和易之度,精详而笃實,博雅而明快,其無錯節於斯可知也。夫國家開基克建業,不數月即取江陰,當時士誠、友諒、交侵□□之禍滿天下,而能以給食當食者,且使仁聲先路,黎庶樂業。當今戎馬未至國初百一,昔以區區之地,抗天下之□□;今以天下之地,抗一方之□□,其勢難易懸絶矣。而鶴洲君爲之解紛循理,其必希循良之軌,反罷敝之民,而登之三代,又可知也。哺嬰孩者無忘莽伏,雖有饑饉流離,拾橡供養,孝子不廢,何者?心誠孝慈,其所需奉靡不具也。如惟睢厲罔恤,即庖餘粱肉而士不厭糟糠,廩簷餘荍粟而民菜色者有之,君亡謂螻蟻亡庸恤,而日厲孝慈之所以爲養也,蘇、常其有息肩哉?

贈同年丁樂亭君令內黃序

予考載籍,觀子路治蒲,未嘗不喟然嘆古人之學足以用於世如此也。夫治蒲三年,亦未幾矣。孔子過之,入境而善之,曰"恭敬以信"。入邑而善之,曰"恭敬以寬"。至庭而又善之,曰"明察以斷"。所以知其善者,以田疇辟矣,民盡力矣,其恭敬以信,可知也。墉屋尊矣,樹木茂矣,民不偷矣,其恭敬以寬,可知也。公庭閑而民不擾矣,其明察以斷,可知也。今其地,豈非今樂亭君所蒞之墟哉?彼其當時,地屬晉、衛之交,兵革之役,朝聘之供無日無之,國小政繁,而子路乃能以煩爲簡,□萌隸休養爲善治。今國家幅員萬里,供給分於四垂,而茲地爲京師輔郡,逼近日月,漸染雨露,宜元元得以保安要領於草澤,乃數年以來,外徹沸騰,役及內地,催募之需,蒭茭之供,騷然震動,而畿輔以近地尤甚。以古如彼,以今如此,計今之民,豈甚異古之民也?毋亦子路實不可得而效乎,非耶?夫由漢以來至今,良吏在其地者不少,又何畏於子路,毋亦其人固有所待乎?非耶?

予同年樂亭君,以盛年登第,予從甚後,且同爲章陽華公門人,歡最深。接其貌,溫如也,領其譚論,確如也。由外以察其心,則信所謂金玉之芳,布帛之素。其施於政者,卓如可知也。今之內黃,其無如古之蒲乎,可知也。雖然,余竊有必於君也,曰:心者,才之本也;恭敬者,治心之法也。古人蒞事而事治也,非有異故,則惟恭敬是爾;亂也非有異故,則惟慢易是爾。夫子三善子路,而以恭敬稱也,豈非子路固治心以恭敬,而兢業以當盤錯哉?方今事故多滋,科條稠濁,態僞並起,不勝辨理,胡可易視?以君之慎勤,故竊評之於君,必且惜分陰,履薄冰,戰戰兢兢,以劼善治,此豪傑聖賢所用以治人世也者,余故爲君必之也。

贈李少峯南戶部主政序

予鄉李抑齋先生,以《詩經》魁閩省,登進士,職天曹,出憲臬於湖省。其弟少峯君,又以《春秋》爲閩魁,同余登進士,授今南戶部主政。古人家學傳授,兄唱弟和,戴延君之弟次君、魯恭之弟丕,其卓然者也。然皆以一經顯門,傳授講習,未有如君伯仲,自成家學,偕爲天下奇異者。

夫豪傑之士,其興也無所待,其學也不一足。《易》、《詩》、《書》、《春秋》之經,皇帝王霸之業,隨所取而自得,其焉不學乎?其何常師乎?今之入仕也,將窮經致用矣。董仲舒以《春秋》發憤下帷,其平生操持論建,皆《春秋》大義,以此度越諸子。君治《春秋》也,試與君爲《春秋》言焉。《春秋》之謹嚴也,亡亦謹於義利之大閑耶?亡亦謹於夷夏之大防耶?達於義利之大閑,成身則優;達於夷夏之大防,從政則裕。君渾厚而精明,質朴而博雅,義利大閑,其範之爲身矩者乎?則君必嘗研究允蹈焉。乃今□□獷悍,塞垣烽擾,至如管仲、舅犯、先軫、魏絳、知罃(罃)之烈,內脩外攘,以成召陵、城濮、蕭魚一時之勳,予所謂察於夷夏之防者,君得無講乎?

夫南都古六朝之墟,而我太祖廓清之蹟也。等一地耳,六朝譚虛從靡,至使中華淪左衽而不能救,我國家定鼎創基,掃除[胡虜],而化夷爲華,治亂殊致,雄弱相反,豈氣數使然哉!祖尚浮華而亡義利正軌,故胥爲夷,振飭紀綱,士敦操尚,故永保昭夏,而功君百王也。故嘗論江左士習,玄譚曠蕩,其惟爲適乎?則有迭檢踰閑、傲物溷利不恤者,而義滅。優養豪侈,甚惟爲恣乎?則有鬬巧積賄、沉聲溺色,嗜利無厭者,而義滅。組織辭華,其惟爲誕乎?則有風雲月露、靡麗不經、盜名利罔顧者,而義滅。董仲舒有言:"皇皇求仁義者爲君子,皇皇求寵利者爲小人。"彼士習而盡以利終也,奚而弗哉?君之南都事簡矣,心逸矣,其惟肆力於學問乎?即以《春秋》義利之閑精而究焉,試觀國初江左士習與近日,奚如大江之瀆,君且中流砥柱也。乃伯仲所爲窮經致用者,不虛哉!

贈劉鶴洲令翼城序

翼城古晉之絳邑也,予讀柳子厚《晉問》,自多其陶唐之遺風,晉文之餘業,及考《詩》唐、魏二風,大都民儉極而纖嗇,勤極而迫促,樂不至淫荒,動靡華侈,惕惕乎其憂深慮遠之民乎?故有德以化導之,則陶唐熙風,至今號稱上治;有法以齊之,則文之教也,亦以主盟方夏。古今時雖不同,然自今有蒞政於斯者,導民以德乎,其政渾渾,其民醇醇,帝之爲帝矣。齊民以法乎,其政赫赫,其民謹謹,伯之斯爲伯矣。德之與法,其惟所爲耶?

余同年劉鶴洲君,以進士授翼城令。君天資篤實,器深厚,加以積累於學問,跋涉乎艱難,其取德也弘矣,其閱事也熟矣。且君生於杞,杞夏后氏之後也,夏禮人能言之,俗能傳之,典則所貽,習尚所漸,其爲忠乎,則君必先得焉。渾厚之質,優於德化,尚忠之習,優於誠感。計君之所以爲治,必唐也,而不爲晉也。今之號爲汙吏者,亡論伯已,而以俗吏名者,深以爲威,察以爲明,汲汲於聲名駭人耳目以爲觀,而民病且不勝。夫惟安靜之吏,悃幅(愊)無華,斲雕以爲朴,破觚以爲圓,於是乎民蒸蒸馴善不至姦,以若所爲較彼所爲,孰得孰失,君必能辨於此矣。世常右刑名而迂德化,且謂爲循吏無赫赫名耶?謂爲循吏無歲月效耶?彼龔、黃、卓、魯,皆當刑名繩下之世,樹勛勒名,治雜伯亂絲之民,化頑易暴,捷若應響,動如發機,惡在其爲迂也?君以夏餘之淳風,撫陶唐氏之淳黎,底績之後,而吾知其熙熙成風也。如柳河東氏,且不爲君侈化日也耶?諸同年謂予之期君也大,因命書以爲君贈。

贈顏雙塘令海陽序

山循贛、汀連亘以倒海埏,其南爲潮,北爲漳,壤地相接,語言相通,相去不数百里间，亦異省之同鄉者。同年清漳顏雙塘君，令潮之海陽，綰銅章，帶黃綬，以臨民于鄉邦之側，詎非從政於其鄉，昔人所以畫錦之榮者耶？雙塘君又以親老奉就官，朝夕王事，而養不廢，此非王事驅馳，而兼盡孝養之節者耶？畫錦榮名也，孝養盛節也，人蔑不願矣，而得之不可必也。雙塘有焉，雙塘何幸，予亦樂雙塘之有幸也。

雖然，士君子立身，其仕也以爲道，不以富貴爲榮；其孝也以揚名，不以就養爲大。如其滋罪戾於百姓也，怨誹噴詛遠猶聞之，況在鄉鄰之側，其能塞乎？若此者，即三牲之養日用，吾無下咽矣，雖謂不養親，可也。故錦繡誇於鄉間，不足爲君榮；斑爛戲於親側，不足爲君大。惟德浸百姓，勞勤家國，伻窮鄉荒谷，謳吟化澤，以及其親，是吾所爲君禱而求也。

君以篤實之資，沉潛之學，閱歷深而世故熟，才氣高而精誠定，其於古人所榮與所大，及世俗之所深幸，必有能辨之者。夫潮韓文公過化之地也，遺芳在人，潮人至今歌頌，世世尸祝，所謂"匹夫爲百世師，一言爲天下法"者，載在史册，可則效也。君仰而思，思而法，得其所爲脩身善世者乎？即衣錦之榮何必願，孝養之盛何必羡，而年籍中光寵何如也。

贈林鶴山令餘干序

林鶴山君以進士尹饒州餘干縣，余往餞之。鶴山君曰："惟余與子年相近也，術相若也，同舉於鄉，又同舉於禮部，余子之異姓兄弟也，今將有吏民之責，諄諄而教之，宜莫如子。"

夫余舉於鄉時，弱冠耳，余於鶴山君雖稍長，然亦不謂不早。余羡君之夙成，君亦未以余爲遲鈍。及今十九年，疲風雨之櫛沐，厭倦車馬奔馳，始獲同登進士，則皆遲暮時矣。天意不可知，將老其才而大其用耶？抑數實然，而余二人適遭其阨窮耶？然觀天之生物，挫也若惡之而實成之，遲也若棄之而實大之。梗楠杞梓，爲世棟樑，良工擇焉，夫豈朝夕焉？大滋之以雨露，鼓之以風霆，摩之以雪霜，漸而縻之以歲月，彼不歷禩百千，未脩脩然也。故顛培困抑，非身之災也；艱難險阻，非德之害也。困惟亨地，逆乃順機，由斯以觀天意，或有所屬乎未可知也。

昔晉文公之霸也，舅犯、趙衰諸君子寔左右之。文公績著於城濮，名樹於踐土，征虞、夏、商、周之胤，而會同玉帛，實惟諸臣，論者固爲諸臣偉其烈，然不十九年於外，則其才未可以相國，而歸不必伯。吾屬際休明綦運，即未有戡定雄圖，而經綸調燮之策，何時忘兢兢？天或使吾屬如晉諸臣乎，又未可知也。予幸得侍從容臺，漸濡禮樂，以觀殿省之光，而君竟補於外。事之叢積方始，心之痛瘁日殷，視昔尤甚。余觀晉之諸賢，舊之從亡者，入蹈要津，而賢勞如趙衰，且屬之守原。天欲豐其功，則必重其勞；天欲閎其施，則必親之民。天之所以厚趙衰者，其將爲君厚焉，又可知也。

君之祖司馬省菴公，碩德重望，知名海內，世有賢哲，而君承之以德，剛直而和，明達而煉，重以十九年世務之嘗，其視古之賢佐也，亦若此矣，餘干之治乎何有？雖然，百煉之金，天下無逆刃；庖丁解牛，十九年而刀刃若新發於硎，豈能用其利之難哉？則善用其利爲難矣。余又懼君以十九年之煉，而爲一割之用也，以故爲君錯意也。

贈王新泉令秀水序

往余計偕南北馳也，道出秀水，竊詢其風俗疾苦，聞之曰：嘉興今繁庶富侈地，亦易疲之鄉，百年來見其富十室無一焉，五十年來見其富十室無三四焉，二十年來見其富十室無五六焉，所不墜家聲，常爲巨室於國中者，惟世宦。若廛畝百姓，一世之間，十年烟火，貧富異狀。予愀然悲曰：若法毒之乎？若爲政於其地者毒之乎？予觀天下財賦仰給東南，而蘇、松、常、嘉、湖五郡爲大，下以給羽騎糧饟，上以充百官祿俸，而糧庶長之轉運，害尤甚。爲政兹土者，又苟惟罪庣是免，民困之罔恤，征歛無藝，經制無法，而人始重困。則嘉興今日百姓之疾苦，將委之法乎？將罪之人乎？法之所病，不能以一旦更，其在人者，而獨不以人之兢兢解倒懸乎？夫人如傳舍，馳而莫之能解也，亦可悲矣。

年友王新泉君，爲政於秀水。君寬而肅，儉而勤，和厚而不流，廉介而不苟，論時事輒扼腕感激，常欲與古人爭先，詎非今日解倒懸人耶？至與余論秀水事，果惻惻然悲。夫不以民力之既竭，而國法之爲我掣耶？造父御馬，雖馳以千里，而足不蹶；匠石之運斤也，堊盡而鼻不傷。彼其人馬之所調停，心手之所神運，必有進乎技者。故無廢途，無佚馬，無輟斤，而造父稱善御，匠石以運斤神。萬姓一馬也，法令一斤也。今之司牧試以造父之御馬者御民，而以匠石之神運運法，其有病法乎，又其有病民乎？

陸敬輿，嘉禾先達也，當建中時，宦官亂於内，藩鎮橫於外，盜賊竊發，□□猖蹶，國計不充，間架有稅，陌錢有稅，民幾不聊生。而陸公敷陳制置，動中機宜，鑿鑿可行。況今承太平之隆，撫尚大之運，釁孽雖萌，其於荼毒，未數數然也，猶有所可爲者也。是其調和蘇息陶鑄，將猶昭登乎虞、周者也，孰汹汹乎而徒以憂爲？如君上不負天子，下不負所學，前不負陸敬輿，豈惟秀水之民憂是解，即所憂東南財賦，亦惟君倚賴矣，余而後乃知爲杞人。

贈鄭越渠令婺源序

昔紫陽朱先生倡道於新安，金華呂成公和之，上下議論，馳騁古今，而内聖外王之學，由以不墜。予往計偕都下，道出金華，欲求其聚講之所，而故蹟湮没，漫乎不可指識也。至其地愀然，踟蹰四顧，見其山川風俗，雲煙浮動，萬千物類繁蕪，衣冠蹌蹌濟濟，依稀乎猶想有呂成公文獻之遺焉。及至庚戌成進士，同余年者八人，皆英畏之士，乃信呂成公文獻猶存，而鄭越渠其一人也。已而越渠需次於天曹，授婺源縣令，則又得以日涉紫陽公故蹟，而呂成公之所相論辨，與予輩之以爲則者，君且委蛇其畔岸，而身枕藉之也。

夫君產於金華，得呂成公之遺；宦於新安，得朱紫陽之遺。昔之學業，呂成公爲之先；今之治業，朱紫陽爲之先。在昔二公相友以天下之善士，今君上友二公以百世之善士，君之幸也甚，予之爲君幸也滋甚。君之所則效以治者，且惟二公；予所爲君規畫治法者，亦惟二公。二公往日講明治民之道，亦既詳且備矣，即時有異變也而必通,異宜也而必適,勢有所不可循,禮有所不可襲,講而明之。烏乎!而非吾學舉而措之。烏乎!而非吾治君胡求哉?高山仰止,景行行止,《詩》之好仁也如是。吾儕有心好仁,其心夙昔潛紫陽公遺訓,尚肅肅然懷敬惕。況履其地也,親覿像也目瞿,聞名也心瞿,其有聳然思法乎否耶?法之足以治矣,婺源今日之民,其無朱、呂乎?乃吾儕夙夜所勘破穿貫者,功用始彰彰也。

贈王龍池守鄧州序

國家嚴藩王之制,凡有戚於王府者,例不得爲吏乎内,行之彌久,其防益峻。至有王府之親已盡,其宗屬猶以舊禁爲礙,使清才竟不得與内選,非法之過,行法者之過也。

王龍池君,英妙其年,駿發其才,仝予登進士,千里之駒,嘶日而耳揚,含風而蹄輕,鳴和鑾於康衢,騁長途於萬里。如君肩天下鴻鉅,過都歷塊,忽若掃簣耳。如君委蛇館閣臺省中,崇論宏議,汲、鄭無能爲補拾,王、魏曾何得以顓謰鑑,而格於王府已絶之親,以知鄧州出,凡君識者皆爲君惻,而君適適然弗改素,若不知其爲州也。

士君子致身行道,一身利害且不計,其知有官乎?官非吾有也,其知内之爲優,外之爲劣乎?龔遂爲昌邑僚屬,以昌邑王故不獲顯仕,其後渤海有潢池警,乃起家爲渤海守,更始治絲,與百姓休息,而枹鼓晏息,化刀劍爲牛犢,易兵戈以耕稼,列之《循吏傳》,至今仰之,有奕輝焉。後之入爲水衡也,雖或超從卿士之列,與觀朝寧之光,然今所以仰慕之者,不以水衡,而以渤海。向使龔遂即爲水衡而稱職,亦一稱職吏耳,其功澤加百姓,詎如渤海,焜燿古今,而人之仰之也,必不如渤海事之噲(膾)炙人口,無疑也。使龔遂而計此度彼,又必不以一水衡之稱職,而易渤海政績,無疑也。故君之内也不必喜,而外也不必憂,惟竭股肱之力,布之以德惠,不愛膏澤以庇民也。曰必圖不朽,寧爲龔渤海。如惠徹于鄧之先哲,以大造于我有民,則脩灌溉潴農水利,教化大行,吾不如召信臣;蒲鞭示辱,講經垂訓,吾不如劉寬;于蔿之歌,一縑之儲,吾不如元德秀。九原而可作也,將是之與歸?鄧州中邦,其無渤海乎?其亡汗青乎?將爲君惻乎?將爲君榮且羨乎?爲其所可羨,無爲其所可惻,惟君所圖也。

贈朱肖若授南工部主政序

國家入仕之資,自縣而府而督學,自督學而省試,登薦者爲舉人。自南宮而廷對,登選者爲進士。凡六轉而任之官。若是謂明揚重典,賢豪不偶,官人若斯之難也,故有窮其力而後得者焉,亦有終其身而不得者焉。而吾同年朱肖若君,以少年一舉於督學,再舉於鄉省,三舉於南宮,一二年間遂成進士,授南水部主,得之何其易也。

夫士也,耦猜惟天,浮沉惟天,窮通得喪惟天,其有莫之爲而爲者乎?故遲速早暮有難易焉,無惑也。至如學其所以仕之理,惟人而已矣,於此有序焉,而序則何容易!古人之學明明德於天下,先之有齊治之事,又先之有脩身、誠正、格致之事,自離經辨志,以至於知類通達,非假之年,則不可得。雖以夫子之聖,亦自十五而至七十,然後學大成,則信乎其序之不易也。故肖若君之所易者,余爲君喜之,而不欲君之以自喜也;其所謂難者,余願肖若君常以爲難,不欲君之以自忽也。

君嘗觀於稼乎,農祥辰正,春水既至,此萬物萌動之時,而苗黍漸滋之候,君得時候之先,其種種也蚤矣,其得地力也深矣,其植根也固矣,其用力易矣,而庸有爻乎?種而溉之,溉而耨之,旦旦於田疇,矻矻以終日,雖衝風雨、冒寒暑,田功不廢,然後可以收其成,奈何以易故荒也。夫士窮居時,內持家計,則有衣食之累,出從舉業,則有鉛槧之累。今二累釋矣,且優養於南都,其職簡,其心逸,其地多古蹟,其友多賢士大夫,君爲鶴鳴也,靡好爵,和德音,予將九皋聞焉,易耶?難耶?其無易無難耶?予此時蔑置喙矣。

贈張養齋吉安節推序

予在學校時,獲交養齋君於尤思所館中。越明年爲辛卯,君伯兄淨峯公於君深器異,擬惠安是歲之入選者,則康盤峯、莊瓊泉及君。是歲康、莊二君與予同入選,而君出所擬外。至己酉,始領鄉薦,而連捷於庚戌。然予謂賢豪君子困之愈久,則積之愈鉅,淨峯公豈阿所好人哉!時已超超然穎異矣,繼是年之爲十者二,涵養又何如也。如予之鈍也,而困之久,尚以有所進自覺,況君之穎異,勤歲月,熟世務,若龍泉、大阿,淬以清波,而斂以越砥,若蒿楛而羽之,又若喬柏森松,披拂於烈風層雪,而枝幹彌堅然,雷之穿石,綆之斷幹,豈其漸漬歷久而靡有增進,必不然矣。

兹以選次授江西吉安節推。夫吉安,劇府也;節推,刑官也。天下之爲省者以十三數,而江右地大民衆,邑多豪傑巨室,其治爲難。江右之爲府者以十三數,而吉安之豪族巨室,視諸郡爲多,其治爲尤難。節推典刑,民命寄焉,豪家作權,民家朋勢,治之太剛,則有反噬之變;假之以柔,則有不行之令。假非剛明才賢,欲令刑罰適中,而籍治聲於上下,則烏乎有?以君之穎異如此,又以十數年之涵養如此,惡知世之所難者,非君所易也,惡知石礫沙礪,不由是以澤潤其玉質也,惡知天非將以大任降而玉汝也。金鍊則剛,馬習則調,平易之途多窘步,艱難之秋有達才,今以吾子之吉安卜之也。諸大夫謂予於養齋有同年之雅也,屬予序焉。

贈錢復軒令晉江序

余同年錢復軒君,授晉江令,予家南安,於晉江爲鄰,相去不十里,墳墓宗族親戚在焉。予固晉民也,晉之得賢君,亦予之賢君也。予侍錢復軒君,嘗挹其德範,熟其論議矣,皦乎冰玉其潔矣,朴乎布帛其質矣,溫雅之辭而以誠實,明辨乎當世之務,而卒麗於道德仁義也,賢君無過復軒君者。

將行,諸大夫祖道于郭外,予諗于衆曰:"惟余邑得賢君而煦育之,不亦休乎?維我民屬望於賢君,不亦重乎?民喜其如何,諸君喜其如何,可無辭以遄其行乎?夫晉敝邑也,土宇之隘,生齒之繁,竭土之毛,不足以供其土之民,民之饔飧取給四方,遠至於廣之高,浙之溫。海運一月不至,則粟價踴騰。古人男耕女織,予邑男耕而女亦耕,女織而男亦織。其于田者,終歲動勤,夫婦耦力,然後得以足衣食。其服賈者,遠至萬里,或累數年不得顧桑梓。其爲士者,多空窶。蓋一邑之中,享安樂者無幾,其困憊轉徙,仰給於奔走,糊口於東西者,常十室而九也。民窮則呼天,疾痛則呼父母,君非邑之父母哉?民且以爲天,朝夕呼焉,而望其仁之也。以君厚德,而爲政兹土,其蓋蠕蠛也如所天保,赤子也若所怙恃,庶矣而加以富,富矣而加以教。天其以人文而黼藻晉邑之繁庶,如栽獲培,其終榮鏡寓內焉,惟君蒞此而後可知也。或吾幸而得請歸榮故鄉,入其境,田疇治,農桑力,禾麻藪於野,果實垂於途。入其邑,老者熙熙,少者恬恬,士循循,民䟐䟐。上其堂,公庭閒閒,獄訟衰息。因時從公暇,席賓客之餘歡,慶治化之熙洽,擊壤叩角,稽首颺言,頌天子太平之功,思詠復軒之遺愛,詎不猗與皇哉?"

諸大夫曰:"然。請書以贈。"

贈方篆石令順德序

踰歐(甌)閩而南爲廣州,亘之以崇山,環之以巨海。自省西行八十里爲順德,國家威德覃敷,地平天成,島夷之長,要荒之民,各以其地所有,賈於斯。珍寶叢集,貨貝流通,香之而梗楠,明之而珠琂,動生而犀象齒革,植生而椒蘇桂若,水輸山積,紛聚交易。夫其於物也爲寶,其於人也爲賢。余閱《廣州志》,得寶二焉。吳隱之以清爲寶,陶侃以勤爲寶。二君之在廣州,山川播其聲教,廟宇永其英靈,至今輝光爛焉,寶爲大矣。然猶季世也,儥其褊乎?若我國家教化浹洽,學校陶鎔,則宜有寶之非常者,出于其間,而使之君長其民,檀楠爲香,珠琂爲明,犀象椒蘇以爲異。若吾同年方篆石君,兹其人矣。

君故雪筠公之孫,而静軒公之子也。自宋安撫鐵庵以來,及至方伯雪筠公、刑部尚書簡肅公,族益大,比肩朱綸,爲世名臣。相門必有相,將門必有將。君以家學毓德練才,冲淡以培之,奮揚以昌之,其玄譚闳論每上下,吾未嘗不謂獲圭璧也。梗楠吾知其爲材,珠琂吾知其爲玩,犀象、椒桂吾知其爲麗,至於君,則吾不能知其如寶之聚創乎武庫耶?順德得君主方物而事,其謂君發革匱珍韞而沽,鎮諸黎以良美,而潤生萌以璆和也。君子之爲是邦,範世勵俗,非清不成,折紛辨錯,非勤不治。高山在前,仰止在目,君亡物寶之謂,其謂飲泉節乎如其清,其謂運甕(甓)勞乎如其勤。當此時,聖明普照,遐邇從風,有一日登使車,圭璋廟廊,黼黻宸座,而倒寶藏也者,陶耶？吳耶？彼其褊矣,惟君圖之。

贈黃六橋令宣城序

予癸卯歲北上,黃君六橋以經元與計偕,予卒遘於逆旅,而識其人,廓乎高明也而非亢,懍乎齋肅也而非厲,予時竊臭味於胸中矣。今庚戌,予登進士,而六橋爲同年。予又盡索其所有,則瓊茅蘭若,芷桂申椒,馥馥乎襲也,以今所聞,比昔日所覿尤輕。及至論時事,激昂豁達,有古豪傑之風。予昔覿君之貌,乃今覿君之心也。需次於天曹,授寧國府宣城令,將行,諸同年往餞之。

予颺言曰:種德廣業,樹名策勳,始此行矣。百里君侯,不爲小矣。物不素具,不可以應卒;事不豫計,不可以圖功。宣城作藩南夏,據吳上游,其土之毛,分奉兩都,民庶之豪猾,風俗之浮詭,治亦不易矣。君之初涉川也,試發棹橈於此,其無湖海乎？予不暇遠引,請以寧國之事爲喻。夫寧國大江濱也,其人之易於水也,操萬斛之舟,凌百仞之淵,風起而颭至,波湧而霧紛,魚龍雜沓,驚目駭心,而是人視之若無覩也,其疾若神。此豈一旦能者,其始必或試之洲渚之間,日而閑焉,積習成能,積能成巧,而其技之精乃至此。方今天下履太平之盛,溺豐亨之樂,人心靡靡不可收拾,萬目瞵瞵將成釁端,此何異大江之浩浩蕩蕩,有其濟之,則惡作舟楫？如以不試之才,臨不測之墟,一任風波,而吾憂其望洋失也。如必豫具絙機,練習操縱,鼓枻乘航而放巨壑乎？則於今乃嘗試之,必此宣城矣。

夫誦詩三百,授之以政必達。六橋以《詩》魁多士,其爲詩不既多乎？其於政不既達乎？《詩》曰:"愷悌君子,民之父母。"愷以强教之,悌以悅安之,由是道也,是謂好民之所好,惡民之所惡;由是道也,是謂民之父母。是詩也,附比衆志,膠連群情,試以宣城焉而達濟,以萬方焉而達襄上,理贊穆猷,無過此詩者,果如所窺索六橋君之風論，而以爲芬馥者也。

贈周屏山節推保定序

　　國朝於治郡官僚設節推焉，司刑獄。同年周屏山君，以《春秋》高第授保定。凡明《春秋》者之於功罪也，其是非灼於心，如鑑之受形而妍媸自定；其定功罪以評當否也，如權之平物而輕重不爽。雋不疑、蕭望之皆以是決大獄，以君而理於刑也，保定之民有幸哉！若以近輔而言，則亦京師之幸也。於是諸同年起爲賀。君曰："予不佞職在理刑，天下事孰重焉。然予所得及理者，予勉焉。予之所不得爲者，奚以哉？方今沸脣天驕，持擾塞垣下，殺人如麻。保定密邇邊垂，走箭飛簇，茲乃及矣。予惜一人之命而所不及惜者常千百而未已，此誰非王赤子而置之也？"

　　予曰："壯哉君之念此也！兵、刑一也，皋陶作士，明刑弼教，而蠻夷之猾夏，寇賊之姦宄，皆所事焉。假使皋陶爲士，天下之民無冤於刑，然且咨嗟乎蠻夷之不靖，民猶常冤於兵也，又豈得謂好生之協？故至蠻夷屛息，然後皋陶明刑之功乃見也。自兵、刑之職分，兵以韜略，刑以法律。兵不問刑獄之冤，刑不問屠戮之楚，知恤者鮮矣。壯哉若之念此也！且夫天下之英雄豪傑，固未遽以一責塞也，君如求理刑之事，則宋有張知白作推於斯矣，是以善聽訟稱者也。若庚以古人軍旅之事是圖，則燕之樂毅遺風，其猶存乎？君履其地，思其人，茂而謨猷，勉勉焉以成勳業，又試求保定舊時宋、遼之畏名臣碩士，經營勛勩，偉績猶可考而鏡也。異時者蠻夷與寇賊屛息，明君之德究，察臣之勳爛，皇唐之臣，曷以侈茲？予故壯君之志，而嘉君之必大有補於國家也，寧以《春秋》明刑乎？寧以一保定理乎？"回書以贈。

贈朱肖簡尹清江縣序

　　朱肖簡君既成進士，出授臨江府清江縣，鄉先生相率祖道，肖簡君曰："予初筮仕於邑，予初親民也，百里之命寄焉，草茅甫及此，將曷以親斯民，而使民親也？子知我，必規我，其毋以我貽鄉邦羞。"

嗟乎！余與君相從鉛槧間二十年，君倡而余和，君行而予侶。君之性慈仁而有斷，篤厚而多智，簡而静，雅而飭，文章亦類乎其人久矣。予之知君也，而亡寧余知君哉？若大宗伯徐存齋、吏部章陽華公，及石溪陸公、蒲山俞公，皆天下英偉人也。君鄉校時，陸公、俞公奇之，以第一。國學時，存齋奇之，以第一。在場屋時，陽華公亦奇之，拔入彀，以有今日。天下豪傑爭知君矣，然予友也，微子之言，予且以責善之義規也。

往爾祖都憲簡庵公正統、景泰之變，出入三十餘年，勳列勒於景鐘，君常爲我言牀笫間，今每牀笫未嘗不在簡庵也。《詩》曰"無念爾祖，聿脩厥德"，君念之矣。雖然，效簡庵者不必簡菴，即富於稽古人之德，力於行古人之事，膏澤流寰寓，榮名照汗青，其不爲簡菴耶？其不爲親民耶？昔周公命康叔，責以祗遹文考，保和殷民，然使之敷求于殷先哲王，又使之求於商耇成人，又使之别求古先哲王，是何也？則欲其求諸古，求諸今，以親和萬姓，而祗遹文考也。《詩》有之矣，"愷悌君子，民之父母"。君之清江，稽古求今，將無有耇成人，通達政體，而可咨者乎？將無有鄉先達，風彩矻矻，可象可仰者乎？將無有宦績於斯，其建明，其樹立，可爲師法者乎？劉氏敞、攽二先生，有《公是集》，有《公非集》，墨莊遺蹟至今在焉，窮經親民，道不拾遺，君試博而求焉，以所講明於經傳者而參酌焉，是是非非，好惡不偏，豈惟如祗遹是則是效？清江日所稱愷悌父母者，必君也，我所以規子者，不過此矣。

肖簡君曰："善哉！請書以贈。"

贈郭抑菴令太平序

予與抑菴君辛勤於風塵，馳驅乎南北，至庚戌同登進士，共風雨而櫛沐之者，幾年於此矣。智調見於倉卒，懷抱發於論議，取與利害，當否機宜，已稔於見聞。括羽之矢，鍊金之刀，仰落鵠鴈，俯斃犀象，當其所至，靡有爲其艱者焉。藉如置之名邦鉅都，授之至劇至繁，詎不展采錯事哉？而爲政於太平，以二十里之境,蕞爾土疆,馳驅千里,驥足跼矣。

然予謂士君子立心,無有小大,無有衆寡,無有敢忽。有萬物皆春之懷,則雖放之四海九州,而不以爲難。有一夫不獲之恥,則雖授之匹夫匹婦,而不以爲易。孔門弟子若子夏、仲弓,皆爲邑宰於魯,當時所宰之邑,比若彈丸,生齒走集,視今日南畿諸邑,又其小者也。以子夏、仲弓之才,設而操縱,鎮而督帥,宜其易易者,而猶汲汲然問於夫子,若以爲難焉者。蓋存心於物,則雖一物猶懼其不濟;存心於民,則雖一民猶懼其不懷。君子之存心,物皆吾物,民皆吾民。所難者不必其大,所易者不必其小。操一民巖可畏之心,雖小亦難之,而邑孰爲小?操一民怨不足恤之心,雖大亦易之,而邑孰爲大?君無以太平爲易,而易圖之也。語曰"日中必篲",言盛之不可常也。明興二百年來,聖聖相承,天下幸無事,景運綦隆,文治赫奕,流俗綺靡,此亦時之極盛已。盛極必有意外之虞,孼蘖且萌生,太平北控江湖,南連嶺嶠,密邇留都,内旬雉薄,出没之宄,鱗潛蛟蟄,弗備亂胎將釀成,君得無難哉?得無以爲據哉?《書》曰:"思其艱以圖其易,民乃寧。"此太平所望於君,而予所以爲君圖也。

贈省文林雙臺憲副督學湖廣序代省丈作。

予備任使禮官,常從事於儀禮,見其親疏有序,吉凶有節,璽綬有辨,祀事有秩,封爵有制。盤石之宗,貫魚受寵;蠻貊之君,稽首承事。喟然嘆曰:美哉!洋洋乎禮教之流,而人文之昭也。蓋自建極庸,禮掌之宗伯,刑于萬邦,彬彬然百八十年於斯矣。貢舉時,予以職與試事,見青衿之士,濟濟莪莪,敷闡經史,筆削古今,縱橫乎禮樂,步趨乎聖賢,詎非禮教人文而士得以成其章耶?以此知禮者,教之原也;化者,禮之成也。禮以出教,教以成化。古人言諧萬民,言教民中,皆歸之禮,以予所見質之,詎不信然?

林雙臺君以辛丑進士,出吉士而爲禮官,自客曹而祠曹而儀曹,聖人所以化民成俗之禮,其事習矣,其義精矣,其肌膚筋骸立於禮而安矣。辛亥秋,出督學於湖廣,又將惟荆楚之教化是董。余意君之教荆楚也,亡出此禮教外矣。禮也者,天地之經常也,生民之典常也。自禮教不立,故人士各荒唐謬悠,其說恣睢猥狡,其情好肆不守,折而驕而惰而侈而昏,高而清虛,卑而污濁,果敢者妄作,篤厚者鄙庸,凡以禮教不達而俗不長厚也。張子教人以禮爲先,關中宗之,與伊洛並,豈非吾師哉?湖中諸士子俯仰衡湘之氣概,吞吐雲夢之繁華,江漢發其襟懷,翼軫兆其光彩,且以若敖、屈原、申包胥、杜甫、韓昌黎遺風,及周濂溪聖賢道學正脉,至今士知自奮,以與梗楠杞梓、金玉丹沙、漆枲絺綌,爭斫奇光耀,以彼才俊游,禮教胡作不興?茲獲雙臺君,樸械人士,蔚然虎變矣。

君和易明暢,春風和煦,其節清爽,嚴毅秋霜,栗冽其氣,能以禮成人可知已。予忝同官,於其行也,故贈以教之大者。

贈張清江令文昌序

聖天子有不忘遠之德,萬里之外,守令皆慎選以充。張清江君以科目之秀應是選,令於瓊之文昌。瓊在大海之中,四環海也,今天下郡縣遠者,信無過瓊矣。張清江,予泉之聞人,而文昌乎令也,則信遠矣。然予方幸文昌之得所天,聖天子之不遐遺,以此知世運綦隆,海隅之耀於光明也,又胡暇以其遠者爲君戚?

將行,予往餞之,且告之曰:昔夫子嘆吾道之不行,欲乘桴以浮海,君今浮海以行道。昔以海外爲荒遜之陬,今以海外爲文明之區。吾屬之際盛時如此,君如時何哉?夫其濟天下也,猶濟大海也。計郡縣之在天下,不似大海中之一扁航乎?百姓,其乘險之人也;治百姓者,其操舟之子也。操舟有工拙,則乘險者有妖祥。文昌將爲國妖祥乎?無遠;君將爲文昌妖祥乎?亦無遠。五嶺之戍,劉、項之爭焉而始;安南之役,龐勛之亂焉而始。事始於遐陬,禍綿于寰寓,由此觀之,勢非緩也。況以壤土遼絕,在裨海外,黔黎赤子愁苦於日月之翳隔,雨露之壅閼。承平日久,萬事玩愒,內之獷猺漸滋,外之鯨鱷竊發,上之功令紛碎,下之民俗憧寡,釁端漸萌,若涉大海之難而尤甚焉,人之望於君也謂何,君之自責也謂何。予聞古之君子,視小如大,視遠如邇。任延、衛颯,不以遠在交州,而小其治,故處闇沕之地,高不取之節,臨几席之安,懷惟遠之圖,治不治之夷。若其厝火之薪,教未教之民,若有納溝之耻,此皆垂思儲力,以渡天下之元元者也。即道浮海行矣,奚其陋?奚其遠?

予悼循吏之風日眇,海隅蒼生久之乎弗沾仁政也,蘄於君乎見之,書爲君勉。

贈張星湖歸任遂溪序

張星湖尹遂溪,政成入覲,以最得復舊職。或曰:星湖君學廣而行雅,志勵而節脩,其言論亹亹,汪洋豪邁,上薄古人,櫽括物情世變,質之所行,亦如其言。以遂溪蕞爾炎海之鄉,往先朝常爲遷謫地,久留君鬱鬱居此,何遂溪之幸,而君之不幸也!

予曰:是何言哉!奚謂君而不幸哉!世之治也,君子之道行於蠻貊之邦,邇可知矣,天下無不漸靡閭澤而得所焉。世之亂也,君子亦困躓於蠻貊,邇可知矣,天下罔不沈厄壅閼,而仳離失所焉。周之盛也,爲政者率皆賢良。東極朝鮮,亦得箕子爲之君,其治至道不拾遺,外戶不閉。東漢盛時,任延、衛颯爲政於交州,而夷俗丕變,侵有德讓之遺焉。及至衰亂,君子離於讒慝,嶺南炎鄉始爲安置君子遷謫之居,若寇準、二蘇、趙鼎、李綱之在雷陽是已。故世治,即蠻貊盡被君子之澤;世亂,即蠻貊堇見君子之躓。由此觀之,治亂否泰之端,覩眴於前事矣。

國家撫運文明之盛,覃及八荒,不惟近之黎庶飫膏澤,乃至於海隅遐陬,草木昆蟲,皆欲其保有天仁,而常選文學之士,以爲之牧。星湖君應是選,而遂溪始得蘇息。即遂溪而天下可知矣。乃今而後,以遂溪之治卜天下也。星湖君常耿耿然抱天下憂,即未獲大有建明,以蘇天下,然際此之盛時,而得爲任延、衛颯之爲,變蠢茲之陋習,勒成文明偉觀,比肩乎古良吏,視諸賢羈迹於雷,何如也,奚謂君而不幸哉?

予於君爲鄉年友,故其於行也,不徒以頌,而以古人之事勉。

贈徐鴈洲授瓊州府節推序

天下之勢,有古人之所輕,而今人之所重者;有今日之所忽,而後日之所憂者。夫珠崖在大海中,所謂島夷者是已。漢時嘗恃險以犯王略,歲勤材官、車騎,賈捐之議欲罷其郡,當時以其議爲偉,今日則編户矣。昔以武衛威之而不足,今以文教綏之而有餘,不惟天子郊廟服玩之需于此乎給,而俊义之士亦彬彬然與上國齒。予謂古人之所輕,而今之所重者,非耶?然其地内之則黎猺患,外之則鯨寇患,嘯聚出没無期,編户之民,肉爲之肉,而又番舶所交,珍寶所興,珠香、象犀、玳瑁奇貨充牣於境宇,產於兹者,或自靡於脂膏之中,苟且玩愒,以延歲月。此郡之民自處於日月不臨之地,而以自湛;此郡之爲民畜者,又幸其逖曶而以自恣,漁牟日甚,蘗櫱日深,惡知其勢不至於蔓綿而弗可救藥也。予謂今日之所忽,而後日之所憂者,又非耶?夫此郡今日之重也,非一日必有以致之;此郡後日之可憂也,亦非一日必有以致之。其重也,由有司慎德之故而生齒日繁;其可憂也,亦亡惟有司之政刑有闕,而蘗端漸啓耶?保今日之重,杜後日之憂,轉憂以爲豫,乘明時而葺牖户,非良有司,則惡責功矣?

徐君鴈洲選於天曹,爲節推於瓊,節推又刑政所由飭也,皋陶明刑,嚴於寇賊姦宄,而帝以時叙風動爲乃功,向之咨嗟乎蠻夷猾夏者乃釋。蓋海内始澄清也,崔與之嘗巡珠崖,興利除病,瓊人次其事爲《澄清録》。君至瓊,式來賢者,而先受坐之士,試求其遺事而參驗焉,憂庶有瘳乎?

徐君浦城人,日天子新貢例,命選庠序之彦者以充,而徐君應是選,余故述瓊之勢以告,謂知乎天下之勢者,能成天下之治也。無忽。

贈謝景山令四會序

嶺南之氣,否於古而亨於今。予何以知氣運之否哉?又何以知氣運之亨哉?四會舊新州之地,唐、宋以來,士大夫之遷謫者居焉,胡澹庵、胡致堂皆以忠憤獲罪,寄寓於此。由今考之,其時亦可悲矣,以此而知其否也。國家發文明之祥,極於南表,疏遜荒薄之區,瀕海之島,率爽其闇昬要開,焜燿乎光明,而君長茲土者,具以名科之俊選而任,此非氣運之亨耶?

謝景山以鄉進士授四會令。君志純實履畫一,其立心以聖賢爲期,而世俗繽紛之務,華侈之態,不譙戚於胸中。至於吏之以賄敗名,以苛敗政者,疾之尤深,介乎其不可撓,古之所謂狷者,景山有焉。以是卜之,豈非四會之幸,而文明南發之祥哉?夫應地運之勝者,必負絕俗之資;懷聖賢之施者,必操摩礪之實。古之君子,其學也,以養性情爲先;其仕也,以所養而施之。每矯其性情之所有餘,而濟其性情之所不足,日積而累焉,乃襄上治,奏膚功,悉茲出矣。請誦所聞而君擇焉。嚴毅自樹者,戒於寡與;風節自厲者,戒於上物;規矩自束者,戒於煩瑣;明察自裁者,戒於逆億;鎮重自守者,戒於後時。凡此數者,狷者必有也,而又必戒也。今奚有奚戒奚偏奚全,激勵而歸於中,令治乃澤生萌哉?嶺南文明之祥,乃日茲熾哉!

予於景山生同里閈,又以兒子之戚,交莫逆也,故以此規。

贈孫宜山受旌并擢達州知州序

通守孫宜山公,竭股肱於泉累年矣,以政聲受知獎於都節使李公,士大夫方爲公賀,越數日,而榮擢達州知州之命至焉。諸大夫相與語曰:"盛德之士,不赫赫而名峻,不矯矯而位隆,宜山公之政德,是宜其有茂典也。"既而嘆曰:"可親亡如仁,可懷亡如舊。宜山公之仁可親也,舊可懷也。茲行矣,如吾民何?且鸞鳳芝蘭,倏焉置之遐方殊黨也,如宜山公何?"

予曰:吾輩惜乎公矣,而公亡自爲惜也。是且必樂其易,而以爲榮名者也。聖天子治洽寥廓,民靡土分,士君子董身弘道,席已成之化,當繁華之衝,頑民競以豪猾之姦抵隙扞網,其治似易而難。至於僻壤陋邦,其人椎魯,其俗鄙朴,感化易入,治之似難而易。其易而難者,匪有循良卓異之能,未易以朝夕奏績。其難而易者,一遇德讓君子,奉法循理,即德流化濡,事半而功可倍。故鸞鳳翱翔,不以深林而掩上瑞;芝蘭叢秀,不以蒙谷而隱幽芳。文翁之治蜀也,當時豈不稱陋耶？至其風教謳吟，黃耇蒼童，熙熙濊濊，變而文雅。方夏之盛，何以加兹，而胡遠之爲陋？

達州介在一隅，未有皙然者聞於中州。山川遼絕，尚阻於聲教；風嵐草野，不躋於文明。陋則陋矣，而以文翁之化蜀者化達州，其勳名榮鏡寓内易爾，宜山公將無樂此行也歟哉？奚其惜？奚其惜？

余邑侯桂泉涂君，聞此言也噱，已而曰："宜山公之厚德也，其見思也，諸大夫之念功也，其敦舊也。惟子也，圖宜山以不朽之榮名也，皆可書也，以爲宜山公贈，何如？"遂爲之序。

贈唐次梁擢江西上猶縣序

唐次梁某教授余泉，以最擢知南安府之上猶縣。考近典，不由太學擢親民事者，貢士資格所鮮。今特而授次梁君也，亡惟嘉乃茂績，而時出例外之典，以相褒勵乎？次梁之獲有斯舉也榮，上猶之獲吾次梁也幸。何者？次梁固余郡所望以爲民墊者也。次梁之掌余郡教也，恂恂脩飭，有德度，其取予必慎，不可犯，有布帛之風素焉。及余觀學士子，楚楚詵詵，行脩言道。及入夫子廟，登彝倫堂，觀夫神座、樂器、池井、橋道、屏几、碑額，事事中律度，器飭而禮行，物備而文昭，芹流芳而藻發祥，鳶高飛而魚深躍，用能甚周溥。其司於教者如此，舉而措之，上猶之民有厚幸矣。

夫次梁松産也。余聞松多秀氣，士得之而稱才焉，女得之而稱工焉。故松之布帛，稱工於天下。霜借之質，月授之光，華而不靡，細而中於度，通乎上下用之。故阿縞之衣，錦繡之綺，可於上而不可於下；草衣之黄，毛衣之褐，可於下而不可於上，用有所局也。惟此布帛之工，上下宜焉。才識如次梁，不露圭角，渾然深潛，不以奇巧炫人，而自中於度，豈非松之布帛哉，惟所用之，焉往而不宜？彼以司教而受特拔，其將以治縣卓異超遠乎必也。

陳生子貫、莊生宇毅率諸生來請余言，因書以贈。

傅錦泉先生文集卷二

序

贈黄歐山知撫州府序

予友黄歐山君,以比部擢知撫州府事。予與君聚首相從燈簷間,講師説,習道藝久矣,知君之必有造於撫也,幸撫之得君,又惜端士之不久於内,而驅馳於外也,竊爲内朝惜。然予友也,相責以義者也,於君之位,不當曉曉然爲君擇,惟君之得行其道於撫,當爲君歡,而相責以成遠猷也。憶在紫雲時,與君爲匡山之會,然業以經史,而時發揮於槧鉛,講究討論所涉,一旬之中,操鉛槧日少,而講經術日多。俯仰今古,其有所善,而讚揚之,爲國家生民利者乎,未嘗不反覆咏嘆,而欲以身嘗試也。其有所刺,斥不善,爲國家生民蓄者乎,未嘗不深惡痛絶,而恐其身一日蹈蹋也。及今也二十餘年來,聞見於奔走,而國家生民之利病備嘗之矣,遭時多艱,杞人之憂,昕夕懷之矣。每以今質古,以古證今,而恍然得其當否之故。彼其事之遺天下禍者,詎非不齒於經史者?至其事之貽天下福者,又即經史間之所侈以爲美談者[也]。廼知古人之言不誣,而昔日之所講明,可行也。

今君爲政於撫矣,操縱翕張由己,蝟蝸蠖濩,垂思儲精,喜則生民以爲雨露,怒則生民以爲雷霆,此其可行之時已。昔臨川王氏以文學雄一世,詎不以誦説經術自負抱,矢口輒景仰孔、孟,鄙爲漢、唐,而欲其君之爲堯、舜,其身之爲伊、周也。然卒以紛更釀亂,天下群起而攻之,至後世亦詆爲宋之罪人,何者?偏拗一念横於胸中,歷時既久,前日之所講明者日銷,而朋友忠益之言不復聞於耳,故其誠謬一至於此,經術之謂何?弗善用之,乃至以經術禍天下也。

予與君治經術有日矣,乃兹涖政於王臨川之邦也,可無懼耶?倘異日者任臨川之事,肩鴻鉅之責,無論棄而弁髦,即善用而潔矩操縱之機宜若何,且於撫州之治占之也。

贈黃小竹擢南太常寺少卿序

國家以宗伯掌邦禮,而分祀事於太常,太常者,宗伯之貳,祀事所司也。予從宗伯屬僚,嘗稽祀典,自郊社以及宗廟,自儀文以及樂章,仰見國家之盛,施於神祇者,日星其燦,寧惟爲觀哉！古之祀禮,行於廟中,則於百官,化於萬民,馴及百獸,彼以廟中爲境內,釀之爲和平,邑之爲位育,其道非異,即回表八絃（絃）措之,聲蟄應矣。方今天子撫運盈成,齊理堯、舜,內外神鬼,罔有怨恫,寓內無虞,秀三岐駢穗於囷,遊黃龍靈龜於沼,來麒麟肉角於郊,棲鳳凰神雀於林,天地四時之氣,秩而有常,順而靡忒,豈非興禮樂之期耶？借以行之廟中者,施之天下,稽中正之典,播和平之聲,與天下共登黃、唐、虞、周之化,必有掌其盛者,非盛德之士,疇能當此者乎？君亡辭也。

君以辛丑第二人登第,治遂昌,擢天部,累官考功,署六察,遷太常,于茲誠實端重,表裏如一。予見於庠序之中,比登第後,無改焉。予見於筮仕之初,及今宦成,無改焉。至如平易之政,綏於遂昌；精明之績,著於考部。身去而民見思,事竣而人無議。豈其誠與才合,乃盛德之士,而禮樂之所由興者耶？予廩寸祿禮官,竊懼一代制作,闇而不明,鬱而不宣,而自惟菲薄,學不足以該括古今,才不足以發揮功德,職不足以專統論議,兼括六典,勒成天下之大法。君之擢也,且有禮樂之寄矣。闖宮牆者觀青黃黼黻之交,而思揖遜；詠《雲門》者,聆《鈞天》、《霓裳》之奏,而思搏拊。余故以其興禮樂之思蘄之君,豈私愛是爲？亦惟熙朝盛典是圖也。

小竹君父竹溪公,以癸未進士,僉憲廣東,文學儒雅,傳有自矣。予於君蟬嫣世姻也,其行也,屬有諸大夫之命,僭書以贈。

贈林象川僉憲江西序

豫章寶藏有干將、莫邪焉,是其爲物也,陸斷犀象,水截蛟鼉,運之無上,按之無下，直之無前。其始之兆光芒也，氣成蜺虹，陵千仞，隱隱然上薄斗牛之間，流丹瑕以成輝，而芳名傳豫章，至今不朽。惟賢才爲天下之寶，亦然。陳仲舉之氣節，張曲江之風采，皆與干將、莫邪同輝，而名山大川，垂其藏焉，勳名爛矣。今象川林君，以僉憲屯田使江右，象君其今之張、陳耶？

曩予弱冠時，游鄉校，見君父六川公，温乎其如玉也，潔乎其如冰也，清白傳世。君掇其餘芳，以有今日。登進士，服官政，出入於錢穀者五年，裁理有度，不可欺以毫毛，而民亦以爲便。其清節久之益瑩，又豈非寶劍之露其精焰，而騰蜺旖虹於斗牛間者耶？江右巨藩也，狡猾其民，豪舉其士，窫㺄、鑿齒之姦，比肩磨牙而伺，誠劇職矣。君奉德意而布功令兹土，猶寶劍出匣，精鍔閃爍，即盤錯堅連，迎刃解也，又奚難焉？抑君仁恕長厚人也，余嘗與君跋涉南北，見君議譚和惠也，襟懷和惠也，交上下、使僕御和惠也。仁者不以鷹鸇爲鷥，以巨藩、劇省司振肅之權，得無溺其質乎？是不然。設官以爲民也，守令養民者也，監司者督其養民之政者也。其振肅在精明，不在鷙擊；其彊察在行惠，不在立威。抑君又精明人也，以君仁厚，出君精明，何憂乎猾民，何畏乎豪士，何苦乎窫㺄、鑿齒、磨牙之姦？余知君必能盡督察之術也，異日過江右闌寓，聞有如陳仲舉、張曲江，以與干將、莫邪同不朽者，非君也耶？承諸鄉先生之命，因書以贈。

贈史觀吾謫判泰州序

兵部郎楊子繼盛，以上封事極言得罪，天子震怒，逮之獄。觀吾史君朝賓司刑部，適任其事，獄成讞之，天子謂楊子罪重，法官議稍輕，弗當旨，詔下黜爵外補，而史觀吾謫判泰州，予往餞之。君無幾微震愕怨悔於顏面，惟以不能委曲全楊子爲負，以不能善順德意、盡忠愛之心爲歉，戚然若己致楊子於罪者。

余曰：是仁人君子之用心，非人所及也。夫人臣之事君，猶事父也。其職列于朝者，鴈行以後先，肩駢以左右，猶吾昆弟也。昆弟不幸有過，賈惡於父，罪不測，爲兄弟者將惟嗔惡是迎乎？抑周旋其嶔巇，以全之乎？無事有手足之戚，有事有保護之義，情所固然。仁人君子之處僚友，義可知已。故有獲譴於上者，苟非罪無可赦,法無可生,不必旦暮偃伏雅故,雖四海九州之人,偶同位于朝,而有憂同憂,有患同患,奚至一人井投石也?楊子以危言逆諫,指斥君側城社之蠹,批鱗折檻,而君敢爲調護,雖不獲伸雪,然卒不依嚮上意所便,不懼避中傷之誅,以成直道之名。張説證魏元忠、宋璟,猶勉以同死,權路之可畏,乃自古記矣。君孰畏,而孰勉之?則惟義故,之以即不至同死,亦惟有天幸矣。吾固曰:"仁人君子之用心,非人所及也。"推此心也,一事不得其宜,一物不獲其生,君其有豸乎?泰州雖小,其民皆君赤子也。君當危難時,而不忍於兄弟,豈當平居時,而忍於赤子?泰州得君,予知有幸焉,亡事予之喋喋也。

君中嚴而外寬,志高而守篤,與予分燈燭之光者,二十餘年於此矣,予心艷慕焉。於是乎謫判泰州,朔風吹雨之思不勝也,於其行矣,而僭書以贈。

贈王育泉擢江西屯田僉事序

國朝以兵餉不足,而分其計於屯田,取沃饒之地,業隸籍之卒,而收其利,以助什一之供,兼之以水利,欲其因水陸之便宜,以盡地力。督之乎監司,肅姦弊也,而常以文學之臣司之,不惟其疏通於古今之變,縱橫利害之源,斟酌時宜,詳察民故,而措之可經邪?

余同年育泉王君,鋭志聖賢,精《春秋》,舉於鄉而魁一鄉焉,舉於天下而魁天下焉。行篤而志潔,知周而意和,歷虞部、兵部而擢兹選,謁余曰:"學以仕也,仕先事也。外宦之煩劇,誠不如内職之安逸,然於民親矣,屯田詎非親民巨務哉?余束髮從學,以耳目所覩記,見古有涖民而善者,心輒艷慕,如其不善,則惕然戒懼,庸詎知昔日之所指數者,迺於今日身肩其事也。古之人有杜元凱者,明於《春秋》之學,其在襄陽,常修屯田,嘗激用滍淯之水,嘗開楊口,内瀉長江之險,外通零、桂之漕。夫杜元凱,豈非前修之景炎哉?豈非吾師哉?士君子患不適於用,苟於用而適,胡投不可?若乃商官守之崇庳,計職事之清濁,耽耽於虎視,營營於蠅逐,與世浮沉,蒙滋垢,負謗訕,而曾不知惡戾矣。"

余偉其言,而序之,爲之歌曰:公鳳舉兮遊帝鄉,德輝睥睨兮寥廓翱翔。冥搜蓬堵兮千仞迅颿,文明積案兮絲綸盈箱。公旁牛斗兮出豫章,左右龍阿兮金精光,鋒鍔淬礪兮風采揚,惟公則陳仲舉之好脩兮,下視糟糠。

贈猶子際熙掌教從化序

猶子陽明際熙甫,掌教事於廣東從化。從化者,廣之僻壤,嶺嶠之奧區也。際熙經明藝脩,敦忠信之質,力孝弟之行,有聲于庠序,薦名於京國,吾黨未有爲之先者也。以數奇屈志於此,或惻之。

予曰:不然。王化之盛衰也,隨仲尼道化遠邇,天啓皇明,道洽化溥,覃及于殊方,南爘瓊崖,西煬寧沙,比燿宣同,東燭遼海,咸設學校,授師傅,取之歲貢,又取之科目之秀者,以司督率,豈非仲尼道化闊遠,與我明教化之郅隆也。夫理膏肓之疾者,不可以常藥;菑荒蕪之田者,不可以抏器。變荒僻之陬,際文明之化,而能以尋常呰窳之材任者無有,任延、衛颯,史以爲美談,交州之南,要荒之外,非此二子之賢,夷風蔑有變矣。廼至德流化洽,令蠢蠕徧曉聖明皇威,宣暢王教,淳同是天,以二子發顓蒙,而達仲尼之道,以助聖化也。且夫君子之學,苟志於其大,則胡投而不宜?潮州、柳州,曩時所稱嶺嶠蓬艾,極南之莽墟者,韓退之、柳子厚居之,而文章日益富,子厚且能變其壬習以成君子。蓋歷覽山川之變,間關險阻之多,跋涉荆棘之厓,備嘗榮頷之態,鬱之爲奇思,激之爲豪氣,含英咀華,拓迹啓疆,乃捎夔魖而翼龍驌矣。

際熙之計偕而北也,覲泰華之巍峩,瞻黃河之溯洜,至京師見館閣崔巍,袞絃藻爍,若日煥而星懸,天下之奇觀瞭矣,獨於嶺外蓬茨奧廱之區,未有覯也。今宣布聖教於從化,捫羅浮,望南海,酌吳泉,想陶齋,步曲江、白沙諸君子之遺芳,得無勃然興哉?際熙嘗爲我言:"古人事業,即吾身事業也。"推此志也,即與韓、柳爭光可也,奚惻焉?

贈黃瑞峯司訓興化縣序

黃瑞峯於予爲姻戚之家,予在邑庠中知之,其學問之宏博,質性之高爽,予每期其用之大,而以不得意塲屋爲之恨。乃竟以貢入仕,命也。需次於天曹,授高郵州興化司訓。

予曰:教也者,治之大者也,君無小焉。夫天下之才,一而已,其所以成之者在人。淮南當劉漢時,王安招賓客,致幕下,誇博爲奇,織文爲富,卒父子再覆亡,其人則淮南產矣。我明應綦運,淮南爲帝鄉,南國之豪傑,奏之爲昌言,奮之爲奇勳,羽翼洪業,永保昭夏,茅胙其人,亦淮南產耳。之士也,豈時而愚,時而智哉?感召有機,應求有儔,其成而致之者異也。當其聚精會神而致也,以草昧開創之初,時方匆匆,事方曖曖,學校以養士未盡脩明,及至於功令規畫以作其勤,警其惰者,視今未十一,而所得之才已可用若此矣。況於今日道化洋溢,令甲之所繩束,師儒之所講明,焕然如日中天,殫極其幽隱而畢照之也。則其人爲天下倚重者,曾未一見,何哉?

蓋嘗論淮南豪傑,大都聰明俊拔。遠觀淮南王之所招致者,其文章藻繪,天下莫能加也。近觀我國初之所以成勳伐者,其英烈雄略,天下亦莫能加也。又觀國初所以多才,今日所以不如昔者,其故奚乎?□昔之感召應求也以實,今之感召應求也以文,昔求其可用,今不求其可用,而求於詞華之間,奔趨之末。至於躬行之帥,禮樂之養,邈乎未有聞,安求其才之可用如昔也?世稱秦少游英邁而陷於浮華,謂淮南之才則然。予謂少游所以入於浮華者,二蘇成之也。使從游於周、程之門,庸知其止此耶?故從以二蘇,則二蘇之徒也;從以周、程,則亦周、程之徒也。今之乏才也,非才乏也,教之衰也,成才而致之者,從非其所從而亡務實績也。君以司教行,其有成才乎?惟君之能,其不有成才乎?亦惟君之疚,責莫大焉,君無以小忽之也。

贈王學溪之廣西太平州序

予始識王學溪君,問曰:"何哉所謂學溪者?"學溪君曰:"□學北溪也。北溪予鄉之聞人,蓋嘗與朱子相上下,其議論羽翼朱子,以傳聖人之道者。予後公生,鄰公居,其近之不能私淑也,焉能及遠?故竊以爲號,雖未之能學,竊有志焉。"予壯其志，叩其學，見其孜孜矻矻在國學者歷年，不窺家，真有學北溪之志者。

　　庚戌會都下，以親老故就祿仕，爲吏目於廣西太平州。見予若有憮（憪）然者，嘆所用者非所學也。予曰：無然。官無大，亦無小，用之以大則大，用之以小則小。士君子擇於所學，焉能擇於所用？夫北溪何如人哉？一布衣耳。當時盛漳諸君子，掇科目，趨朝列，衣而青紫，轂而丹朱，傍而杖戟旌旄，以豪雄一時者，不可勝數，至今仰芳烈而名之者，惟曰陳北溪氏。北溪何如人哉？布衣且爾，況有官乎？且余聞君子之居，何陋之有？《詩》《書》足以化風俗，冠帶足以聳觀瞻，一言一動，麗於聖賢禮義之教，皆足爲民則傚，而革其暴戾之習。柳子厚之在柳州，陸績之在鬱林，文采華世，遺愛澤人，深谷茂林，皓叟蒼稚，至今猶咏吟其烈。君學北溪，而以追法吾朱子也，亡寧陸、柳。即問學也，吾與建安其問學；即治行也，吾與建安其治行。煽炎暉，樹高標，不泥沉，不墨廢，自疏瀹卑眇之中，而穎脫格外，以追先脩，此吾所謂學溪也。函冶氏爲齊君買良劍，君不知善，越人請買之千金，折而不賣也。死，屬其子曰："必無獨知。"君且折而賣之矣，無獨知之契，予聊以觀子之於太平何如也。

贈林子太學歸省序

　　予讀《陟岵》、《蓼莪》，未嘗不三復嘅嘆，憫其情之切而辭之迫也。嗟乎！父母之恩，詎有極哉？人子之情，亦詎有極哉？《陟岵》感念於親存之時，而悲其養之不可得。《蓼莪》感念於親没之後，而悲其養之不能逮。蓋人子之情，違則思，思則悲，自古至今一也。然古之行者，無過於其國，遠不出數百里外，生事死祭，猶其奔之也，而情已若此矣，又況於後世天下一家，行者動以千萬里計哉？予家五嶺之南，去京師七千里而遙，尚賴有天幸，全葆所天，而每一念來，常懷戚戚。雲動而風浮，山高而水深，當其茫然而感也，沸若刺心。子家更在予鄉之南，已不逮養其父矣，而以貢遊太學，以予之情推之，益可悲已，此予所以爲君戚也。

雖然，子之念親也，豈其惟日念之，存没之感是劇，罔極之報是圖，必有道焉。膝下之承其歡，遠遊之揚其美，立身成名之錫，其類皆惟孝思之永耳。東漢時，四方遊太學者幾萬人，如郭林宗諸君子，率依依於都下，夫豈無存没？蘄行義以成名也。林子遊太學，奉詩書禮義之訓，濡直温寬簡之習，業成也而歸，所以慰父母之心，圖父母之報者，不有烈於此矣？此余所以爲君喜也。異日者，名德之成也，對揚天子之問，鋪張皇王之業，以其孝移於國，遺父母令名，而人稱之曰"善哉！有斯子"，庸詎知今日遊太學之不爲膝下歡耶？庸詎知今日音問疏之不爲定省勤耶？此又予所以爲君勉也。

林子廣之揭陽人，家世詩書。自其祖大理評事以來，及知府林竹洲公、鄉進士林益，家學累世，世重矣。予誦《陟岵》、《蓼莪》之詩，有感焉，因子之志未已，故不憚煩道之也。

葉南溪山陰司訓序

陽明王氏起於紹興，以明道爲己任，其言盈海内。説者謂其簡易之教，善學者由之，固易於自得；不善學者由之，亦蕩乎無據。夫傳陽明之言詮者，惡知其言之果陽明也？又惡知其言之果不爲陽明也？竊欲罄（聲）欬其地，蘄與諸先生親炙於陽明者，周旋上下，亦學一先生之言，尊其所得，稽其所敝，補其所未備，以淑諸身，其或發吾覆，激吾溺，長驅聖賢之轍，豈非吾生之一快者？而地也參商，已而馳驅於宦途，纏束於轂下，則無由得至焉。縱或得至，亦烏能如昔日之碩友士子，而相摩焉以有成也？

吾郡葉南溪司教山陰，群俊乂而以爲徒矣，聞陽明之所聞，見陽明之所見者，友之不遺其人矣。予願也而未獲，君行也，而獲予願，聖賢之學術，其由是發明乎，未可知也。夫聖賢之道不明，故道德之趨不一，學校之教不脩，故豪傑之才不聞。予忝禮曹，與聞學校之事，竊有憂焉。非敢以教人作士任也，固且以循資學督爲例有，而外補不可得請，則心甚闕。君有教人之責，得親所教之人相晨夕，又以陽明之鄉，流風餘教未衰。惟當今天下盛推道學，最所宗重講説者，無如陽明先生。惟近世之以功業自樹，稱一代人豪者，亦無如陽明先生。惟宦途之可與諸士講究正學者，無如師儒。惟宦途得以講説躬行，與諸士子淬勵，以成豪傑之才，而樹不世勳業者，亦無如師儒。意者南溪君由是而究聖賢之道以爲之師，且以躬行先，異日毋亦有如新建者出，國家重賴焉，皆君教誨獎就，南溪君之有功於天下，詎不大哉？又其或者予之有便道也，得以迎君之轍，叩其所發明者以爲法，君又予之益友也，故序其説而告之。

潘知軒從事南通政司序

　　兵部尚書潘襄毅公，碩德茂才，負海内之望，予以後進不獲覩其風采，而猶見公之子知軒君，陶乎其顯也，恂乎其愨也。即公子貴胄乎，常若有以下人者。於是知潘氏之教嚴以正，而襄毅之德懋以遠也。

　　初白石倫公、涇野吕公，以文章德望名天下，私心艷慕焉，而竊恨乎其見之不及。君在二公教下，皆爲所賞拔，予知君底蘊未悉，而以其賞拔于二公也，君賢而後可知也。兹以蔭補留都通政司經歷，或爲君屈，或又以君不求知當道爲恨。君曰："是予之命也。夫予奉先人遺德，以有今日。苟無罪尤於先人，雖小，安之矣。其有尤也，即載高位，食厚禄，吾滋戾焉。"予聞其言而偉之，曰："臨取而思足，知命之士也；履盛而思挹，保家之主也。"

　　潘氏貴盛甲天下，襄毅公壯猷大司馬，而司馬莪峯公、少宰寒泉公，相繼出入侍從，樸溪公又以大司徒、大司空翺翔兩都，故吏賓客遍天下矣，君若無止足，俛首於權寵，賈譽於知舊，高可以侍清班，循次而進，亦不失北都要職。而君一無所求，惟命故之以，其安分恬退如此哉！漢袁閎當諸袁貴盛時，子弟皆務驕奢，閎歎曰："先公福祚後世，不能以德守之，此爲晉之三郤矣。"遂閉户高遯。彼當亂世，其自謀完身隱遯以爲高，固然。如君則居平世，乃能安命達分，卓然如鳳凰翔寥廓，不自芥蒂也。使郭林宗遇君，且當袁閎君，其稱贊何如也。

　　予同年方聽泉君，爲余道君之賢，請爲表而出之。夫《春秋》之法，賢賢及子孫。公孫會自鄸出奔宋，書曰"公孫"，賢之也。會何以書？進退之得禮也。

得禮常事耳,而書,爲公子喜之後賢之也。君之有斯美也,況以襄毅之子乎?故論而序之,以爲貴公子法,且以旌襄毅之德之遠也。

蘇子順德丞序

予同年方篆石君令順德,予贈以言,大較言廣州寶富天下。物有寶,人亦有之。撫柔茲土者,當與天下之寶爭瓌奇。吳隱之以清爲寶,陶侃以勤爲寶。懷瑾握瑜,古人之自完其大樸如此,以故韞精光而流澤美,至今熙號爛焉。此予之所以爲篆石望也。然道一而已矣,所以爲令者,即所以爲丞者也。國家設丞以爲令貳,豈入仕之途是廣?亦惟縣之不能以一人理,故設之丞,以爲之貳,而爲之佐,分職奉法,如棟有桷,其惟夾輔,以贊襄也。

梁峯蘇子授廣州順德縣丞,固鄉求予言以贈。夫予日已爲篆石君道廣右往哲事,相抵掌,今之所以爲蘇子運斤者,亦不過此矣。飲泉之節焉而勵,運甕(甓)之勤焉而勵,如子陂明功,能與蚌珠爲耀,檀楠爲香,犀、象牙、椒、蘇、瑙、珠、瑚爲異,亦從篆石君後塵而稱寶,於天下丞價乃增重矣。聞子也,事繼母孝,事兄恭。居父母兄長喪,附身附椁之事,一以誠信,而于糈財乎不吝,其推之民可知也。其或如予之所浮望,又可知也。竊嘗悼海宇彫敝,七死七亡之說,日甚一日,謂諸君子之拯之也,非清罔以立本,非動罔以有功,非大小臣工恪共厥職,罔以使萬物各獲其所。故因蘇子之行,而以誦於篆石君者,爲之誦。

贈泉郡經歷周中谷序

予讀相如《子虛賦》,賦乎雲夢之巨麗奇富也,嶂以巫山,襟以大江,其中靡靡鬱鬱無不有。土之爲丹青赭堊黃白,石之爲琳瑉琨珸瑊玏玄厲,動而麋猱犀虎,植而楩楠桂椒,以至一芳一苗,一鳴一咏,皆足以稱異爲珍,用於天下。蓋山川之氣,廣大磅礴,而物類之生,糾錯繽紛。其大者,固爲天下之奇;其小者,亦成人間之用。

今黃州故爲雲夢迤區,其所產,乃惟相如所稱麗。山川之精英,發於物爲珍奇,發於人爲賢才。賢才之出,不必皆同,用之大則爲大用,用之小則爲小用。黃州山川之盛,寧惟發於物產者!相如賦之,予未暇別論。惟是周氏一宗,自周耕叟以詩書世業,而兩山公遂以文章魁天下。督學廣東,煥翼軫之光芒,爲文學宗匠,烜赫寓內。此爲大矣。詩書沉浸,人以儒成業,而中谷奮成均,即陁於不遇,爲泉州經歷,然覩其風采,領其議論,玉質而冰心,篤古初而陋世態,豈又雲夢中有所珍奇者耶?非也。予鄉咸曰:"維我邦得公相邦治,不亦幸乎?惟公有玆美出而用之,以相我邦伯,宣布惠和,不亦休乎?凡我人士,見公之衣服,見公之車馬,佟邦之得我公,而冀公夾輔於我邦也。"命予一言以邁其行,於是乎書。倘其政成之後,恩及百姓,德鎮雅俗,與雲夢中所有爭光焉。予雖不佞,尚能爲公記之。

黃阜溪司訓績溪序

昔者夫子之道,每以忠信文行教諸弟子,七十二子之徒,相與講明而躬行之,爲萬世教學正鵠。炎劉、李唐之世闇焉,至宋朱紫陽氏復明。紫陽徽產也,而居於閩,當時閩中諸弟子,雲蒸霧集,究義利之辨,廣格致之功,操涵養之敬,篤躬脩之實,奮然用力於聖賢,時則有若黃勉齋、蔡西山諸君子,而閩之儒雅,於斯彬彬盛矣。然當時猶詆以黨禁,至我朝掃除□□,維新聖學,庠序師儒之設,聯亘乎八絃(絃),俎豆乎九徼,議正印,布功令,獨宗紫陽氏考訂,海內無他師說,選士奉爲岱宗,主司用以持衡,而紫陽所明夫子之道乃行。

績溪徽邑也,余邑阜溪黃君,以貢司訓於此。君產於閩,訓詁紫陽也,蹈履紫陽也,今之入官鳌文正士,又紫陽也。入績溪,望紫陽之故鄉,山高而水冽,林鬱而雲翔,將亡有俊髦卓犖之士,絃誦紫陽者出乎。有其人也,將群于學校乎鱗集矣;有其集也,將于君乎陶鎔鳌正矣。今士操鉛槧括帖,見謂窮經博文也,而彌曼支腐,矯者務爲吊詭,漸且侏儷其言,周規折矩。見謂約禮躬行也,而卑繭萎靡,其過者乃爲奇服玄譚,聚黨徵會,陽搏道名,陰襲殖利。究且欺世亂真,率天下而偽,愚不肖者不及,賢智者過焉,忠信之實靡存,文行之脩徒俙,安所謂夫子之道也？今當嚮屬朱學時，而君又以教事，宣德意於績溪，抱朱子之道，由閩而徽，朱子之徒，皆循循然於文行忠信之教，脩身止善，蒞政事靡踰閑，視今時所稱講學，掉舌鼓唇，競爲巧飾，不守折，及其任職，所至輒敗露，相去何如哉？事定然後知賢不。阜溪誠勉於朱子之學，以爲士也師；績溪誠群一方之秀士，以爲朱也徒，志相合而益奮，道相得而益章，風融而冰釋，雲曠而鳥飛，哀然一鳴而鵲起，一對公車試硎刃，而績溪賢才，視如昔日閩中，可知也。余於君乎延領矣。

黄梧浦司訓增城序

君子之教，貴以耳目之所不及者，遠而難明；引以耳目之所及者，近而易入。何者？教生於習者也。居處之相及，則觀感發焉；風聲之相聞，則企慕生焉。一鄉之士，有一仁人焉，表竪風致於前，廉頑立懦，敦薄寬鄙，於以感動人心也，豈不易？

予鄉黄梧浦君，司教事於增城。增城者，陳白沙先生之故里也。里之人，豈非聞見於白沙之餘芳者哉？夫白沙生於世教衰微之後，以興聖學爲己任，予雖不獲見先生，然竊聞其風旨，於言語文字間，指聖賢之真，以開聞見之牿，泝人心之靈，以會至善之歸。皋比所風，雖予愚鈍，亦有興起焉。況漸染於白沙之鄉，有聞見焉，而神契洽其真；有清風高節焉，而家習曉其俗；有長老子孫焉，而士傳誦其教。少之習而壯之安，山爲高而水爲長，推而進之聖賢之道，易矣。君之蒞茲土也，必無遠慕，其語諸士子曰：聖天子在上，將惟如白沙之賢是用，諸君可以勉矣。庚爲語曰：朝廷以篤行爲先，言之則必行。其亡或言辨行僞，陽自附於聖賢，陰即乎匪彝，一交羶利而棄之，弗啻弁髦，豈惟得罪名教，自招姍訿，其如弦誦白沙何，其如國家庠膠意何？予實懼焉。

余與君辱有世講之雅，於其行也，僭書以贈，且以致予化民成俗之願云。

王西梧司教海豐序

天下之務，有若迂而實急者，學校是已。學校者，治之所以治也。自漢以後，説者謂西北蹙而東南衺。夫所謂衺者，無亦以荒服之外，蠻貊之民，五帝、三王常不能臣治，今日乃盡馴伏文罔中，而所以治之者，又無亦以詩書化其陋習，禮義馴其桀性，以故消其剽攻争鬥、椎髻斷髪之俗，而歸於法制仁義歟？蓋教實使然，則非學校無以矣。予故曰："學校者，治之所以治也。"國家應運，文明章章乎南矣，自嶺以外，邑有庠，家有塾，絃誦俎豆之彦比肩而接乎黎儂，視唐、宋尤有光焉。何以知其然耶？

予鄉王西梧君者，司訓電白。電白五嶺之荒徼，唐、宋遷謫者之所投死也。王君教於是邦，遂以所學爲師，言《易》言《禮》，彙之成編。予讀其《易經講義》、《小學禮略》，以至所脩郡邑誌，嘆曰：美哉！王君之用心也。民士其庶有興乎？卒爲惠文君薦奬，於是知遠荒靡不嚮學也，知文明之所以益盛，而東南之所以益衰也。又惡知非學校有師儒，而以尼父之道馴之故然耶？

王君以制終復起，任海豐司訓。嗟乎！海豐又非嶺南哉！以君電白教者，即以教海豐，可矣，吾又知海豐之日文也。《易》曰："習坎，君子以常德行，習教事。"習坎者，重險也，喻人心之險於水也。所以治之者，詎非以習其教事乎？所以習教事者，詎非以常其德行乎？嶺南雖王化所被，其人比中州，猶然桀鶩，其人心之險，固不可測，而教事之不可不習，爲尤甚。夫事出於常，所試者規模條貫已具，其習也易。君之教電白者，已許可於當路君矣。今揭而之海豐也，無亦惟是德行，以習教事，而奚有於重險？吾故知海豐文治之日蒸蒸也，皇哉！僭爲君序。

贈猶子君任歸善司訓序

天下之旺氣，自北而南，而其盛也，豈武衛之奮是以？則文教之脩以然。若稽諸古，周肇於岐、豐，當其盛時，分治於周、召，爲二南而化，於江漢則行，於汝濆則行，章章乎南國是極，非以文教衣被之邪？秦、漢而下，拓矣，而旺氣遂被於嶺外。然猶常威之以材官、羽騎、樓船，調發相屬。至唐而宋，雖曰就奉法循理，兢兢於令甲矣，然文教之脩未盛，其地猶爲遷謫之居。及至今日，郡縣始各有學,學各有師長,以文教鎔洽,而其治乃浸淫衍溢,彬彬乎涉三五而登閎之,以是知天地之氣日休隆,而我皇朝之化日寥遠也。夫際宇宙之嘉隆,躔文明之熙諧,詎偶然哉?況紆軒冕於斯乎?況得我鴻生鉅儒,脩揖讓之事乎?況其才學,又可以應醇運、匡雅頌,而邕茂世之績乎?

余猶子君任,夙侍乃祖上猶司教盤石公、乃父上饒司教寅軒公,家學籍聲庠序間二十年,歷文宗使者,率居等之最優。其詞源如三峽水,其才辨如太阿出匣,即青衿一時人豪,咸竊竊推重,以爲國士無雙,海內寡二者也。乃竟以數奇厄,貢而授司訓於廣東之歸善縣,余方以服闋(闕)候請燕臺,喟然嘆曰:其子之命也夫,庸詎知非子之幸也?夫教之其行,學之所得施也,履運以興化,君子所以易於教也。蘇湖之君子,萬世炎望,至今爛焉。由斯以觀,天其或者不有薄吾子也。乘氣運之昌詡,剖蛟螭之月珠,載道德以爲師,附仁義以爲朋,山川之鬱然秀者,默與人會,而君子假之,以成其章。韓之於潮,柳之於柳,由此榮鏡寓內。子之歸善乎行也,羅浮擁之,而鼓角導之,而東西江環之,大海界之,巍巍者爲精采,洋洋者爲氣脉,天下之奇觀,振耀而蠁吕,詎不有文章出於是邪?夫天飛之鱗,蟄深而震;凌霄之翮,伏脩而奮。如子之才學,無以屈也,必此信之。爲今之蘇湖乎,而以澤物;爲今之韓、柳乎,而以潤身。皆卓乎可也,皆余所望於子也,吾子圖之。

陳弗齋清豐丞序

古者王畿之內出賦,萬乘於是乎有馬政。今之清豐,其地則王畿內之地也。女兄夫陳弗齋,爲丞於斯焉,政職焉。余嘗讀《詩》至《車攻》、《吉日》,而知周之所以盛,宣王之所以中興也。夫馬之同,車之攻,見之《采薇》而獫狁格,見之《采芑》而荊蠻威,畜威以昭德,脩武以佑文,茲非其盛耶?然周之政,索其賦於民;今之政,寄其養於民。其政不同,而皆以治兵。其治之之官,則周自校人之屬,以至於遂師、縣師,而下可數也。今日自太僕之官,以至於外之通判,而下至邑丞,又可數也。其政之理也,非以人得耶?其壞也,又非以人失耶?

陳弗齋君從事文學，連不得志於有司，乃就太學，以茲職選，君豈入貲希圖糈利，起家人哉？自乃祖某以貢登仕版，已而諸昆仲袞然有由鄉舉者，有由歲貢者，有由胄監者，一門之內，若纍纍錚錚未艾，裔之出自名家也，濟其美矣，而產貨積紅朽，閭里備嘗屑瑣事，萌隸之情僞，盡知之矣。天假之厚，得成胄選，而以丞主馬政，其將責償利乎？其將責榮名乎？利者，疢疾也；名者，風波也。君篤於詩書，又敦禮義，動以古人自期，與余相從問學之日久矣，知君不沉溺於疢疾以求償，必也，乃徇名則有之。夫殉衆喜衆怒之名，此天下所難也。衆喜必多入宮之妬，衆怒必多吹毛之疵，故風波入焉汩沒。君不以其難者爲畏，而又以其難者爲戒。丞乎丞乎，其成名可知也。

於戲！是行也，將惟熙朝庶官之得人是慶，庸詎知馬政之理，中興之盛，《車攻》、《吉日》之政，不乃以安中國而攘四夷邪？是爲序。

贈尤子魚臺丞序

予曩者接吾子於一見之中，固疑其有異焉。及詢其姓名，則年丈尤思所之兄。思所以鉅望登巍科，文學、風采世無侶矣。而子在伯仲間，沉醉於詩書之鄉，枕籍於禮義之席，宜其異也。天曹之選也，授魚臺縣丞，辭予。

予嘗讀韓文公《藍田丞廳記》，知丞在唐時，徒有其名，例不得可否事，故唐人有"余不負丞，而丞負余"之嘆，嘆丞之不得有爲也。國家設丞，以爲縣令貳。令在，則分治其事，若清軍，若水利，若馬政，各惟其地之所宜。令不在，則代之署事。其責所重於丞也如此，丞固不負人也，人其如丞何？然予聞尤子種才泓涵，初爲書生，操鉛槧，挾筴鼓瑟，干郡縣，再不售，乃俛首而就便路進，以茲職選，志固鬱鬱乎困矣，而所職乃馬政。當今豨韋沸突，戎事薦興，馬政尤其急者也。而魚臺密邇京師，事至繁劇，子以抑鬱之餘，而從事於最急之務，以泓涵之才，當此繁劇之責，宜其沛乎若困。魚凌陽波，翼乎若籠，隼縱雲逵，胡試不辨？知子之不負丞必也。思所君茲典大縣有日，民之情僞盡熟之矣，事之利病盡鑒之矣，官箴之當否盡剖之矣。予若以共丞之事是問，則思所君當爲子尋尺畫也，此非吾之所能贊也,即有喙三尺矣。

王子會霖泉府照磨序

　　王子會霖以上舍生授泉州府照磨,謁余。詢其鄉,則常之江陰,襟江帶湖,萬水之所環縈也,泰伯、仲雍之遺墟,季札所經,禮讓之遺風也。詢其家世,則先世有在勝國時,發解浙省,而世有聞人,君則刑部員外懼齋之孫也,楚府引禮舍人省勤之子也,四川兵備前山之猶子也。昆弟登朝籍,布列或光禄,或鴻臚,斑班不一二數,是縉紳之裔也,禮義之黨也。余因地而知其所鍾孕,因俗而知其所馴習,爲吾郡中得人賀矣,而王君心歉甚。

　　余曰:"君奚以哉?惟君自待何若耳。自待以重者,人亦待以重;自待以輕者,人亦待以輕。飾以珠玉,衣以文繡,觀者釋擔而趨;擁以車騎,燿以旌旄,見者屛足而伏;載以錙重,挾以重寶,聞者裹糧不遠千里而赴,何則?彼所重者在也。照磨雖府屬,然設一官則必有一職,其無用能乎?有其用之,而以其身重,人且我重耶?人且我輕耶?且子居江陰,知天下之水,莫悉焉,吾試以水喻之。巨浸所會爲大江,泝而上之,派分匯折,有湖,有河,有浦,有港,又分而有溝洫。其大者萬斛之舟之所出入也,次盡舴艋之利,次資灌溉之便,大以大用,小以小用,夫非地利耶?君其得乎水之一勺以適舴艋用,而或自效於灌溉之便者耶?苟其用之而適而便,吾惡知其輕者之不爲重也,吾惡知溝瀆畎澮之不爲江河湖海也。"

　　王子躍然曰:"聞古昔盛時,大小畢力以度元元,政出於公卿大夫,而詳盡於黨族比閭,功溥於朝著方輿,而細及於草木昆蟲。職無小而不盡,才無微而不效。而能以萬國咸寧,廼至庭零甘露,唐流醴泉,囿臻麒麟,林棲神雀,巢凰鳳於其樹,遊黄龍於其沼,其是謂與?"

　　余因吾子之言,遐想古昔之盛,因以自勗焉,遂書以贈。

曾子館陶典史序

　　國家設縣邑,以分天下之治,有令,有丞,有簿,又有典史。今之典史,古之縣尉也,職追捕盜賊,伺察奸非,故其在縣,常掌民兵。予居家時,見其試閱民兵也,闢地數十畝爲教場,中設將臺,民兵挾弓矢,蒙甲冑,前阿後隨,甚尊赫。流外入仕者,此爲美官,人亦以此爲美而樂爲之也。

予鄉曾子龍湖選授茲職,治臨清州之館陶縣,謁予問治焉。予曰:設官以爲民,君之職於斯也,非以衛一縣之民邪?夫臨清南北之襟喉,天下之都會,言繁華者,莫先焉。館陶其旁邑也,天下有變,則臨清必受兵。兵禍中於臨清,則館陶亦不能以無事。北夷於臨清,夫惟寐忘之。若從紫荆關入,南掠臨清,憑陵我邑聚,抗扼我咽喉,四鄰且震動,館陶騷矣。是事之不可知者一也。藏多則誨盜,物聚則興戎。以臨清之繁華,又亡惟萑澤之草竊,朵頤是備;偪介之關,狙獪伺之;扃牖之樞,嗚吠間之;烟火之聚,兵刃覬之。是事之不可知者二也。子之館陶也,司逐捕乎,嚴其伍候,緝其走集,詰其聚散,不貪憪,不耆懦,完守備以待不虞,民知有衛矣,是吏治之選也。宋熙寧中,縣尉改用武弁,蘇軾力言其不可,請更用選人。夫其改用武弁也,豈不以武夫習於督察盜賊邪?而長公甚言其不可,則以介冑之士多酷暴,麤鄙之人鮮廉恥,其治如狼牧羊然,故欲以選人爲也。然選人之用,必有別於武弁而後可。若惟苞苴是恣,饕餮是啗,則于武弁奚異?長公又胡取焉?委而畀之,豈其能勝億兆人望治之意?

曾子家世業儒,常篤志於儒術,其謁予也,倘亦有歸儒之志乎?故以儒治告之。

石崑峯永豐倉使序

予與石泳川君上下遊,每壯其英邁,亡溰溺累。因泳川得接其兄崑峯君,又見其飀雅委蛇,安然靡分外慕,自成一家。故泳川不以小就屑念,不入巍科不仕也,竟曲蘗以窮終。而君不卑小官,云:昔馬援慷慨多大志,而馬少游以安分爲節,曰:"士生斯世,爲郡掾亦可矣。"君之於泳川也,予嘗比之馬氏昆弟焉。及予職禮曹,而泳川君錮九原矣。

君選於天曹,授潮州永豐倉使。夫泳川爲馬援而不成,君乃成乎其爲少游者也。君子之仕也,惟其成而已。苟其成也,雖以倉庫之職,而不爲歉;其不成也,雖以卿相之尊,而不爲寵。何者?立乎人之本朝,而道不行,古人恥之。故有辭尊居卑,辭富居貧,爲委吏而以會計當者,爲成而已矣。蜂釀之僵仆,不如螺蠣之鹹也;牸犙之敗群,不如鶉鴿之卵抱;呂、霍之勦滅,不若徒隸之執鞭也。予資珍毷鷟燕市,上之不能以尺寸報補,下之且以言語爲罪,拑口結舌,旅進旅退,惟無成業是懼。其視君從容於海濱,會計考成,獲意歡樂,奚啻霄壤?吾觀伏波在浪泊西里間,蠻夷未滅,仰視飛鳶,困而自傷,乃卧念欲如少游言而不可得也。使泳川尚揚眉世間,得遂所志,禄縻於國,職繩於事,若予懷悚悚焉,亡或如伏波之所念於少游者,羨君之得意,而且以自傷耶?君試以予言成名焉,是脩士之所求而弗得者也。

李子永定驛宰序

余讀史至田叔、孟舒,未嘗不爲瞿然。二公皆自髡以從趙王者也,方貫高之事覺,逮趙王繫詔獄,雷霆之威不可測。凡舊爲趙王吏,雅有旦暮,偃伏愛德,平生以氣概相許者,皆凛然自危,避之惟恐迹不遠,獨二公從趙王周旋,爲之盡力,竟以脱王於禍。予讀其事,三爲之瞿瞿,竊以爲二公終身之事業,其已定於此耶?故嘗論大丈夫立身,必有不忘雅故之節,然後能忠於君,而盡於所事。

予鄉有李子者,當侍御何古林公以諫獲譴,萬里逮繫,罪且不測。時爲古林屬吏,及受古林公知拔者不少,君毅然獨行萬里,依依爲之擁護,而古林卒全其身以歸,君其有古人之遺烈與非耶?以君事長,知君必且能事君。即有患難,必不肯苟免以負所事。即當涖官,必不肯怠荒職以速官謗。其或任大乎,吾知其能勝也,于一驛宰乎何有?不意田、孟二公之後,又有如二公者也。諸鄉人曰:"李子質而不迂,敏而不躁,多才而周慎,臨事有智慮,其於入官裕如哉,今驛宰於永定,小矣。"嗟乎!古之人有言,官有大小,愛君之心則一。惟子持二公風致,而念念無忘君也。

辜春崖嘉善典史序

予鄉先生辜敏道公,登永樂二年甲申進士,南安甲第自公始。其後子孫散居，或在南安，或在莆田。而在莆田者，有春崖起家掾吏，任嘉善縣典史。予去敏道公已遠，然得見公之子孫，猶見公也。亡寧茲公子孫在南安者微矣，而春崖能自奮於莆田，官於四方，竊嘗悼公之衰，而今猶爲公慰也。夫念及敏道公，則念及其子孫，況春崖於余莆中宗屬，又有世姻之戚者哉！

予聞春崖之言曰："予役吏也，予家儒也。良冶之子，不能爲冶，猶借術於治冶以爲裘；良弓之子，不能爲弓，猶借術於治弓以爲箕。予業儒之後也，今雖以吏奮，能無念箕、裘乎？且夫比類以成行者，達士之能也；世業以立名者，孝子之節也。予雖出入於法律，瑣屑於簿書，而六勃惕然，惟不得聞君子之道是懼。當時名公若劉南郭、黃我齋、朱可山、宋少宅，予皆從之而求緒言焉，非咳唾是飾，將惟儒術是求也。"

予誦其言，偉其志，因以儒術告之曰："儒者之術，在能推其心，試以君之心求焉。當平居未遇時，見有司之不率厥職，而或以貪以酷名也，得無憤然嫉之乎？見一民之飢寒，或麗乎罪而不獲所庇也，得亡惻然憫之乎？有一政績焉，足以聽聞於人也，得亡慕而法之乎？此天理之真心，而治民之表也。夫憸人者，嗑口而談利機，茲乃慉焉。君試求其真良善乎爲之充拓，惡乎爲之寇艾，儒者之術，如斯而已矣，于嘉善奚難哉？"

夫敏道公適元氛之方掃，際皇明之隆興，當時儒業未章章也，而敏道公力學於儒，奮自遐方，以與上國爭先，公真天下之豪也。君以吏業，而汲汲於儒是問，其洵敏道公之子孫也哉！君之嘉善，其長君，則予同年友陳我渡公也，聰明英偉，忠厚仁恕，必有以勖君者。君問而請事焉，且質之曰予之所以告君者，如此也。

漳南道王塘南任滿保留序

王塘南公，備兵於漳南之三年，將以其成奏績，巡撫王方湖公、巡按樊斗山公議曰："惟茲地控山襟海，北走江右，南馳粵東，而萑潢之酋渠其間乎出沒也，柔弛之不可，剛急之不可，不剛不柔，坐而視之，又不可。王漳南處文武之間，飭結撫勦,爲能其任,必借公一年,以奠南師也急。"於是各保留公,以免公行。

余聞之嘆曰:王公真能以德庇我民,底寧四方。兩臺使君,真能爲我民惜賢,以對四方之望。何者?閩郡八而汀、漳爲難治,以山爲寇者,必來自汀;以海爲寇者,必來自漳。故閩中之患,自汀、漳始。公之鎮柔茲土也,不解衣,下令甲存慰屬邑,窮鄉黎庶各業其生者勿擾,惟鋤其尤不良者。治民治兵,擎有統紀,經略莊明,旆弧齊一。已而狙討南島倭孽,隆冬戒嚴,肅霜應律,我馬嘶風,我師挾纊,賊徒遁逃,俘馘奏捷,天錫輝煌,俸加四品,金帛薦揚。已而北討山寇於上杭,奮電鞭,燿日旌,伏關徼,駢頡盺,獵榛蘢,決叢藜,於是乎鬼越神讋,狼竄熊蹶,按堵如也。已而鎮漳城,夙夜勞萃,内設扞以固圉,外調兵以協勦。賊嘗以烏合之發,蔽日翔雲,卒不敢近以去。蓋公之治官治身,終始斬斬,與冰俱烈,而其施之政也,剛柔中節,以故能秉其命,賜彤鉞之威,芟平韋豢苗萊之不恪。

且公常語人曰:"民性無常,惟所御之。汀、漳即多盜賊,詎可盡以盜賊待邪?御得其道,則汀、漳民可即戎;失其道,則盜賊亡惟汀、漳。惟上之盜賊其民也,束而刈之,薪草不如;蒸而熬之,蚌蛤無異。重斂以困其衣食之源,繁刑以使其手足之無所措。惟民也,比而見利之在賊,而不在民,於是乎始以其身棄之盜賊,而亡暇他計。"則知百姓之心,愛百姓之深,未有如公者也。其有大庇我民,不虛矣。兩使節偉之,而爲民挽留,莫釋也宜。昔潁川盜起,借寇恂以一年,卒以底定。余見汀、漳之日就底平也。

余以制家居,竊覩記兵禍,如火之燎于原,焦延草木,腥穢魚鱉,猶賴賢大夫以免。聞漳南之奏留,幸餘澤波及,不覺喜蒸蒸矣。長泰大尹蕭瑄,謀余序以垂於永也,余謝不獲,因次其事而序之。

邑侯涂桂泉旌獎序

余邑南安,瞻比府城不十里,而披山帶海,故泉之諸縣而山而海,有事則南安均受其瘁。以其瞻比府城,則承府事,又與附郭無異,故南安於七邑爲劇。

涂侯桂泉,以大理寺司務,拘王國例,出掌令事。始余謁侯於京邸,見其懇然坦然,不矯異,不詭隨,知其爲德讓君子也,而竊意余邑之必受其福。及至,余以制歸籍,親見其政,如春風披拂物品,慘刻不形,民亡幸有麗于法者,爲之戚焉憫焉,原反欽恤之,廣開其生出之路。即事關上官,有直之不得者乎,亦且言之弗置,或以取尤於上亡恤。至如細務,尤留情,自朝視事至昃,故余邑雖劇,以侯之寬處之,無病民,亦罔廢事,則余向所臆於侯者,果其然也。

雖然,篤實者乏皦皦之績,平易者無赫赫之名。以侯之惆幅(幅)寬厚,或者於近民易而獲上爲難。及至當道諸大吏,譽侯不置吻,而巡按湖滸南公,又特旌獎,獎其賦性溫醇,用法平恕,勤政而廢墜畢脩,宜民而循良允稱,可不謂知侯之深哉？則侯受知於上,又有出余臆計之外者也。

然余臆之嘗中矣,則南安民有幸焉。而出於余臆外者,則尤爲天下民也幸。蓋自循良風邈,吏以酷爲威,以刻爲明,束濕繩於氓甿,救火而揚其沸,其烈已久。至於忠誠惻怛,置之和平之鄉,與以安全之福,而吏治蒸蒸,世少其人焉。此由上之大吏,以所尚慘刻者風之,故與厝薪赴火亡異,此民所以益彫敝也。

侯治以循良,而滸南公又以循良獎。彼居官爲長吏者,知上之嚮用,而象指於此也,則誰不勸於長厚,慘刻之風,庶有瘳乎,斯天下有大幸矣。

余托桑梓,沐在侯涵煦之中,羨滸南公之知所尚,而余邑之得所天也。又以所尚之風乎天下,而天下之盡獲所庇也。於是乎紀其事,而縣丞焦子、主簿應子、典史倪子,以侯僚屬來徵余言,因爲諸公叙之,且以俟觀風者。

贈涂侯桂泉入覲序

天子以賓禮親萬國,率三年而天下之省、府、州、縣,各以其職入覲,丙辰歲屬當其期。歲乙卯,南安涂侯桂泉,以十月北轅,諸大夫祖道,屬予序其事,以祝其行。

序曰：粵古初平世,禮行而法立,惟茲禮有朝覲,非以諧萬國之情耶？而省成之法寓焉。按禮,歲必有成。百官所質,司會所考,冢宰所授,皆以成言。夫勞施於事,而事立焉之謂成,勞施於民,而民安焉之謂成。

涂侯桂泉之蒞南安，治也成矣。吏事無曠，民情罔譴，四野之外靡警，四業之民弗遷。以仁用刑，不怒自威；以清行政，不令自服。以禮觀之，洵可爲成也。以是成也，可藉以見天子矣。

且夫禮之有觀也，猶水之宗于海也。水順其道，而匯其潤，故海受之以爲大。予觀其潤下之性，山下始出，涓涓乎漸漬，草木固已滋養生息於此矣。及其盛也，騰爲百川，爲四瀆，以資灌溉，以利舟楫，成其功於萬物，而後放之于歸墟之壑。水之朝宗也愈遠，故海之裨納也愈大。百川致成物之功，而海受之；百工致成民之功，而王受之。百川不盈海於茲乎成其大，庶尹克諧王於茲乎成其大，一也。

國家威德洽於遐方，儀禮被于殊俗，異域絕黨之君長，靡不來王來覲。況我南安，雖遠在萬里陬海，而鄒魯其鄉，洙泗其人。又以桂泉公爲之長治也，三年之內，勝殘若未期，於以課成於考功也已最，亡亦如水自崐崙岷峨，以朝宗海東耶？於此見我明太平縈隆，薄海內外，物亡不得其理，而吾儕躬逢盛際，與侯之丁其盛也，詎不猗與休哉！

於是乎孕虞、夏之輝炎，陶殷、周之砥範，煽皋、夔之翔風，襄衡、奭之藻黼，而奏功成也，在此行矣。涂侯桂泉公曰："予何敢言成，予日思勉焉，期無戾於法爾。"予曰："此侯之所以有成也。"諸君子曰："然。"命予書之，以爲桂泉公贈。

巡撫趙寧宇擢總薊州序

天下之勢殊南北，而戎兵克詰，總總搏搏，非豪傑不能任。嘗讀《詩》至《六月》，其垂北之成功者，則自獫狁之平，至于太原，時有文武吉甫，而萬邦以爲憲焉。又讀《江漢》之什，其垂南之成功者，則自江漢之平，至于南海，時亦舉召公之文武，以爲召虎命焉。自古拓迹開疆，武以振其烈，文以善其謀。文武異用，濟濟以勒崇勳；南北異宜，比比以熙榮號，非豪傑之士，則惡取功矣？

閩中督撫趙寧宇公，其今豪傑耶？我聖上繼中興之盛，英豪並出。公出於蜀，奮巍科，往奉尺一，備兵而南也，歷廣而閩，乃陟督撫，掉雲旃，彄狼弧，響日鯨，趍翰鰐，召虎之責非耶？是惟公未三年，天子聞公問，謂鎖鑰北門，重也，復以薊之督撫委公，於是公又揭揭而北，吉甫之責非邪？亦惟公不識廷議重北垂而輕南耶？亡謂南國功已有成，故更以北之成功責公耶？公之文德武功，焜燿閩中，可謂成矣。嚴以樓船之備，馴以保甲之法，風發電拂，煙靜浪平，三年之內，靡有萑薄之竊，唐潢之警。至如內地，黎萌不幸，卒遘凶人，酷丁婪毒，告訐風行，獄訟火熇，恥辱遍及於士類，濫役不遺於軍伍，幾致大亂。公急爲驅除，告訐之姦檄禁而頑訟消，開溪之事奏寢而陷阱杜。文以綏閩黎，武以靖日國，可不謂成耶？以此推之北土，其成功可知也。

地中有水，卦名爲《師》，其辭曰"丈人吉"。以公豪傑才略，南撫北征，廼遣甘棠之惠，秉彤鉞之威，耦皋、益之倫，搜伊、旦之謨，於是乎鏤燕然之峻陁，躡不周之逶鬼，天驕無所跳其鐵鎗，沸脣曾胡得以噴其咿喔，其行師之丈人乎？繼此而上其成功，又可知也。四海所望，是惟戢兵，將在行師乎？將在不師乎？將在偃武功，脩文德，以贊太平乎？夫肯構者，琢之丁丁，鳩之鑿鑿，丹堊圬縝，南犇北馳，不知其勞。距其落成也，鍾鳴竽吹，匡坐而積紅朽，歌雅而脩揖讓，亡務以庚作擾之，爲其作之之疲也，亡務以覊爭啓之，爲其爭之之蠹也。時勢有所葆，而謨算有所完，其在公乎？其天下所望於公乎？

不佞與沐倒懸之解，年友薛南塘之子應鍾於公又有舊雅，謂公豐功在閩，不可以莫之揚也，因序以賀。

惠郡守李九嶷旌獎序

東廣惠州鯨鯢之不靖者累年，恥及城下，留都兵部車駕司郎中李九嶷公，繼守是邦，於今乙亥，適二年餘。其地三面距海，上連汀、贛，姦宄出沒，穴爲萑巢，而生齒常患寡且貧。嶺表諸郡，其勢爲難治。而公承流亡之初定，掇拾之餘燼，草膏野骨，披披藉藉，綱解維弛，麋麋紛紛，其治之時尤難。

公至郡，下車問民疾苦，求便宜，一舉而新之。大者申聞，小者立變，風飛而雷厲，雨滲而日烜。浮煽而動者，娭嘘以定；走集而歸者，儲與以成。夷叢棘之總茸,捎窾窳之陸梁,乃使文身萌黎休息乎農桑,鴻生鉅儒峩衣裳而匡揖讓,脩拯於爐焦鼎沸之中,而人各自蘇於魚餕肉爛之後,於是乎惠人以治平爲公功,惠文使者以惠人之歸功公也爲公獎,獎其庶事之練也,其百廢之興也,其擔當果而頹風振也,其稽查嚴而姦盜肅也。夫公之治蹟,惠文君其盡知之耶?而惠人猶以爲未也,未知惠文君所獎,果未盡公功耶?果未爲不盡公功耶?未知惠文君之深知公耶?惠人之深知公耶?大諦憲檄獎公功,能白今日之平定言之也;惠人念公功澤,思昔日變故言之也。平居無事,視所親惠,若無異也。飢渴焦枴,見沾沾者,而喜十倍;倒懸陷溺,見狂奔者,而喜百倍。

惠濱海也,嘗譬夫操舟者之出没於海也,其遇各異。當其薰風和暢,水波不興,上下天光,表裏日景,鷁采凌雲,螭文映水,此則平定之景,而人熙和。及其衝風颭起,水波洶湧,薈蔚雲霧,昏矇咫尺,蛟蜃騰樓,黿蟞噴梁,此則變亂之景,而人悲悼。惠人詎非悲悼於變亂之景者耶?當是時,不知我之有生耶?其且無生耶?不知世之有我拯耶?其亡我拯耶?夫既有所拯矣,有今日綏定矣,感極而喜,其喜之也甚,則其美之也溢,宜惠人之交口頌公,而猶以爲未足也。憲檄所獎,庸詎非公之循良,所以易亂爲治,而轉之靖謐平定者耶?是皆深知公者也,非是惠人又胡以頌公美耶?

余於九嶷相知雅矣,猶子陽道司教惠邑,屬公下吏,又蒙通家視,千里馳使,以惠邑庠博某、諸生某等,請余言以紀之。余樂公政化之成也,遂爲之序。

南安學諭陳盍臺旌獎序

天地一氣生萬物,象著而日月星辰,形成而丘嶽河海、風雲露雷、土石草木,變化參差,其流行於兩間也,爲浩然。孟子曰:"我善養吾浩然之氣。"蘇長公於韓昌黎記,亦以浩然爲昌黎頌。夫公探墳典,窮經史,蹈禮義,孜孜矻矻窮年,雖在遐方,不廢學。如《進學解》、《佛骨疏》,宣慰魏博軍,節氣貫宇宙,光日月,駭陸梁,抶稀豨,舉世遇之,失其所恃,超乎尋常之中,溢乎尋常之外,是非其善養浩然耶?是非維不廢所學故然耶?

莆田陳蓋臺君,少年舉於鄉,以禄養就署南安學諭。入仕者多廢學,君即從宦途,而其天性沉深好書,常以其暇,與諸生賢豪,日約課文藝,相磨詆,焚膏繼晷,不以數奇漸靡,而以浩然不屈不阻者日益礪。其平居接遇介然,不近利,不及私,肆力詩書之圃,優游禮義之場,一介不苟,所謂善養浩然之氣者,非君也耶? 於是惠文使者乃君獎,其云"端嚴見行己之恭,博雅堪作人之範,取與甚嚴,事業可卜",果以予之所謂"浩然"者,獎君也。夫浩然之氣在人身,如水之在地中,氣配吾身之用,亦如水配天下之用,剸之不斷也。用其利,射之不入也;用其堅,焚之不燃也;用其潤,湧乎其不留也。投百仞之谷,不折也;乘萬里之流,必束也。用其勇,推原其本,清而且漣,清而且漪,塵繭一洗,浩光萬頃,乃成是用於宇宙間。以吾身論,必有一介不以予人,不以取人之節,然後能以不顧盡義;必有一念欲立立人,欲達達人之公,然後能以取譬盡仁,而非勉強學問,萬折必束之志,則且退然餒。以君強學,余未知其於韓公何如也;以君所養,予又未敢不以浩然者許君也。聲藉儒林,不虛矣。惠文君廉而獎之,其知君哉!

晉江侯梁元沙兩臺交薦序

萬曆之五年,梁元沙公令晉江三年,政有成,撫臺龐公廉其賢且能也,特章薦之朝。按臺商公,又廉其真賢且能也,復交章薦之如龐撫。余邑父母斗山尹君屬余曰:"猗哉!朝廷之網才而得才也。以公之才,網而登薦於俎豆也,詎不侈哉? 詎不當爲天下賀哉?"余曰:有是乎? 朝廷以拔擢之典,寄耳目於兩臺,最書交薦,用之鉅也,昫可俟也。若以公之才而月旦評,則有淵源焉,而今乃得其波瀋。

公瓊人也,瓊居大海之南。南方之學,故常得其精華。我先正丘文莊公,產於斯,涵滄瀛,吞目盡,閎大博深,《大學衍義》一書,具載治國平天下之典,纖悉殫極,備用成務,儲清漂濁,浮天浴日,邕鴻業於上,擎茂功於下,直與滄瀛爭奇。公後文莊而景其學業,余見其丰度雍雍矣。霽若水平,焱如波發,風月聊浪,雲霞輝映,海孰爲淡? 余見其學術汪汪矣。苞舉藝林,縱橫今古,穀羅才俊,式友仁賢，海孰爲富？余見其令行禁止矣。保甲嚴明，盜賊屏息，條編均平，黎萌循軌，海孰爲威？余見其布德施惠矣。小大之獄必親，羅織之冤獲雪，催科有度，撫字靡置，海孰爲恩？夫滄瀛之波濤，其乘潮四溢也。岠畞岠澮，禾麥夭秀；岠江岠河，舟楫通利。又有盛焉。浡氣溢而升騰，天以爲道，而時雨降；潛氣溢而滋灌，地以爲道，而寒泉溥，宇宙間功用無與比矣。

公之于晉江也，其猶畞澮邪？其猶江河始出邪？萬姓之所揄揚，當道之所推薦，其猶拘於墟耶？其猶束於見邪？上焉者躡龔、黃之遐跡，軼文、莊之高蹤，道援天下之溺，才濟天下之險，外而風波不揚，內而龍見施普，茂蜚聲，煽炎烈，以與天下長享太平。此余所以爲公望也，此諸縉紳所以爲公許也。敬因尹斗山之命而序之。

揮使歐陽新田守銅山序

銅山水關缺守將，督府上其事於朝，以歐陽新田君樞掌其事。

君東田公深子也。公死事於莆，推其蔭次及君，遂由增廣生世襲指揮僉事。又推公績，進襲署都指揮僉事。又以斬獲崇武倭級，進署都指揮使，守銅山。將之鎮，僚某等請余言，以榮其行。

余於東田公爲舊知，聞之嚯然喜，既而嘆曰：古之名將，多出於死事之門。何者？其忠烈義勇之氣，感天地，靡日星，凌霜雪，貫蜺虹，不可磨滅，故舉而鍾于其裔。

嘗讀《五代史》，晉王克用破黃巢，復帝京，史敬思爲先鋒。當上源驛之變，免晉王劍掫間，而以其身死。其子建塘，繼父卷甲持戟，并朱梁柏鄉之捷，棗彊之捷，梁日以蹙，而晉業遂成。有父之志，有子之功，有爲之前，有爲之後，此非忠義銳烈，而天道顯忠之常耶？

公之勇於義也，倭夷猖蹶，民不識兵，望風奔靡。公奮自民間，犯白刃，蹈流血，與豨突角於武榮之野，卒招撫以安遺黔。及至莆郡攻陷，公又承檄救莆，率群帥衝焱鋒，爲東蕭之戰，以力不敵隕于陳。

今子某襲公後,累掌軍政,累樹勳閥。嘗管屯糧,而督徵高浦所、崇武所屯糧,能其事;嘗管清軍,而得逃亡軍士三百餘;嘗脩葺衛署宇,而功成士悅,其軍政甚嚴肅。守崇武所,而生獲倭級於大岞一十有六名,其軍績甚著。東田公之以身殉國也,新田君之以子克家也,處危處平,奉職事無玷缺;肯堂肯構,萃忠孝於一門,于史氏奚異焉?

或謂新田業自書生,媾茲平世,文墨之儒,乃疏於劍術,太平之世,安所奮於武衛?是又不然。兵以政立,武惟文經。東漢盛時,祭氏之後有祭肜,耿氏之後有耿秉,皆名將世家。際太平,起儒業,揚勳數千里之外,降車師,撫鮮卑,文墨之儒,太平盛世,其能樹功乎?其不能樹功乎?

余即新田軍政積閥,知其必能揚偉績,而萬里之勳,自銅山始也,余將日望焉。新田君謂予言何?

唐子喬楨襲泉州衛揮使序

皇明起淮甸,掃被夷氛,英傑賁、獲之倫,電焱飈騰,趨附後先。唐公益為淮之六合人,際風雲,掉旄旆,因獲勒崇垂鳴,啓家分閫,而世為我泉衛指揮。傳至泮濱君以及見榕君始大,而見榕累擢僉書、東廣都司。壬戌告老,子喬楨襲故爵。楨於余為門婿,既襲,將就職,謁予曰:"天以唐氏邀恩榮,于我聖朝寵有勳庸,錫之爵命,世家於泉,子子孫孫,繼繼繩繩,敬戒不忘,以膺秩祿者,二百餘年於此矣。今傳世及楨,將何以醻主恩,何以承先緒,何以効驅馳于世戇大?"

余曰:夫夫也,而柱石宇宙,立身鉅節,將無惟在忠與孝哉!而子所處,吾以為又有難者,何者?士君子文學成名,號為竭忠,亡亦惟夙夜於廊廟,運籌於帷幄,其勞者不過糜鹽於四方。子之武冑,方且出入於金戈鐵馬,摧陷乎猶鋒虫也陳,方且惟斷胝抉腹,一瞑不視之計是祀。文學之孝,立身揚名,有崇其爵,豐其祿,以榮父母者;有廉其爵,終其譽,以榮父母者;有勞其身,載其寵,以榮父母者。武冑之孝,方且披堅執銳,積多以為祿;方且破軍斬將,勒銘以為譽;方且捍邊疆,蹴狼豨,裹足以承寵。文學處其平境,而子處其危境。由文學以為忠處其易,而子處其難。由文學以爲孝處其易,而子處其難。湯之始煖,火之微烘,就而炙手,不見可畏。及至鼎沸燎原,入焉焦没,莫敢向邇。夫兵刃之無所避也,豈特湯火之燼哉?蹈兵刃,赴湯火,方且以爲難乎不邪?誠知爲難,方且兢業危懼,以圖報塞乎不邪?況今天命降威,世故滋艱。陸之所可通者,豺狼其居;水之所可通者,蛟鱷其藏。是志士旰食之秋,爲忠爲孝之日也。古人有言"功崇惟志",子求其志乎?將三軍,決兩陣,法在孫、吳矣。書傳人世,子以兢業心取而熟試焉,爲忠爲孝,惡待乎余之卮言爲?

獨計我國家取法商、周,以處勳舊,有世選爾勞之典,必有世篤忠貞之良;有念茲戎功之仁,必有弘乃烈祖之孝。《大風》之歌曰:"安得猛士兮守四方?"其歌也於豐沛,其望於豐沛之舊者厚也。子非豐沛舊裔乎?況子又素有激昂慷慨之志乎?又可使國家無商、周之臣乎?吾故以忠孝之大節爲子勉之。

晉江邑侯譚敬所啓榮取序

國家以天下庶務,責言於兩臺,而取其才於郡縣之能吏,豈不以天下庶務,民瘼爲大,民瘼之求,郡縣爲詳。其事甚重,而其究,總之乎爲民。

嘉靖丙寅冬,晉江邑侯敬所譚君應其選。夫有道盛世,堂陛不隔,喜起交讙,百僚皆得以其昌言奏,海隅上徹乎清聽,閻汩獲燿乎光明,又奚設之言官,若樹贊相而導俯仰爲?及至尊卑之勢日懸,閭閻情僞日滋,林林總總,披披籍籍,風雲不能勝其變,桁楊不能勝其威,七死八亡之疾苦,遂不可盡窮。措置乖方,豺狼當道,有司者孰曉曉焉以指斥爲事?如是能無委之言官乎?言之所是而是,言之所非而非,是非之極,果未易晰晰定也。燕人適越,投之山谿林谷之阻,一俟鄉導,而里落弗眯,彼其畏塗之迂折,旁岐之西東,必夫經歷而熟識者也。郡縣良吏是非,民事之嘗經歷者邪?歷其利病,言其利病,熟其是非,言其是非,乃無爲耳食矣。

泉罹倭患以來,煽以焚掠,屠以毒癘,困以師旅,因以飢饉,人在潰爛之中。公之撫循茲土也,適承亂餘,能達民萌所欲惡,披之以清風,灑之以甘雨,民於是歡更生。轉輸餽餉,應之有緒,不決癰,不滅趾,民於是順生寧死。除馹傳之夫保,均里甲之徭役,賦額徵限,取之有度,不病官,不蓄民,民於是仰事俯育,有厚賴。其持身也,介潔若冰雪,温和若陽春,民於是乎懷德。其下令甲也,嚴於吏胥,剔姦刷蠹,靡遺網,民於是乎畏威。是其於民情也,於利病也,猶懸鑑照也。彼而處言責,争國是也,猶會薄數計也,將激濁揚清,登三五之治平,躡王魏之高蹤,亡寧晉邑之民也幸。龔遂治渤海,亦當亂絲後,易佩刀以牛犢,化姦宄爲良善,其徵而入見,王生教以不言功,夫遂以少府擢,其寄也,不過一有司。公之擢,將以言責民瘼,萬幾係焉。號之爲功,可以不言;號爲民瘼,不可不盡言。號爲有司,且得有言乎？號爲言責,且得無言乎？烏臺之烏知吉凶,其呼嗚嗚也,不蘄偶乎鳳鳴,誠當時發也。侯以經歷嘗試之,識當機發,如得行其言與不得,皆無損益於侯素,而蒼生所望,將在侯之言行、道行,而無願侯言之不盡行也云云。

傅錦泉先生文集卷三

序

贈卓肖麟尹新昌兼歸省序

同年卓肖麟君成進士,尹紹興新昌縣,予從鄉先生餞之郊外,肖麟君登高南望,慨然曰:"簡書可畏也,桑梓亦可懷也。余兹試硎刃於下邑,幸有便道焉,而余父麟峯年六十有三,母六十有二,自今以往,依依乎皆可愛之日也。余將歸省,獲以一日膝下歡,稱觴上壽,惟君有以祝之也。"

余曰:"世之祝壽二,有以永年祝者,有以榮名祝者。兼斯二者,夫誰不爲上願,而不可必也。今君與麟峯尊公別號,皆于麒麟山乎,取維山之英,降生卓氏,其精采浮動,凝而爲石,茂而爲木,散而爲雲烟,融而爲雨露,春秋代謝,日月交易,而其精采常存,體骨不變。二老也,優游具慶其間,永年之算必如此山矣。無寧兹二老之壽,如山斯永,而是山之長永,又且以二老壽。夫其峙於遐陬奧壤,非有騷人游士,歷覽之娛,非有泰山、梁父泥金檢玉之表,而余之識是山也以二老,二老有辭于世,而是山遂爲天下知,天下知有是山,是知有麟峯公,天下知有麟峯公,是君遺二老以榮名也。名與壽兼得,君無以爲偶,又無以爲易也。君誠起家士籍,尹新昌,新昌且視二老爲大父母,藉令君有庸于新昌,覃及天下,爲仁人君子,二老將不爲仁人父母乎?麟之獸以瑞名於天下也,則惟是生草不踐,昆蟲不蹢,以仁瑞焉,故《詩》美周家之忠厚,三而嘆曰'于嗟麟兮',是以仁麟之也。藉令君有視民如傷之盛美,殺一不辜不爲之,實惆眠萌之濡君仁也,夫豈不曰'于嗟麟兮',又豈不曰麟峯其爲麟兮,而是山亦因有榮名於天下。山以一老而壽,而二老之壽,雖與山同存可也,得何容易!"

肖麟君曰："善哉！吾請服子之祝，以壽吾親焉。"

壽張崌崍大母太夫人劉氏序

古之至人，化丹砂爲黃金，其壽箕延永，至參三光而配合陰陽，化金之術，曾于吾生何與？而養生者，取以爲訣。微獨取此之術，養此之生，而後延永，廼其精誠之心，極於百煉，冶物而物隨心化，養生而天與心合，外丹成而金化，內丹成而壽延，故養生者合以爲訣。天固謂得於彼，遂得於此。能化金砂，遂能以延吾生也。予以其術推之天下之人，凡壽其生者，皆其精誠之人，能格乎物者也。凡弗壽其生者，皆其蔽蒙之人，反困於物者也。

予同年張崌崍祖母太夫人劉氏，作配于張，遭家之屯，上無舅姑，煢煢然于疚也，而能勤以經營，儉以節制，不數年間，化貧爲豐。廼篤生年伯南漵公，僅僅零丁，而愛亡姑息，延師取友，出入飲卧，其誨之皆斬然有度。南漵公卒成學業，知名當時，則能化朴陋爲詩書，於是乎君伯仲承之，而夫人母教益顯。君以己酉領鄉薦，遂成庚戌進士，宰滑縣，則又化家食爲自公食，是惟夫人精誠格物，而物隨轉化，與化金之術同一變幻哉！則夫人之壽也，乃有自焉而非偶然矣。今享年七十有三，西方岷峨，崌崍洞天，其間舊多道人煉化秘地，壽可知也。君蜀產也，蜀人李密有云："臣非祖母，無以有今日；祖母非臣，無以終餘年。"夫豈其終餘年是賴，將惟永不朽是寄。君茲階廣土之封，握民兆之符，且樹勛業於時，流輝炎於後，以與名山大川同垂無窮，於以爲夫人壽也，不亦休乎？

君和厚而明快，篤實而雅飭，望之如春風噓其和，醇醪揚其香，一遇事，倉卒立應，當機迎解，亦如至人脫化，不可測識，其必建不朽之業乎，又可知也。夫人之壽無疆也，予辱與君同年，籍稱觴遙壽，於是乎書以贈。

壽年伯曹鵲川六十序

曹濱湖中書君父鵲川公，壽六十五，月朔日公初度。予於君有同年之雅，又同於比部試政，今俱居侍從，遙爲公祝。兩人相視，歡融融也。

予曰：天下之不可逃者，詎非數哉？數之十干，以十二支配焉，循環變化，陰而之陽，陽而之陰，否而之亨，亨而之否，皆必至於六十而周。六十者，數之一大會也。公之初度，五月一日，則又一陰始生之候，數之否也。數窮六十，然後陰始盡，而陽生爲亨焉。陽既生矣，數既亨矣，亦窮六十，然後陽始盡，而陰生爲否焉。故公之自幼而壯也，學雖篤，而不揚於時；行雖高，而不躋於用。能使其聲稱洽於鄉，泮溢於成均，受知於張甬川、費鍾石諸公，而不能致其身於一第。如是者幾六十年，然後陰數之既窮，否數之已盡，而公之雛子，遂第庚戌，讀中秘書，而公亦以舒其素積。推公之始，考公之終，以其得陰數之否六十，則亦當得陽數之亨六十。知公之得數，必至於一百二十而後盡也。或曰：萬物皆數矣，而其有脩有短何？嗟乎！物數則然矣，而所以稱是數者，不惟德乎？有有其數而無其德者，物類是也，故有春而不知乎秋；有有其數而寡其德者，衆庶是也，故有幼而不及乎壯。至如德之所鍾，數之所厚，即彭、聃、喬、松久視大塊之間，箋言永也。

予聞鵲川公以孝弟著於家，以好義樂施聞於鄉，則公德固足以應是數也者。予以公之德，知公之應是數，觀於始生之數，而知公之壽未艾哉！抑人之所謂壽，又其有不朽者乎？非此其身，在其子孫，如公永金石之聲，垂汗簡之譽，以千斯年，其令榮也，必君也。於是濱湖君又歡歡然南向稱觴，拜予言而爲公祝也。

壽年伯衛介菴暨孺人李氏序

同年衛析麓君寓京坻，一日過謂予曰："惟天遲予之成，而移其慶於親也。余父年七十有五，余母亦如其數，天幸多矣，敢請吾子祝之。"

予曰："君澤人也，亦知澤州之崇山峻嶺乎？迤自大行，突如其聲岈，鬱如其盤紆，如鳥之翼而飛，如獸之張而蹲，終古不去。祝君二老之壽有如此山。又其下沁流所經也，湃如其騰駃，浩如其濤瀨。若魚鱗之相次，若軸轤之蜒轉，百折不回。祝君二老之壽有如此水。"

析麓君曰："美哉！吾廬於山之下，子言之而山增高；吾廬於水之上，子言之而水增深。吾二親者，優游於其間，鶴髮兒齒，悠乎與灝氣俱，而莫知其涯，浩浩乎與萬物游，而莫知其極，豈非幸哉！然而吾父介也，而號介菴，始嘗治舉子業，已而高尚于山林，勵之以勤厲，守之以節儉，鄉黨推之，有司聞之，以鄉大賓請者累，不一樂而就也，澹如矣。惟母亦以慎德相其壼範之所自毓，則李經元之裔，詩禮世業焉。夫非二老，所以有今日乎？"

予曰："然哉。我聞澤國是陶唐氏上聖之遺也。箕、由洗耳於堯讓，人能道之，故時有清脩之士興焉。怠荒作戒於《禹謨》，故至今民勤；茅茨土階其治，故至今民儉朴；潙汭嬪虞其化，故至今婦人多脩禮。風遺俗染，習漸性成，齊民已若此矣。又況於涵挹山川之秀，沉浸詩書禮義之世澤者乎？二老所以有今日也，吾以是有感於聖化之遠也。然猶其遠者也，請言其邇。夫澤潞者，豈非天下之脊，兵馬之交哉？天下有金革之變，則澤潞爲兵衝。苟變而金革也，雖善爲偃仰噓吸，以享天年，不亦難乎？由此觀之，二老之所以壽者，又亡惟聖化邇洽，神威外鬯，永無兵革之災、戰鬥之事，故得優游太平，以今日享也。君且登庸矣，將爲二老壽乎？感吾說而思之，甄虞、毓夏、衡殷、鼇周，蘄爲聖主登壽域也，必有設也，日更爲我傾玉武庫，奚如？

壽年伯李角山序

辛亥歲，李角山公視其子海宗君續于京師，十月爲公誕生之辰，角山新見其子之貴，又丁茲辰，諸大夫相率賀之。

予曰："國家用夏時，以寅爲正，起數於寅。自寅至亥，其數十焉。歲之亥，歲數十也。月之建亥，月數十也。亥以加亥，十以乘十而爲百。茲賀也，適符其時，是惟公來日之祥，百歲之徵已。夫亥之義，於曆法爲大淵獻，淵言深也，獻言顯也。公之數，於是乎符也，是其爲福祐也深，是其爲慶祥也顯。且是月也，爲陽月，言往歲之陽終，而來歲之陽始也。李氏自先世以來，潛德弗耀久矣，至海宗始以《禮經》魁閩，又魁於天下。李氏之有光耀也，自海宗，而公實啓其秘。其窮也，豈非數之終耶？而其通也，又豈非數之始耶？予知公必且以子之故，而藉聲於天下也,天下而知有公勒勳景鍾,垂名南簡,胡必公七尺軀自奔馳哉?以子之貴焉而貴,以子之賢焉而賢,以子之榮名焉而榮名。人之生也,百歲以為期,而勳業之鏡寓內也,百世以為期。公寄勳業於海宗,亡寧以歲期矣。晉(宋)王祐植三槐於庭也,曰:'後世必有爲三公者。'其後文正以相業稱,而植槐之契,至今膾炙人口吻不磨,詎一植槐使然哉?以有文正耳。有一文正,而王氏之槐,遂與文王俱永。夫使公而子文正也,吾知公壽且如王氏槐矣,果有符大淵獻之數,而亡寧以百歲期也。"

年伯苟回山暨孺人雙壽序

予讀《無逸篇》,言壽生於艱難,未嘗不愓然懼,聳然思,仰周公垂訓之大也。試推其術,以觀天下之人。凡嚴肅之人壽,而輕浮之人不;愓勵之人壽,而放恣之人不。規矩準繩,勉焉日就收斂之人壽;惟情之安溺焉,不能自振拔之人不。何則?人之生也,神而已矣,神運而不息,故形有所資以自立。惟無逸之人,奮焉而神精明,強焉而神堅實。斂肅焉而神內固不浮,果毅焉而神循軌不滯。此善養生者之所以壽也。豈惟壽哉?當斯之勤,功足以崇,業足以廣,借令以無位厄其名,無以自顯,而貽謀積慶,亦有為之子若孫者,自樹立焉,而名亦因以赫赫於天下,使後世沂而稱之曰,某人之祖之賢也。故嘗試論之,人之生也貴壽之其在勤乎?人之名也貴壽之其在勤乎?

同年苟和溪君祖回山公,於今壽九十矣,祖母蘭氏,壽亦八十一。問平生則惟田桑之業是屋,至其所以教訓子孫者,老孜孜不倦。由此觀之,如周公所謂知稼穡之艱難,而所其無逸者非耶?及今九十、八十,鶴髮並儕,未有艾也,可不謂壽乎?和溪君癸卯舉於鄉,成庚戌進士,若所謂得其壽,而又得其名者,又非耶?君授金壇令,便道過故里,舞衣堂下,祝公壽也。雖然,和溪之有身也,惟爾祖父母之身;和溪之有所事也,亡亦惟爾祖父母之事。立身行道,祖父母之晦而未光,抑而未揚,實惟和溪。壽與名不朽,騰華聲,樹茂實,而後之人知有回山公夫婦,亦惟和溪。使吾和溪今日令金壇,而循良以綏邇萌,若卓、魯諸君子,進而居諫垣，居烏臺，直聲動天下，若王、魏然，功烈銘於鼎彝，典刑垂於汗簡，纍百世世沈樂，胥推原所自出，天下以回山公夫婦何如人哉？公所戩穀於無逸者，永永無疆也。此予所以祝二老壽也，君其圖之。

壽年伯王隱軒八十五序

予考紀載，鄭之子皮，宋之子罕，皆以饑饉之年，廣賑施爲民望所歸，宋、鄭無饑人，而二氏世爲上卿。晉叔向論之曰："鄭之罕，宋之樂，其後亡者也。"考其壽，子皮執政於襄公之二十八年，至昭公十三年猶存，凡執政二十年。子罕執政於襄公之三年，至襄公二十有七年，亦二十餘年。執政如此其久也，則其以甲子算者不嗇矣。考其後，子皮之後至罕達，猶以上卿帥師；子罕之後至樂祁，猶以上卿會盟。夫以一賑施之德，天錫之年，錫之後，若持左券以責償也，天人之際，不爽也。

予同年伯隱軒公，當正德之季，歲大饑，傾廩以施，日食數百人，其死於莩者，代爲瘞埋，惻然靡厭倦。夫子皮、子罕秉國之鈞，有君大夫之寄焉，其饑也，我饑之；其斃也，我斃之。一能賑施，猶民見德而天報以單厚也。公微有位於國，乃汲汲然慽心醮戚，賑贍，商人轉糶被盜，亦饋之粟，以全其歸，而晨昏弗曠於父母，有無不辭於姻族，其行義卓異若此，不知子罕、子皮視公何如也。故天錫公壽，則年八十有五未艾，錫公後，則長子以庚子舉於鄉，季西塘公成進士於庚戌，豈其積慶三十餘年，而嗣世日昌，謂亡冥冥默眷顯佑，必不然矣。

繼自今西塘公昆弟廣公意以錫類，展逗萌所挫詘，贍黎庶所絕乏。在郡縣，使郡縣無哺饑；在天下，使天下無哺饑，其爲種德孰大焉？其爲福澤孰厚焉？夫罕氏、樂氏，雖子孫常世其官，然而罕魋之變，大心之變，罕、樂子孫之慶澤微矣。叔向謂樂氏之德，加於罕氏，以公之樹德視二氏，又有加哉！宜王氏之餘祉多也。以是祝公壽，窺管得一斑矣。

壽年伯田蓮溪序

田燕山君於予爲同年友，且南宮僚也，嘗述蓮溪翁之教，曰："有積未施，其後必隆；有業可繼，其傳必遠。我祖忍翁之守均州也，意氣磊落，磅礴衡嶽，包括湖海，不蕳蕳，卒排陷於閹宦，閦施弗究，命也夫。粵祖伯寶慶守南山公，文章德行，與我祖同時藉聲。詩書之遺也舊，今爾乎鍾美，必無忘故業矣。日予父年五十有三，以天之祐，見子之成，而且以康酉稱也。予幸予親之壽，而愧無以壽之也。蓋自閩至京師八千里，而逢祿縻於禮曹，事不出國門，役不及郊外，非有四方之命，可以便道，歲月省覲，吾曷以爲情哉？予於老親之思，惟日惘惘。"

聞斯言也，若刺心，因默不語。已乃解之曰："蓮溪之思燕山，猶燕山之思蓮溪也。燕山之思蓮溪也，曰吾胡以致吾養？蓮溪之思燕山也，曰吾胡以成吾名？燕山思致其養，以爲蓮溪壽，而蓮溪思以自爲壽，又有大矣。蓮溪所思，將所謂不以體養，而以志養者也。韓愈有言：'歐陽詹在父母之側，雖無離憂，其志不樂。詹在京師，雖有離憂，其志樂也。'若詹所謂以志養志者，韓愈可謂得歐陽子之心矣。假令燕山朝夕出入於蓮溪側而承其歡，不尚謂一時之慶，而蓮溪向日所以教子者意鬱鬱不發，其亡戚戚乎？假令燕山君由是效節致忠，浹聲稱於蒼生，耀勳業於社稷，而蓮溪公得爲名公父子，不知蓮溪之心，視燕山在家日何如也。意者燕山不遑於養也，無亦蓮溪之所樂乎樂蓮溪也，而壽乃無疆矣。"

燕山君有內顧之悲，予故論其揚名之大者，以祝公壽，而因以自解也。

壽王晉齋祖母太夫人葉氏序

天地清淑純粹之氣，囊括陰陽，輝映日月，其流行於天下也，山得之而爲高，水得之而爲長，松栢得之而爲茂，金玉得之而爲堅，其鍾於人也爲賢。人得是氣以爲賢也，爲壽、爲福，皆一氣之自然，而有不然者，非氣之不足也，無以全之也。是知天地之氣，播在萬物爲萬物壽，爲萬物福；而人得天地之氣，在毀有全。縱有厄於數者，不得於此，亦必得之於彼；不得於前，亦必得之於後。其於婦人也，亦然。

予同年王晉齋君乃祖母太夫人葉氏，及笄歸王，其事舅姑也孝，其相夫子也敬，其理筐筥也勤，婦德可謂賢矣，意其天地之氣所厚乎？而以年三十七而孀，以蚤而棄伯子，何其毁也。及至矢志靡他，潔己保家，以督其若子若孫之成。兹年八十矣，尚康强未艾，則山與高，水與深，松栢茂而金石堅，豈非所謂不得於此，而得於彼者耶？

年伯愧予公遊邑庠有聲，以貢入官有日矣，而晉齋君登癸卯鄉薦，今庚戌成進士，以南户曹主政選，又豈非不得於前，而得於後者耶？天地間淑氣，人得之全於身，流於後。全於身者爲百年之壽，流於後者爲百世之壽。夫人之有斯壽也，百斯年不遠也，數全矣。若乃洽芳聲於無窮，遺令名於不朽，使百世後知有夫人，此豈夫人所能爲者，將在晉齋君乎？

君嘗爲予言曰："爭利於市，亦市乎喪利；爭名於朝，亦朝乎隕名。求欲於人，先刻吾欲；借譽於人，先損吾譽。吾寧尚揚子之玄，甘劉向之鈍，亡寧奔走於王公之門，爲顔、閔所笑。"予以其言偉，其志知，君之有所不爲如此，則異日之有所爲也，必不可覊，而太夫人之百世壽，其無疆也已。

壽南海盧四園序

古之善養生者，必有以寧其志而完其神。人之一身，心爲之主。神者心之精也，志者心之用也。神之聽存者微，志之所馳者廣。以其至微者，役其至廣者，六鑿連環繽錯，而真倪殆已。故善養生者，必寧其志焉，使不蕩乎其神。何者？士君子在宇宙間，其生也可貴，其關於天下也不小，詎不欲自適其身哉？而名爲鄒魯之士，褒衣博帶，頌《詩》讀《書》，則澤及百姓，存撫天下，蕃息儲調，老弱孤寡爲意，亡日忘之。是故身隱矣，志逸以休矣，而不足以發，其神鬱而弗舒。日焉達矣，志足以發矣，而或傷於抏瘁，其神勤而靡適。道術之君子，有不能兼乎此者。

南海四園盧先生，慕其術而樂之。先生星野公父也，少業舉子，補學官弟子。已而雅意丘園，構隙地於疊滘村，界爲四區而垣之，識以東西南北，因號爲四園先生。以其暇餘，飲醇烹肥，請呼所歡，秉燭涉游，盡四時園沼之樂，儲與乎中林,聊浪乎溇溥,曰:"我獨與造物精神往來足矣,我且無鬱瞽哉!我且高傲乎救世之士哉!"先生志不忤時,不妨自適。已而星野以戊戌登進士第,歷職秋官,擢督學使者,校文於閩中。先生以子封爲郎,又進爲大夫,恩榮之典兩及矣。星野公德行、學術,人士宗之,其議論以古人爲法,而咀爲文章也,如驅溟海之波濤,乘風飚,走龍蛇,其政教有紀,能以諸士子翕然向風。先生即不自爲乎,而有子焉,亦足以達其鬱瞽之懷,而放於無入不得之境,先生真天下之達也。有丘園以爲娛,足以遂先生之志之高;有星野以爲子,足以遂先生之志之大。及至四園中之景色,樹翳而風動,花發而烟浮,鳥高飛而魚深泳,先生以黄髮皤然,優游其中,水同流而山同峙,天壤間無以易此樂也。若是則神乃故全矣,天之所保者定矣。先生之所以壽,或在斯乎?或在斯乎?

余以庚戌從廷對後,時星野公校文簾内,因得望見顔色,而聞有四園先生。繼而吾鄉唐子堯賓具譚所聞先生之事,益詳也。蓋唐子官於南海,得交於先生,而親之甚。丙辰歲,先生六十有一矣,唐子徵言於余以祝之,於是乎序。

壽南海盧四園序又

士君子之在天下,其樂樂天,其憂憂世。余讀《東漢書》至《仲長統傳》,其《卜居篇》,樂志於良田廣宅,背山臨流,溝池環匝塲圃、菓園之間,何其能樂也。及至讀《昌言》諸篇,類皆發憤之作,激慨抗厲,則又憂之不能免焉。何哉?蓋君子有一身之責,有一世之責。責之吾身者,爲適而已矣,責在世道,而吾無如世何也則憤,斯志士所以不豫,而亦以此累其生。然余謂士固有志,不必皆其身之自爲也。身之所不得爲,而有子焉以爲之,亦足以達其鬱拂之情,而放於無入不得之境,以葆吾真,奚而憤而傷而激,以自湛其身爲?

以余所聞四園盧先生,樂最適而憂,卒不少灋累,此何以故焉?先生少業舉子,領袖青衿,以詩書禮樂自矯,任世之臧否,豈一日忘天下者?及席珍弗售,乃懷卷丘園,構疊滘村之隙地,介爲四區,以四園爲號,若將終焉。要之,非其志矣。有志之不畢脩,士之憂也。已而星野公成戊戌進士,歷秋官,擢憲使,校文於余閩,德行有章,政教有紀,諸士子以爲宗,若流水之於江漢,衆星之於斗極。而先生以子貴封爲郎,又進爲大夫,其功亦因其子以自表見於世。彼其身不獲以自試,而以試可之責遺其子,子我之期抱畢足而滿,天下傲意忘物之真焉而適,救世憫俗之憂焉而適,頤精攝神以與至人無極焉而適,豐膏濊澤至使萬物咸若焉而適。是其樂也能樂,不以天下之故累其身;是其憂也能憂,且以天下之心盡乎物。所謂"樂以忘憂"者非乎?

今享年六十有一,康强未艾,得意全真,奚必噓吸吐納如喬、松,乃稱壽考也。夫仲統之詩所云"抗志山栖,游心海左。元氣爲舟,微風爲柂。敖翔太清,縱意容冶",欲與太虛同流,其志豈不偉!而時也不偶,竟芥蒂於物累,卒汶汶焉。今聞四園盧先生,樂事不朽,乃知士君子在世,其樂之得不得,固有命哉!

日唐生來徵文,余已備述其意,爲先生壽矣。乃邑庠博李子、傅子,又以爲言也,因有感於仲統之篇,復爲先生申之。

壽郡守熊北潭序

古之言永年者,人與天協祥,德與數符禎,於是乎享有悠遠長久之慶。北潭熊公知泉郡三年,政成人和,上下交豫,適年四十,百姓欣欣然相告曰:"公體貌比舊益厚,公庶幾其無疾病,以享壽考,庶幾終能寧予。"

余曰:公惟其體貌哉!公其能以純德終始,頤天有之真,而定保于天。公其能超然於尋常之外,以德自勝,外形骸,旁陰陽,浩然而獨存。孟子曰:"我四十不動心。"夫四十也,詎非年壽方壯時耶?而以不動言,是其爲德守也堅,是其爲天和也固。變態不能震撼是,陰陽不能薄蝕是,何其受之酋也,而實則曰'我善養吾浩然之氣',又豈非定人以完天,葆德以俟數?而不二者在我,故能不動也者。

嘗試論之,天之與數,其有定乎?其靡有定乎?陰陽有參差,氣化有紛揉,純雜判於初分,脩短隨於所遇,智不能察,明不能齊,我未知其亡有定也,我亦未知其果有定也。惟吾一身,天理渾然在中者爲有常,流動貫徹,浩然充大,如有善養者乎，嘘之而爲陽，吸之而爲陰，炎之而如日，蕭之而如冰，居常有不挫不折之守，臨事有不震不騫之勇，參差紛揉、純雜脩短之故，如蚊虻雀蟻之相過吾前也。凝一無二，乃能游於世而不披，是之謂"定人以完天"，是之謂"葆一德以俟數"。

北潭公之蒞政於兹也，介以立身，仁以布德，歷禩一致，其不愧不怍，所以養吾浩然者，無害矣。至於當大事、臨大寇，整然有條，談笑麾之，不擾民以自削，不輕動以速變，卒之不勞力而紛錯迎解，萬變遇之而不驚，百折挫之而不撓，所謂"不動"者非耶？於是乎百年事業，累期耆而定。蓋公之所完者，天也，天之將厚爾全數，俾爾禎祥；其所以協之符之者，人也，德也。

余昔從公觀政於西曹，公已而守敝邦，德洽萬姓，壽以百世，予於公無能爲役，而年愧於先之仰所庇焉，亦不自知其言之喋喋也。屬吏南安知縣涂公，沐公德最優，欲從諸大夫祝公壽，而北行急，乃預布腹心，余不自揆，因爲涂尹述之。

壽涂太夫人陳氏序

涂桂泉公蒞政于南安，奉太夫人陳氏以從。越明年政成，太夫人燕燕然蒞其會，維時太夫人之壽六十有七矣，九月十四日誕生之辰，諸士子請于學博劉宜水公，曰："惟我諸士子得賢父母，以庇家、庇身也，而可忘所自哉？惟桂泉公之賢，則夫人之教之以。惟桂泉公治官如治家，視民如視子，以勤爲能，以清爲守，以仁用威，我南安黔黎稚耆所仰，藉以煦育哺熙，揆厥所自，則夫人之教之以。夫人之壽也，亡寧桂泉公之厚慶，即南安有厚賴焉。"因請其序於余以賀。

予曰："夫壽者，詎非仁之徵哉？賢如桂泉公，夫人之仁可知，又詎非夫人所以壽哉？彼婦人之稱仁也，徵於子矣。子之爲文也，而太任仁；子之爲武也，而太似（姒）仁。以桂泉公之柔我南安也，南安之萬姓攸賴，仁孰大焉？而夫人之仁也，徵予將以百歲期之，詎惟今日之壽耶？夫物莫壽於名山大川。溫陵山川，其勝者紫帽、朋山之峙，金溪、黃龍之流，秀拔摩空，潒礡亘地，此亦一方之奇觀已。先達諸君子蒞政於斯多矣，惟深仁厚德之父母稱焉。王梅溪氏、真西山氏,皆以仁父母,樹不朽之名稱,山同高而水同潤。以桂泉公今日仰止景行,烏知不與紫帽、朋山、金溪、黃龍也而同不朽耶?則夫人之壽,其又在此矣。"

予竊依桑梓,際芳辰之佳會,樂壽考無疆,且冀桂泉公爲吾邑開壽域也,於是乎祝。

壽丘恭人黄氏六十序

嘉靖戊午,大中丞丘集齋公恭人黄氏,年登六十,於孟秋八日爲初度之辰,諸鄉先生徵余摘毫管,以祝夫人壽。

夫中丞之遺德也,恭人之盛福也,奚待予摘辭揮言哉,里閈黄童盡能言之矣。乃其言之所罔圖寫、罔畫必者,天也。天欲大有造于人國,則必爲之篤生賢輔;天欲大有造于人家,則必爲之永樹賢配。其生也,既有所爲,則其享年之永與不永也,皆天也,而國家隆薄之祚,卜於此焉。

余觀中丞以妙年登甲科,邁迹於劇縣,翶翔烏臺,入持國議,出督學政,歷開府,器深而學廣,識明而才敏。宦跡所經,無艱大而游刃有餘竅,天下望以爲公輔者在朝夕。余意天之生斯人也,將永之以爲國率也,而年弗克永。及茲多事秋,兵車歲駕,國務殷殷,思得如公者與宣力九埈而不可得,則余於天意不無憾焉。倘謂天之厚公也,非耶?中丞即世,恭人拮据瘁瘠,以成丘氏闡堵。中丞忠於狥國而未遑,恭人爲之匠其成;中丞有子與姪,恭人誨之;中丞堂構,恭人營之;中丞汗邪,恭人拓之。天之生恭人也,將惟丘氏是爲;恭人之壽也,將惟丘氏之世祚流膏是沃是衍。天意不能使中原無事,則使中丞不得於愁遺;天意欲戩厚丘氏福祚,則使恭人得享有壽考。倘謂天之不厚丘氏也,非耶?

恭人諳書史,《内則》、《列女傳》諸書,皆能通其大義。事父母孝,已嫁而不衰於舅姑;處兄弟友,已嫁而不衰於姒娣。事中丞二十餘年,其身已貴,而敬於《采蘩》,勤於《鷄鳴》,以《小星》逮其下,以《羔羊》相其夫。中丞之靡内顧憂,終始官節者,恭人佐助爲多。由此觀之,恭人之德以致壽也,天耶?非耶?

恭人余邑黄氏之所自出,家世以詩禮著聞。余於丘氏爲姻家,而黄氏亦世姻，故得詳恭人之行，而反覆其不可盡必者，以爲恭人頌。

壽涂侯桂泉太夫人陳氏七十序

桂泉涂侯治南安之明年，夫人壽六十有七，余從諸先生後，以祝夫人壽。大都言婦人之仁，無大於有子，天下之壽，莫壽於不朽。士君子盡瘁所事，以勒榮名，山爲之高，水爲之長，而爲之親者，亦永以垂芳于世世。及今戊午，夫人壽七十，而侯且奏有成之績，仁行而有紀，義昭而不苛，寬而能容，清而不詭。民順其政，無有怨讟；事得其經，無有怠毀。古所稱良吏，不循於此矣，是余之祝行也。余祝之行，是我民得有所庇，而後世世知有夫人也。夫人之壽七十，七十曰老，壽之成也；三年奏績，治之成也。夫人之來也，豈惟其子之養是就，亦惟子之成功是省。人孰不愛其子，又孰不欲子之膏澤洽蒼生，而成其績以鳴于世。然有天之所厄，邈而不及親子之成者；有有壽考而病於子之弗任，反以爲憂者。夫人壽矣，而親見其子之成；政成矣，而以其成爲夫人歡，洵可賀也。

國家之制吏，以三年考績，而績之懋者，推寵及其親。侯以治成奏績，將錫命之自天，而夫人以七十之壽承之，白髮金章，蔚蔚乎相輝。盛美之侈會，數之適然也，而事詎偶然哉？丞某君等徵余言以賀，余故述今昔之意，以爲侯爲夫人祝焉。

壽王太夫人李氏序

王太夫人李氏誕生之辰，六月某日，於年七十矣。遵巖公以德頤養，全葆天和，東臺公以宦成歸田里，逢吉丁辰，夫人立二子於膝下，耀金紆朱，諸子諸孫詵詵錚錚，是其天倫之樂也完，是其百順之聚也備，弗乎康哉？

試嘗歷數往古婦人之福，若蘇太夫人程氏，篤生二蘇，以文章、德業冠天下，聲稱烈後世。天之福婦人也，詎有若其盛者乎，而年弗克永，覩二子之榮於世也，未覩其成，及紹聖之禍作，二子在黨籍中，且遺夫人憂，福之難全也如此。廼今太夫人以稀年享眉壽，遵巖、東臺公以文章、德業聲宇内。二公少而仕，壯而成，倦而歸，始終履歷皆安排。夫人眉睫間，二公又已脫宦海之風波，而曠遊乎衽席之安，靡爲夫人憂。蘇太夫人所有，王太夫人之所同也。而受養于鶴髮，享盛福於生前，無遺憂於身後，庸詎非王太夫人之所獨，而蘇太夫人所無耶？

余少而遊世伯方渠王公門，與二公及諸昆弟交，鉛槧習見，夫人所以處身治家，斷斷於禮，皆足爲訓。昔爲尚寶公之子，及歸于王方渠，及今以子貴，窮達豐約，若兩途截。而夫人之豐也，不以驕貴聞；約也，不以菲薄欷，以禮終身焉。是太夫人至德之一，而福之所以同也，壽之所以日臻未艾，有由矣。

余邑庠司教李融川公，欲尊夫人之德，以風世勵俗，謀所以祝壽者。余曰："君之情，余之情也。雖微君言，猶將圖之。"因僭爲序。

壽焦二尹太夫人迮氏序

南安丞墅湖焦君，以文學聲于庠序。入太學，授南安丞，携太夫人迮氏就養。居官之二年，職事恪恪，百姓歡洽，而夫人年登六十，適逢其會，桂泉涂公、小溪段君，以僚友之情，欲於七月初度之辰稱觴壽，徵文於余。

余嘗讀秦少游《送孫誠之尉北海》詩，泱泱乎大風也哉？其寫高郵烟景備矣，若所謂"吾鄉如覆盂，地據揚楚脊。環以萬頃湖，黏天四無壁。余衝涉其地，四顧踟跦比"，質所描焉（寫），信乎地蟠無際之缺，天注不夜之垠，動而碧颺，靜而黛隓，舒而縠練，耀而鋪金，魚船旅舶，出沒其間，不可狀殫，此真天下之奇觀，而衆美叢萃於斯也。地勝而有英髦者出，所謂靈氣繽鬱，駢生群材，各爲荊山之璧者，詎不信耶？又況於今日爲帝鄉，神武之所震動，山川之所融結，其無聞人乎？

墅湖君知敏而篤實，才爽而恭慎，授之以事，若無所難，而持之以詳審，將之以兢業，事成而法無戾。以故上樂其能，下安其政，才固如少游所稱矣。試推所自，不有堂宣之賢，又其有《甘棠》之佐耶？太夫人生於帝鄉，漸染於《二南》之化，嗣以徽音壼範，《關雎》之協祉，《麟趾》之隤祥，其有子之仁，以爲世用也必；而墅湖之從政，和以致祥，德以成福，其壽之享乎太夫人也宜。

70

余爲諸君祝太夫人壽,則又致意於墅湖之所以壽。太夫人如少游所謂"勿云晚方仕","勿云名位卑",而以幽求之尉朝邑,元振之尉通泉,爲誠之勉者,惓惓焉以古人事爲墅湖圖之也。於是諸公謂予之期墅湖也大,而壽夫人也遠,因請次其事以爲序。

壽封中舍薛泳涯六十八序

余始識中書郎南岐薛君於京邸,溫和而有則,質實而有章,其讜論敷陳古今,不詭隨浮沉,而條析於人情物故,心竊賢之。已而聞[其]父泳涯公在京師,余嘗以語人曰:"余未接其人也,知其賢矣。"或問:"奚以知之?"余曰:"以南岐君知之矣。"凡人之形也,影麗而聲也響。成形有枉直,而影必從;聲有大小,而響自諧。影不爽於其形,響各應乎其聲,因形知影,因響知聲,余殆見公形聲機也。已而聞之人,公之積厚德於履旋也,幼則已然。孝施於事親,懽洽於宗黨。其養己也薄,不苟炙求;其待賓也豐,不辭有無。治舉子業不售,而教授鄉塾,必於孝悌禮讓,與人無忤,而規惡勸善,亦斬斬於是非可否,不惟鄉黨雅推重,即盜賊亦知其賢。其被執也,不忍加害,而卒以全免。

嘗又以語人曰:"公且必有壽。"或曰:"奚以知之?"余曰:"以公之賢知之矣。"人之生也,照之以日月,經之以陰陽,紀之以歲時,宰之以鬼神。德則百順駢臻,壽所基也,不則蠱焉。德以祈命,仁以致壽,應若執左券,余殆見公善應機也。

已而聞公年六十有八,庚申歲之孟夏某日,適公懸弧辰,中書君考績榮封,以其日俱至。余曰:"天以其榮予公爲眉壽,公挺然以其鶴髮享罇而封哉,南岐君以成績邁之。吾屬家鄉在萬里外,夫誰不榮封?而公親承諸闕廷。又誰不榮且壽?而公壽辰適考績期,特與吉會。不識天之以榮寵面命也,將章公德乎?將責公報乎?不識公父子,其以天寵爲國報也,將惟圖榮乎?將竭忠乎?積璆之潤來剝琢,積蚌之華來採捕,積忠之最來寵榮,積榮之慶來壽徵。又不識今之言公壽者,將在其年之永乎?將在其慶之不朽乎?不朽之圖,則有中書君,異日之鳳鳴在,因以爲公壽,因以爲中書君勗。"

鄉先生曰:"君之祝公遠矣哉!夫人黃氏與公齊德,而壽又齊也,亡亦以公之祝,爲夫人祝焉。"

壽泉通府陳赤沙序

陳赤沙公以郡通守署南安篆,七月十一日,公辰初度,士民欣然曰:"公昔蒞南安,政平民附。今兹再來,清德無替於初,人和有加於舊,時又以績成,將赴考部,時又適開府旌獎。我諸黎于數不能知,知天人之交與必也。"相率請予言以壽公。

余曰:天下之壽,詎有壽於金耶?金以百鍊而精,亦以百鍊而堅。《禹貢》荆州乃非貢金之地哉!奇秀若荆州,產於物爲金,產於人爲賢。賢若赤沙,請借金喻。夫金之爲物,從革其性,鑄陶其用,築氏之攻治,質氏之灑削,淬以清波,斂以越砥,是非以百煉而成其利耶?自古及今,利用成器,與天無極,是其壽矣。赤沙公荆產也,抱珍韞利,懸解以爲精,迅決以爲鋒。之用也,直之無前,回之無後,舉之無上,按之無下,又不以煉而成邪?當其業舉子時,師模周、孔,友朋古今,經籍其襟懷,禮樂其軌範。此固已成兼金之鍊一矣。至登仕版,令南平,當南北之要衝,兵戎之甫定,承之以明敏,植之以鎮重,民懷其惠,上課其最。此固已成兼金之鍊二矣。由南平而判泉州,糈儲是司,兵餉惟急。上之誅求,不限於歲月;下之供應,多窘於荒蕪。公以仁智撫,以恪勤任,賦無迫而民樂輸,威不怒而民比志。始署晉江,繼署南安,繼署同安,又署府篆,又署南安,無施不理,無投不宜。此固已成兼金之鍊三矣。內者練吾德性,外者練吾才猷,精明之極愈堅固,純熟之後愈悠遠。以理推之,吾以爲久練之壽,與金同永也,豈其誕矣。

長沙公陶侃之在荆江也,篤之以忠貞,勵之以勤力。惜分陰,運百甕(甓),非以自寶耶?非其以自練耶?以故八州督秉彤鉞四十餘年,功冠列辟,勳鏡殊寓。今之仰也,有遺烈矣,而後乃知其壽以百世,夫非楚國先達乎?如公仰止於陶荆州,而以大造于我温陵,庸詎知公之所以自煉,迺非公之所以無疆其壽也。此區區所以爲公祝也。

壽漳郡守羅南泉序

羅南泉公知漳州府事，姪孫履重以庚午試闈入公轂，重也於公爲國士知己，余也於公爲世誼雅故。某年十二月某日，公辰初度，余先時曾於傾蓋間接眴公，論譚汪汪，相投合，即如故知，膠漆胸中，已醉公酥德矣。及今重也，謀祝公壽，請余言以贈。夫言者，糠粃也；功業，菽粟也；道德，粱粱也。公既以其粱粱澤躬，以其菽粟澤生萌，而余奚唪唪焉以糠粃于公揚爲？雖然，漳、泉鄰而隔，則猶遠也，遠必傳之以言。夫傳糠粃之言，亡以爲菽粟粱粱重，而菽粟粱粱不以糠粃之揚不重也，試以公之菽粟粱粱揚焉。

公德性強毅而質直，其腔窾常持平恕，至遇事安排布置，博大練達，卒投煩劇，不震動。奧之而天文、地理之書，巨之而兵伍、刑讞之律，瑣之而草木、軒岐之劑，隱之而閭閆遊猾之姦，靡不淹貫剖析。公嘗謂："士君子不難博古，而難于通今。"以故時務盡通識，而治漳之政嚴明而民弗敢犯，公平而民弗忍欺。窺伺海島者，聞風竄伏；嘯聚藪澤者，畏威解散。潮之吳魯孽黨，僅比鄰，不敢北首而鳴鏑，境內之縉紳、巨室、細民，梡革安堵，仰德若赤子之面慈母。公之德立于身，公之功侈漳南，菽粟粱粱弗重於此矣，其且以天下重耶？其且以百世重耶？

古之君子，以天下爲壽域，以百世爲壽期。公蜀人也，文翁在蜀，以德化民，功垂漢簡，至今千餘年，膾炙人口，是非其壽耶？世稱不朽三，公有二焉，洵奚以揚余之言爲？抑以地之弗及面，而傳之以言，亡亦惟是附公不朽者，以傳諸後也。於是乎序。

壽二尹方東谷夢陽序

萬曆元年，方東谷公某丞南安也，二年於此矣，士民歡忭稱仁。正月二十日，爲公懸弧之辰，士民將致祝焉，謀於余。

余曰：公之仁壽，有自哉？方氏世爲安慶名家，方佑顯於烏臺，方向聲於諫垣。邇西川公克守吾泉郡，仁恕長厚，不伐忘形，積慶于東谷。《閟宮》之詩，頌魯侯之壽如岡陵也，本始於后稷，歸美於周公，推所自也。世德如公，其所自，豈渺淺耶？而猶其遠者也。公慶餘于而子而孫，子則學尹聲邑庠，學惠聲太學，孫則大美千里駒，如日方旭，嘗以文業見示，尤穎異，三復賞嘆。孫女配吳自峒先生，成壬戌進士，今任符卿。瓊琚輝潤，牆闌溢喜，《既醉》之詩，言君子之"萬年介福"也，至"釐爾士女，從以孫子"，究所終也。吾觀公之慶餘，振振眉睫，其所終，豈不戩厚耶？而猶其流也。公生德獨得天醇，其存心則善推隱惻，慇慇若赤子是保。德醇者無所待而爲善，必亡以暴德易寬；善推者無所往而非愛，必亡以所惡施物。古之人有言，一命之士，存心愛物於人，必有所濟。公之存心如是，推之於物，豈惟敝邑是賴！公德之光，公壽之臻，且永永無疆是究。

昔韓退之《藍田丞廳記》，記崔斯立之名，至今稱之。其言有"丞負余"之嘆，嘆丞之不得有爲也。然則崔之竟於不泯者，僅以退之文焉。國家丞以貳令，於縣爲重，令綱之而丞紀之，令始之而丞終之，與令同事。上以職事責公，公以職事自奮，兢兢業業，赫赫烈烈，百年而下，指其君爲仁君，垂而汗簡，其壽不朽，奚於余文乎待也？意者余文紀公政德，亦藉公以不泯乎？百世而下，公有聞焉，藉余文也；余有聞焉，藉公政。公以政立不朽，又未知余言奚如也。因有諸長老之請，爲公頌之，以發一笑也。

壽區練塘七十五序

區太野君以文學舉廣東，署教事于泉之南安縣，惟是親老之故，禄於學以爲養。季春之月，父區練塘公就養邑庠舍，壽七十有五矣，康強如壯年，熒竅聰明，觔骸堅利，論議包古今、函雅故，禮度中規矩、蹈準繩，脩然涵德君子，其粹養固非浮俗者比。邑之黌舍，環群山，迤林麓，泌然溪流，浩然海潮，太野君舞綵衣其中，山映層翠，川蕩綺碧，橫波中湧，陵烟上樓，羽觴飛翔，絲匏激越，熙熙乎歌，娑娑乎舞，其樂孝養之樂也，如其適，如其適。

十月某日，練塘公懸弧之辰，太野君已擢令[四]川岳池[縣]。君純朴溫恭，恂恂如不能言。至其教人，條約講明，諄諄不倦。諸生沐雨露，仗栽培，有日矣，感君孝養之誠，謀預爲公祝也。

嗟乎！天下之情，有不能已者，詎非子之於親哉？古之君子，貧不能爲親悦，則有禄仕焉。辭尊居卑，辭富居貧，即抱關擊柝而宜，謂之禄養。國朝於鄉舉，例未及第，無以爲親養，則使之署教事，循功令，傳授俊乂，不以奔走拘，不以文法煩，豈禄養是寵其且以道養耶？公之就養也，養於道也。道也者，將以致之民也。始之學以道明，終之治以道行。公已温飽，今日道養矣，太野君情少適矣。自今君以老老之養養民，以教士之教教民，苞之以仁恩，章之以化德，發揮乎聖賢之籍，馳驟乎循良之軌，以與蜀文翁相後先，則練塘公之受養無方，壽考不朽，寧惟杖於鄉國耶？子之情無已也，太野君以此壽練塘，庶幾哉！乃因諸生之請而序之。

壽歐陽太淑人洪氏七十序

坤道以無疆在宥天下，默成於無，效形於有。華岳以爲崇，江河以爲潤，草木以爲茂，金玉以爲章。其體也安静，而其含弘光大之德，於昭萬年以無疆。惟婦道之在天下也，亦然。貞静純一，徽柔温恭，上以相夫，下以教子。《鷄鳴》之詩，勉勵其夫；陟屺（屺）之詩，勉勵其子，聖人列之國風。垂淚勸學，截髮供費，後世有如許升、樂羊之妻，公甫文伯之母，李景讓、景莊之母，或以織，或以埋錢，默成内助，顯其名於汗青，則婦人之以夫與子壽也，亦且萬斯年無疆也。

東田歐陽君淑人洪氏，某月某日壽七十，長子八山君，以憲副入覲，過歸省，稱觴爲淑人壽。夫東田君激昂慷慨，多大節，至其輕財締交，走豪雄於千里，聳風采，樹勛庸，淑人洪氏實相之。什佩之問，什佩之贈，助於内多矣。東田以一劍報主恩，垂不朽於泉，淑人固以壽於不朽。及至諸鶯鶯振羽喈鳴，長公則八山君模，以妙年甲第奮，敭歷中外，揚休令牧，及今憲副，懋績著於邵陵，先聲熟於邊郡。次則新田君樞，起自庠序，襲公蔭。父之績，子之述，尤淑人所以不朽其壽。《鷄鳴》之戒，忠所由也；《陟岵》之命，孝所出也。庸詎非淑人相夫教子之大,而其所以壽邪?

余望東鄉山川,鬱然蒼蒼,悠然湯湯,風高草茂,雲飛木盤,意者東鄉遺芳,以淑人生色於山川。及觀八山君諸昆季,文也經綸,武也捍衛,草木珠玉,銜光芒,發晶熒,其麻姑擲米、紫衣破石之餘烈與?其坤道之無疆與?猗與!壽足多矣。乃因諸親友之請,敬序以賀。

壽洪英涯八十序

萬曆六年戊寅,洪英涯先生壽八十,孫啓寀以正月舉壽觴,同年陳某、鄭某等請予祝。

夫英涯,質齋公之震子也,英溪、芹谷、泅齋、見英之長兄也,有第、有復、有聲之伯父也。質齋公毓美英山,爲郡巨擘,必有震子,以揚其光,天生英涯,詎無意哉?而諸弟姪多先以科第奮,英涯積學成貢,終於蘇之教職。至丙子,其孫啓寀始奮高科。謂天無意於質齋公之震子耶,則必不生德於英涯,以及其孫也。謂天垂意於斯耶,何其歷年之遲也。是不然。天下之物,各有時。春之以雷鳴也,亦時耳。雷在澤中,其時爲隨,君子以嚮晦宴息。雷出地上,其時爲豫,君子以作樂殷薦。故時之未至也,雷收其聲,而君子爲時晦;時之既至也,雷迅其鳴,而君子爲時奮。古之君子,有年齒人先,而功業後人者,時也;有功業不顯於身,而顯於若子若孫者,亦時也。英涯之諸弟姪,先以科第奮者,時也。英厓年近八十,而其孫始奮於科第者,亦時也。

余又聞之,善言天者驗於人,善言福者徵於德。若質齋公發迹於畎畝,擬祿於素封,而諸子、諸孫,振振然各以事業奮也。天地不能爲害畜,江河不能爲漏洩,詎非慶之積而時之豫耶?佻汰縱心者,接構紛華,視不勝豫也,而以自鳴;矜高怙寵者,負恃門地,惟豫是求也,而以爲旴。英涯履規蹈矩,無過餙,入室綺錦,居以不驕。填門珠履,恬然無求。車馬在前,琴瑟在後,詩書在側,禮法在席,此豈鳴豫,此豈旴豫,此豈非得豫之道,而守以介石耶?以介石之守立身,以由豫之美垂人,德固積乎厚哉,所以餘而慶也。天假英涯君以時,君以期頤享乃今日撟見諸鶯鶯,翱翔堦庭,稱南山觴也,樂融融矣。

余以祖母之眷,於英涯爲中表,而啓寀先女兄之外孫,骨肉嬋嫣,與有榮焉。因陳、鄭之請,遂序而祝之,併附以詩:

蓬海求神仙,黃白之事信渺然。關門看紫氣,老聃應在春風前。春風紫氣英山入,南極老人星夜懸。我尋武榮公家宅,芳菲氣象已萬千。八龍擅藝,荀或又賢。諸謝揄業,更有謝玄。瀛洲草綠日芊芊,浩蕩春光不計年。韡韡李桃脂粉色,霜霜華髮玳瑁筵。

壽鳳山五叔父八十序

我大父電山公,以鄉進士諭高安,請致歸隱。有諸父六,諸父皆新錦田居,五、六叔父別居凰鳳山之原。凰鳳山者,二十二都山林叢茂,去邑郭幾一舍許,有隱遯風致焉。五叔父居之,因號鳳山。鳳山叔諄謹誠愨,其於昆弟子姓,親睦友愛,靡有疾言遽色;其於鄉黨大小老稚,怡顏温語,歡然罔崖岸,如不能言。及至遇鄉鄰紛構事,輒徐以一言解。以故鄉里推重,每有不平,必以鳳山之言而釋。都之鄉約,眾常以約正推,聞之令尹,以冠帶錫焉。叔以餘蔭委分安命,隱約田畝間,自完大璞固然。至其貽謀,訓子孫,延師友,敦禮讓,率不以有無辭,未嘗爲木石居,故自沉廢。

嘗命諸子曰:"吾之以鳳凰山居也,豈非天哉?吾承先世德類,而以此終,非自世澤之棄,而惟德之衰,詎不欲鳳舉盛世,與賢豪翱翔啣丹書而下舞,應九成以來儀,覽德輝於千仞,鳴朝陽於高崗,其如天之不我與,何止於山竹爲食,遊於藪,霞爲侶,兢(競)粒於鷄鶩,唼藻於鳧鷖,解世累於紛罔,雜歌舞以般樂,非凰鳳山之盛也。今道解在爾□,必亡忘故業矣。戴德纓義,負禮蹈信,朝遊紫霧,外集阿桐,出丹穴而徵瑞,降彤庭而道光,惟爾之能。"夫叔以鳳德隱,而以鳳德之盛,待其子孫。由叔所自處觀之,固隱之爲高,而歙六翮以漱清流;由叔所命子孫觀之,又不忘鳴世而翔九霄,以應德瑞。楚狂接輿歌"鳳德之衰",以譏孔子,其意在隱,而鄙人世之不可同群。有心絕世離俗,如華仕流,相率背公,必於上不臣天子,下不友諸侯,非中行矣。叔之隱而不忘世也,詎非凰鳳之爲祥邪?詎非凰鳳山之靈,將自此發邪?

歲在壬午,玆年八十,康酉如壯,亡或天將永其年數,以觀鸑鷟鳳鳴,而邀福於先大父,未可知也。於是虔載酒擊鮮,呼諸子孫,而爲叔祝,因序而系以歌。歌曰:

層山幽幽兮嫣嬋,叢薄寐寐兮萬千。枝節分兮附鳳,公獨長往兮履玄。聆《咸》、《韶》兮音杳,追簫史兮路綿。棲紫梧兮吸繁霧,飲石流兮漱清泉。濶跡鹿豕兮,控瑞景於仙徑;德音虞夏兮,焱清風於前賢。孫子兮鳳毛,詩禮兮鳳圉。一舉兮出雲霞,再舉兮覗天地之方員。享壽考於百歲,貽令聞於千年。

壽蔡纓泉七十一序

封君蔡纓泉,壽七十有一,子拱朋君國炳,以東廣大參將至部,便道歸省,稱觴上壽,諸親友榮其會,相與繪圖賀。其圖左有萬歲松焉,夫以君比德於松也,其以松比君壽也。松之德堅壽永,植物蔑有踰矣。脩幹挺也,其高干霄;柯葉蕤也,其姿蔽日。觀瞻聳於馳道,根荄盤於峻阜。聲觸物而絃韻,色凌冬而翠茂。日烜之而陰翳,月臨之而光凉,星燦之而彩煥,風颸之而氣肅,雲麗之而烟簇,雨裹之而榮潤。有時若青葱之幔,有時若佳氣之鬱。自歲寒驗之,而君子之德見;自疾風望之,而大夫之表樹。其長久也,千歲爲飛節,爲伏龜;萬歲爲偃蓋,爲青牛。偓佺、赤松子,以是羽飛而登仙,纓泉其人中松乎?

余嘗田里間上下遊,雅知纓泉君行素。君家筍江之南,而以纓泉號。泉者,水之清也;濯纓者,清之用也。筍江之水,上之三邑巨匯,下之裨海巨浸,是爲泉之大川。物莫貞於松,莫清於泉,君以泉之清自比,動于古人清節是取。泉水之潛山以爲用者,君用之於詩山;泉水之入海以爲用者,君用之于潘湖。此地歐陽詹所生所遊,歐陽豈非先達之清聲,垂番吾泉者哉?古人以和嶠之森森也,比千丈松;以李膺之烈烈也,比長松風。君以清泉發性靈作用,蹤躡先達,諸君又以松爲纓泉比,以此祝君壽,松高水長矣。先聖本紀稱,許由欲觀帝意,以坐華堂、面雙闕爲帝榮;以坐華堂,有松雲生於牖爲自榮。昔之許由,希皇上人;今之許由，耳目橋眴。迺今日於纓泉君旦暮遇也，因序以賀。

壽豫章李見羅先生序

予從弟士志甫犬馬齒七十餘，皤然一翁矣。往司訓電白時，爲李見羅先生屬。及至先生入閩，倡道青衿，茂齡俯贄之士如雲。志弟木石居已多年，一日聞先生至，迺往禀學，北面講弟子禮。嗟乎，壯哉！不知其迫桑榆，蘄還昳景爲大昕也。夫年數先後亡以，而將道是聞，近惟董石蘿於陽明氏與志弟而二矣，非卓有見安身立命一大事，詎能摧剛爲柔，而同立雪之侶乎？志弟聞先生正修之道歸，心折甚，欣然自得也。七月十七日，爲先生懸弧辰，請予言爲先生壽。

予自束髮從學塲屋間，僅守鄉先正蔡虛齋說，上泝晦翁，拘學官功令，不敢踰越尺寸。即時發管窺，且惟商距馳河，冒誅僭王是懼。竊自意儒者出處，提身抱職，總之躬行不欺，斯以真儒稱。不意當時乃有創闢門户，如陽明氏也者，構主上震怒。今先生非固與陽明、朱、程分門，又直隮而上之，以與曾、思鴈行錯武，如登萬仞陡絶之嶠，足參三垂，令不佞從卑邇地視之，神越心愉，先生之擔當世道，何其勇，而嘉惠後學，何厚也，是可以壽先生矣。

予讀先生書，要其闡提聖宗，條天下國家心意，知物而約之曰："脩身爲本。"以一腔子通貫渾淪，包攝無極，是不以天地萬物，合爲一大身邪？合天地萬物爲一大身，其且以吾身生狀毫釐爲年邪？之身也，先天而不爲先，後天而不爲後。放在六合之外，而不爲大；剡入塵粃之微，而不爲小。而人奚獨乎棄隨和之珍，而寶燕石？慳形執有，其身之縣贅，亦隨之蒲柳望秋。老子曰："吾所大患爲吾有身。"若真身久，何患？仙家以吾身喻爐鼎藥物，而曰"壺中乾坤"，又曰"壺中日月"，是猶曰"吾身自有天地"云爾，庸詎如吾儒之即天地爲身也！儒者之言曰："人者，天地之心。"吾爲天地之心，則天地之爲吾身也，詎不明甚邪？故天地，爐鼎也；格致誠正、修齊治平，藥物也；本末、始終、先後，抽添火候也；止至善脩身爲本，聖胎也。天地所以不壞，惟是一道精神命脈，而管歸於生生一心，命之曰仁。仁者非以天地萬物爲一體邪？合天地萬物爲一體，而後謂仁，亦惟仁而後其體始聯合爲一，長生生而久存。凡天地間有，孰非吾有？川岳流峙，日月升沉，風霆作止，孰非吾精神發竅豫充？天地而在，即吾身在，奚壯奚老，奚生奚滅，而奚數數彭、殤間乎，眯此真身爲也。

自古聖人代作，區區爲一道脈，正天綱，奠地維，亡亦惟是真身是完是葆，不佞所爲（謂）有"躬行不欺"之說焉。先生之止修也，非其一體仁身邪？是非其壽邪？吾志弟之忘年先生從也，亦知先生所以壽邪。或曰：先生功在滇、粵，不幸中讒鋒，今投杼疑釋，拊髀顧、牧，先生日復用矣。先生而復用也，勒銘垂青，是爲先生不朽壽。噫嘻！仲尼賢堯、舜邪？抑堯、舜賢仲尼邪？是不可不謂先生壽，而先生所以壽，將所謂不在彼而在此者也。

楊貞婦旌獎序

余讀《國風·關雎》、《鵲巢》諸詩，是爲風始焉，以內及外而風生，以賢帥不肖而風行。以女貞之利，使天下家道正而風定，其事在袵席居處之間，其習不外《葛卷》、《蘋藻》之細。其行典以則，其教端以嚴，其被而聲之詩也和以雅，風之正也。《二南》之化熄，而變風作。《邶》、《鄘》以《柏舟》冠，天以自誓，之死靡他，一念純白，持貞靜沒身，其介超邁塵埃，是風之變，而不失其操邪？之操也，日月以爲明，霜雪以爲厲，風俗之流以爲上下，關係豈眇淺哉？聖人所以列於變風之首，而司教化者，以是爲勵世具也。

邑人黃玔妻楊氏，二十于歸，僅兩載而寡，誕兒從湛方十日。是時家計寂寥，幼孤在抱，人謂百難。楊氏矢心，磨肌憂骨，相依爲命，薑鹽菽水，度雍孫。飛蓬衣敝，不禁寒暑，惟鞠育顧復之事是勤，惟蘋蘩藻蘊之事是供，惟以無玷亡人，無忽諸先祀是求。享年六十三，而孀居四十一載，純白無瑕纇，鄉黨、學校揄言無間，上其事有司，特旌獎，以爲世勸。

或曰：此亦其常耳，無它奇異。嗚呼！道豈非常邪？不常不可以爲道。道惡乎盡，而亡惟常是率耶？人惡乎賢，而亡惟常是蹈耶？婦人惡乎貞，而亡惟常是守耶？常道盡矣，故女名爲貞也。乃若節烈垂於汗青，或毀髮膚，或經首領，則遭時勢,不得已而感激以全其烈,豈其所欲焉?

故聖人以常道爲人教,司教化者,亦惟以常道爲人律。譬如風之拂乎物也,冲和之氣吹而煦育之者,風也;凜冽之氣吹而振肅之者,亦風也。至其甚者,揚之如怒,震之如訴,其號也或折,其颸也或起,所激然乎哉,皆足以滌掃煩穢,而造品物。正風、變風,其於風節均也,奚必致命之爲難,而守常之非難也,又奚必守常之爲是,而致命之非是也。楊母之節也,吾將惡乎比風哉?彼亦直拳拳焉,以爲存没者,憑依也。風霜凌冬,惟松柏獨也在;風教範世,惟楊母獨也正。常道一轍,盪徹乎九垓,億兆人觀感習漸,倘有一人踵而起興焉,是猶接踵遇之也。乃因某之請而爲之序。

郭白峯奏議遺藁序

嘗讀蘇文忠序《田錫奏議集》曰:"古之君子,常憂治世而危明主。"何者?明主無可難之事,治世無可懼之民也。憂常起於所易,危常發於所安,故君子預杜焉。田錫在端拱、咸平間,宋德隆興,英辟繼作,主之明而世之治也。而田公侃侃於諫垣,不少恬默,所指之事,皆當世所諱。辨河潰於螻隙,樸(撲)原燎於星爆,洗刷日中之隱憂,虞防意外之變態。然田公亦不能以安乎其位,出副河北轉運,出刺陳州。是知言之固難,信亦匪易。言之於諱直之時固難,言之於無諱之朝亦未有能諒其直而安之者。及讀余邑郭白峯先生《奏議遺藁》,則所謂田公難者,尤爲先生難之也。

嗟乎!先生方柱下侍政,時主上之新政也,聖政維新,萬機振肅,海宇蒸蒸,號稱中興治平,而公不敢自默默。北巡諸奏,摘其積蠹之由,發其煬竈之實,除君之惡,靡有遺力。其奏處諸紀綱,商度詳盡,鑿鑿乎如五穀之可以療飢,藥石之可以伐病。而雲南一疏,尤覰切,犯龍之鱗,而探其睡,當時公亦以死自安矣。幸賴聖明,得以全軀歸田,雖復起廢吹枯,拔之泥淖之中,投以民社之寄,而終於一郡,不及大用以歸。蓋田錫遇太宗之明,而不得以言大其用;白峯遇我皇之明,而不得(下原缺)

張文僖公詩卷序①

（上原缺）之功令,垂之訓典者,固已黼黻廟廊,焜耀圭璧,鏗然而金石諧,蔚然而龍鳳翔,天下之觀莫大焉。及至雜見於歌咏贈遺,亦皆炳炳烺烺,聲之而成歌,列之而若繪。寸楮尺牘,寶之于人,傳以永久不廢。於稽其時,蓋文明之祥,發於重熙,而諸公以文佐理,亦猗與其有章。天人交和,靡有金革之虞,上之見於治,以文爲尚,而其時習亦以積文爲富,圭璋亡以爲嗜,綺縠亡以爲華,惟得諸公之題詠,如獲重寶,家藏世守,至今五六十年若存。余生其後,鋪誦昭夏之文藻,崇論奕世之人豪,於是乎愉神爽魂,抵掌稱嘆,嘆今文治若斯續盛也。

惟是太子太保、禮部尚書文僖張公昇,以成化己丑第一人及第,翺翔館閣,宦成於大宗伯,致臣而歸。嘉靖丁巳,公孫于岸適判敝邦,得其在史館時所贈同年吾郡憲副莊公詩於其家,出以示余,屬予序之,將裝卷而傳諸世。且曰:"是蹟也,微所以發孝思者大,有聲律以鳴意,有穎墨以盡神。自不佞之卒覿斯卷也,觸而咏焉,側而展玩,我文僖生平忠愛之悃膈,與夫動作之真逸,燎若在目。彼留畫扇以資思慕,存昌歜以追嗜好,孰此之爲真?繼自今張氏孫子覿卷興思,聳然惕厲,相與聿念厥祖,恥列凡儔伍也,毋或由此耶?"余昔列容臺,竊啓恭館之秘縢,詳覽故牘,得公所爲經緯邦國、和諧神人者,固已仰之胸中矣。及今一諷誦,心復悚悚乎萌也。彼特以物爲適,而心猶慕之,而況其精注乎;彼特以好樂爲疑似,而心猶攖之,而況其真倪乎!

公之子兩山公,先達名卿,其孫又能茂循良以世其家。比者時遭多艱,師旅之事歲興,禮樂之務不遑,思如公以文鳴,盛雍容於堂署,風動寰寓,詎可得哉?故誦公詩,喜論其世而序之。

揮使童新泉哀榮錄序

嗚呼甚哉!死之難也。自非君臣之義,激發於肝膽,造次顛沛,以義自安,利害無以眩其趨,白刃無以怵其守;則於殞首裹尸,未有能晢然者也。余讀歐陽公《五代史》，有《死節傳》、《死事傳》。歐陽公之所謂節，若劉仁贍、王彥章非耶？之人也，不可以禍怵，不可以利誘，卒完義烈，以忠所事，節矣，春秋垂不朽矣，死事其次乎。夫死事之死，詎異於死節之死耶？亡亦以其素悃，未可知保，而或迫於事勢之無所逃也，是之爲次耳。乃其感激馭於風雷，奮勇忘乎身私，先登陷陣，而繼以一死，則死節死也，死事死也，死奚以異？故歐陽公雖列《死事傳》，而於王清、史彥超之死，深有取焉，詎亦偉其事，以勸天下臣子耶？

自倭寇熼禍，浸淫於江之南北，浙之西東。乙卯，又突出於閩福間，民不識兵，遁逃而殲夷者，藉枕相望。泉州衛指揮僉事童君新泉，受檄當鋒燄，奮身轉戰至福清海口鎮，約分道並進。及至鼓儳，殺獲方酣，而所期不至，賊遂從後擣君也急，或速君走，君曰："命也，吾死乎？"遂力戰死。夫王清之死，杜重威之不救，威之罪莫逭也。君之死，與王清不異，而當其勇憤飆發，左右電擊，列眥無避，王、史曾何得以顓餘勇？

或疑豨韋猖獗，君以偏師阻隘，不量敵，不徵會，輕焉取敗。予以爲不然。當勍敵在前，我兵屢挫，微公衝堅搶脰，則胡以鼓三軍之義壯？而上有國法之嚴，下有督府之威，君又惡知軍令之敢於期而不至哉！至出於意外，人心不可閫測，亦有死而已，將焉逃之？然以一身之死，愧鄙夫退懦之心，以膏雉薄潤土壤之餘魄，而勵霜雪，光日月，扶人紀於不墜，則身雖死，猶而不朽也。今畏愞觀望，誤國者亡數，不此追議，而於君乎摘疵，何其惡成人美，固設浮辭，以釋偷生者之惡，而助之攻也。

余竊取歐陽公之意，直欲進君於王清、史彥超之間。而憲巡王賓湖公，嘉君之義，致祭賻贈以異禮；繡衣使胡滸南公，奏叙君績，擢級，兩諸大夫又各以詩文發君哀榮也。嗟嗟！秉彝在人心，固不泯泯哉！君之忠烈，雖與古人爭光，可也。

宜水餘波集序

宜水劉子司教事於南安，越三年，以母喪歸，諸士子戚焉，相與歌咏，以寄時思，彙而集焉，爲《宜水餘波集》，屬余以序。

余曰："諸君之名集也，何居？"諸士子曰："教猶水也，水在地中，浸淫衍溢，竅於壙壤，徹於高深，澤而膏潤草木，蒸而蓊鬱山谷，孰機緘是？孰運轉是？則天一混混不息，元氣是流是貫。今諸君得宜水君爲師，宜水君清苦自勵，言不及利，常施俸餘以振諸生之窮者，其清德固足以範物，而躬行講論亹亹，引掖子員如不及。諸生涵咏教化，各習其德，而忘鄙吝心。譬諸水木，吾惟君浸潤也，如以制歸何？然而德音在人，波有餘矣，諸弗敢忘，於是取其義以爲贈。"

余曰：美哉！宜水之德不可忘也。余亦羨諸君之不忘也。於是知宜水之德，與諸君之化於宜水，而德日盈科也。自有學校以來，法令徒具，博士與諸弟子判然不相蒙久矣，宜水乃能得士如此哉！故嘗論夫學校者，諸士子會精聚神之地，至其達士子之精神，以潛化不測，則學之師長實使然。諸士子之精華含畜也，其如泉之始達耶？有一盛德之君子，時而達焉，其煥然浩然，不倦自得也。且若沒人駕輕舟，凌順風，隨波以直下矣，若決江河以疏蕭葦之壅滯矣，若捧土之燥以就濕矣，邑之聞也，日可幾也。有宜水爲之師，都人士之精神，將爲宜水達之也，毋寧茲去有餘波焉，庶有流潤乎。繼自今司教事者，觀其所感，其或以斯集觀之也，茲余所以詹詹言也。

鄭海亭文集序

余爲弟子員時，同海亭君試萟於有司，而海亭常爲諸士子冠。讀其文，究極經傳旨趣，不爲滑稽堅白浮言，其節秀發而清亮，其味雋遠而明顯，讀之知其爲涵養君子也。先君於海亭爲友，常指以示某曰："數十年來，無此文字，泉之將興，吾見其兆矣。"不數年，泉日向盛，而余亦附海亭君領辛卯鄉薦。海亭連捷於春官，尹無錫，入户曹，以至雲南大府，而學常孜孜焉不輟。時或發而爲文，見於贈遺，形於歌詩，皆政餘居閒，攄已試之韞抱，紓憂世之惘懷，抽管揲玄，反覆崇論，而以爲表見者也。久之彙成編，太史吳澤山君爲之序矣，而公之子復出以示余，謂余之於君也不膚知，奚而微一言？

嗟乎！斯集也,豈爲公有？無惟公之學,不以宦成倦,則有可見於斯者。古之君子,學優則仕,仕優則學,豈仕也而學是廢哉！學也者,學其所仕之理;仕也者,行其所學之實。如伊尹、傅說亡論,下如樂毅之於燕昭,孔明之於先主,一會晤間,從容數語,而破齊之策、興漢之謨,遂定於衽席之上,是非其學問素豫耶？然古人猶以孜孜没身爲言,豈如後世學以搏榮華,其幸而獵爵祿也,遂舉而弁髦之。故後世持一國是,輒苟且疏略無端緒,以至敝國殄民,其故非亡務稽古不見古人,利害之實使然耶？

余時脫肶牛馬走,常取前輩文集而觀之,觀其文而知其學也,知其學而知其政也。然則斯集也,亡亦所以知公也耶？余竊一官,舊學落矣,因公之文,序於簡末,以致自警之意云。

中丞陳幼溪子婦林烈女册葉序

天地正氣,於人得之,在臣爲忠,在女爲節。其成之也人,而有天以定其命;其命之也天,而惟人以發其祥。定命於天者,忠節安於所性,有其名而義生;成命於人者,忠節激乎所處,指其軀而義立。義以軀殉,而之死靡他,豈非難耶？乃其名一與許而義結,則又難矣。丈夫子沉漸詩書禮樂,其竭忠行義,豈非難耶？乃至女子生於幽閨之中,長於簾箔之下,目不遍縑簡之文,耳不盡古今之説,得全於天,無所倚而爲義烈,則又難之難者也。

長樂陳幼溪先生次子長源,聘大參林北堂先生女,未及笄而長源卒,林氏悲慟,却簪珥,謝綺縠,以死自誓,請守喪,弗獲命,卒不食嘔血死。由此觀之,所謂天與之義,無所倚而爲義烈者,非耶。或曰:男以委質成臣,女以于歸成婦,若以婦道責之,女難爲女矣,是又不然。君子固不以天下之難事爲人,必亦不以能所難事爲人病。聖人之清,取於伯夷,伯夷固未爲時中也,而聖賢取焉,亡亦以廉頑立懦之風,足以師百世耶？君子取女之節,猶取伯夷之清也。魯童汪踦,固男子之未委質者,當齊人伐魯,與公叔禺人死焉,魯人欲勿殤,孔子以執干戈、衛社稷可之,蓋與其勿殤也。魯之童,與之勿殤,以旌其忠,豈林女之死,迺不當與之貞烈，以表其節也。

余昔在議省中，稽故牒，見刑部尚書張鑒，爲次子昱聘都下趙氏女，亦未笄而子卒，父母欲奪其志，女曰："我許張氏矣，將安適乎？"夫人衛氏迎以歸，終其身夭然完節，天所命也。至弘治壬戌，旌其門。後嘗考《湘江志》，竊詳尚書行己，亦于鄉評靡瑕疵，則趙氏之節，惟張公發之矣。林氏之節之烈也，亡亦幼溪發之耶？德至淵泉，明珠出焉。照乘媚川，昔聞出於赤野，產於丹淵，盛於霍山，今天下惟廉海爲最，其生也，又以其人之清而來，貪而去。考諸《詩》、《行露》、《死麕》，女子之以貞潔自守也，亦惟當時士大夫家以禮義自厲，故里閈以禮義成風，漸靡使然。

幼溪君事父至孝，家庭儼若嚴君，昏定晨請，出告反面之禮，不以貴少衰，百順聚矣。予固曰："林女之節，幼溪君有以發其祥也。"不知後之觀風者，其且以錫趙女之典，爲林女錫乎否也。國家有節婦之典，百世之婦道成；有烈女之典，百世之女道成。二典並行，世道之風表滋樹，亡惟忠臣孝子是旌，乃尚維大風化。余於幼溪家，雅以年誼世講，又況節烈若彼，庸可泯乎？而縉紳先生，又各以詩册表章，於是搜舊聞，附管見，煽流芳，播徽烈，萬一世道少有裨益。夫節烈固天地間砥柱也，因姪孫履重、履階、慶貽之請，遂爲之序。

安溪縣重脩文廟序并歌

惟文教關於天下，雖以兵燹之餘，剝極困極，而文教不可一日弛。嘉靖末，倭寇煽亂，延蔓陬薄，安溪縣文廟學舍燬，蒞政茲土者，循故事，憚興作，退讓未遑也。祀位具於頹垣，講座鞠爲茂草，文教罔乎若蒙矣。

陳侯某蒞政于茲，仁恕清慎，抉剔興廢，惕然以文教爲己任，一舉文廟而新之。當此時，寇盜寢平，兵甲未解，帥臣開府於閩中，束濕需儲，剝膚椎髓，催徵不以歲月，誅求且累億千，有司竭力象上意指，日不暇給，胡所齒喙于他務是圖？安溪邑治又居萬山之中，巨家名族率走集郡城，生徒家居業館郡城之中者十而九，不復目擊其事，安所樂于赴工是輸。陳侯志決而勤，事煉而簡，捐俸出帑，庀材鳩棗。往者營廟之貲，或以千計，侯直縻金一百八十餘。往者營繕，期或以一二年，侯直數月而卒事。役不踰時，民不知勞，工師奏功，主徒仰止。地仍舊趾，其貌維初，教緣舊法，其令維新，周旋俎豆，威儀翼翼，摳衣升堂，巾衣楚楚，對揚天人，開闢謨訓，豈非太平盛事耶？豈非天之未喪斯文耶？列聖道學垂統，先賢講學立教，地緯天經，輝古映今，綱紀人心，無亦惟是一脉以相維持，必惟瘡痍之甫定是曳是掣，而曰焉用，文之奭而不喪也。

繼自今邑之與斯文者，升堂入室耶，而思夫子之宗廟百官，奚若其有見乎亦無見。覯貌像恍惚耶，而思夫子之高堅前後，奚若其有在乎亦無在。親師儒，講揖讓其間耶，而思夫子之文章性道，奚若其有得乎亦無得。思感發則有立志，有立志則有工夫。工夫砥礪，則自格致誠正，以脩其身，而王佐之才可成。王佐之才成，上以為國家用，中以為斯文輔。然則是一舉而得英才以事君也，令臣之責可塞也。

昔魯泮脩而史克作頌，晉雍啓而王廙摛詞。侯之始至，豁無名之綱以千百計，審編户之役必輕重均，斷獄如矜，不事鞭朴，遇旱而禱，盡蠲贖金，政教兼舉，神所勞也。於是學博先生某等，諸生某等，慶茲盛美，同言侯績於榻座之間，某因為之序，而系以歌。歌曰：

青溪之上，天構名邑。惟此廟泮，教事攸習。豨豨其突，孰隆棟宇？師儒所依，亦窘風雨。侯羸斯舉，屹奠神棲。美輪美奐，如璧如奎。有才欲達，侯闓之門。有德欲迪，侯闡之倫。躍淵戾天，陳侯歸美。鵬搏鯤遥，自今伊始。

清溪林氏族譜序

古者徙不出鄉，宗法立而九族之親疏以序。後世則不然。人以世分，居以利擇，勢不能以相聯，於是乎通之以譜。譜者，宗法之條列也。

栢葉山林氏始祖，宋乾祐十年，自德化梓溪，遷清溪大帽山。子三，為繼、為續、為紀。嗣之神人授夢焉，指栢葉以為號，遂為栢葉山林氏。螽斯詵詵，瓜瓞綿綿，子孫益以繁衍，地不能容，遂散而居。居新康之弓坂者為弓坂之林，居新康之仙境者爲仙境之林，居新康之赤嶺者爲赤嶺之林，居洪巖之侯山者爲侯山之林，居新康之虎丘者爲虎丘之林，居新康之夢亭者爲夢亭之林，居依仁之龍門者爲龍門之林，居新康之美山者爲美山之林。其派有八，皆裔自繼、紀，分枝栢葉，林氏遂有聲於泉。

某始脩譜某年，某又重脩之。余女弟夫仕光，以其序見屬。夫古之治民也，有君有宗。宗也者，綜也，佐大君以綜屬庶民者也。君以法治民，則有册籍記民隸之數，登之天府，而治民之政行。宗以服序親，則有書譜紀子姓之數，藏之家室，而治家之政行。譜之立也，泝其世而論之，數十世以來，自某而分，宗其繼祖，宗其爲繼禰，宗其爲一世，宗其爲幾世。本支別而序秩立，血脉貫而恩情藹，詎非惟世澤是廣，而相帥仁讓邪？數其人而指之，詳論其世，某也孝弟廉潔，某也否，某也克家，某也玷家聲。發潛德之幽光，刺奸回於既死，景前脩於已往，樹勸懲於將來，詎非惟風操是尚，而相率慕義邪？親疏有所乎聯，淑慝有所乎別，世數嬋嬋相屬於無終紀，而莫爲混忘，彼直以譜徵也，非是也，且孰爲之綜？余於是猶想見宗法之緒餘也。

郡侯汪雲陽荒政歌頌集序

萬曆癸巳之歲，天禍我州，雨暘不時，旱沴爲災，相仍三年于兹，而虐益甚，俾蒸黎罔獲享其土利，令牧弗能保其赤子。雲陽汪公甫下車，遘兹祲會。既已展采錯事，用是痌瘝疚心，咨嗟蒿目，條所爲救荒事宜，凡十八策，上兩臺使，諸監司皆檄報可，頒行諸屬邑。於是全活億萬，澤浸甿萌，咸欣欣然慶更生。天乃悔禍，轉而降康也，於是乎呵風伯，叱雨師，駭震霆，汎豐隆，久澍沾，足來年，瀰野稔有日矣。薦紳大夫士庶奇其事，乃相與歌盛美，鏤之汗青，垂不朽。

余老幽棲霞谷間，久不問黜陟事。惟是桑梓理亂，則時帖帖聞。泉故瀕海彈丸，少有衍壤之饒，半爲薄鹵之區，地褊齒繁。古者男耕女織，泉之民，男耕而女亦耕，女織而男亦織。古者百畝而田，泉之民，上農不過二十畝，其下不能十畝，其不耕而食者半。即歲豐時，已仰給海舶矣。以歲之不易，流莩蔽野，郵卒踵武,户室懸罄,鷄犬靡寧。當此時,且有抱鼓竊發之憂,救荒無奇舊矣。微公條教約束諸長吏,歡騰諸萬姓,乃至感回天意,即有賑恤之恩,安得人人而濟之?惟濟之以天而靡流離,乃見公之策奇也。

堯有七年之水,湯有九年之旱,水旱之數,堯、湯厪焉。竊怪堯之有水,猶曰"浩蕩未治"。湯之於旱,則以六事自責,而時雨降。豈湯之明德,直至九年之久,乃知自責耶?九年之內,湯無日不自責也,積以九年而天意始回,則感回天心,而轉菑爲祥也,豈其易矣!今泉之荒也甚,而公之回天也,不一歲即有幸也,亦奇也。奇公之政,此萬姓所爲交頌也,合雅而吹;其人之歡動也,訇若雷鳴。粟帛見者,靡不心愉,爲其樂我生我也,士庶之同聲也,豈大府循良卓異是爲?將郡人甦生是慶?

公治平易而躬廉約。往賑關中,權淮南,陰隲下民,非一日矣。積而治泉,默通冥冥,天之降康,則其固然,匪公之幸,惟泉民有天幸焉,不佞亦與有幸哉!因諸士庶之請,序之簡端。

傅氏族譜序

古之有家者,上治祖宗以明尊尊,下治子孫以明親親。治者理其世而分之也。系有本支,屬有遠近,情有親疏,分有尊卑,而皆于譜乎秩之,非其所以治邪?國有玉牒(牒),家有譜。夏器備員禮官,時竊于玉牒(牒)窺其秘籐,未嘗不嘆其仁之至,治之基也。宗廟以世分,子孫以廟系。自世廟之子孫,以至祧廟之子孫,自親王以及郡王,自將軍以及中尉,別之以等而不紊,系之以籍而不殊,豈非慮親親之殺易竭,而因其瓜瓞之綿延,通以肺腑之連連哉?以國鏡家可知也。

傅氏自唐來,由光入閩,銀青僕射公啓之、左寺禁兄弟承之,子孫派分閩中,在泉之南安陽山、石湖,在莆之仙遊、石碑,在福之後溪,在漳之長泰,而南安、晉江與仙遊,猶獲以其親屬相通也,豈不以譜邪?其餘諸宗支,夫豈無後聞,而絶不聞問,又非以其譜不傳邪?以前鏡後可知也。故譜者,祖宗世跡所紀也,子姓戚屬所貫也。金錢百萬，不有繩綑之校，則散佚而莫總挈。米粟布帛，升縷無筭，其攝以革匱，載以緇車也，揭之東西南北，纖毫靡滲漏，其所貫統然也。天下之道，凡言自吾身推者，其數億萬，號爲物類。親親之道，言自吾身推者，屬之于毛，離之于裏，是爲骨肉。道之以類推者，貫之以令甲，而治法行；道之以骨肉推者，貫之以恩義，而治本基。自吾身骨肉而上，有嫺有祖，又有曾祖、高祖，高、曾之上，又有高、曾，其世次雖遠，氣脉聯貫。旁而推之，上而祖宗之源派，分爲兄弟子孫者，可知也；下而子孫之流派，分爲兄弟子孫者，又可知也。總之皆吾區區一身嬋貫，人誰其身之不愛，而昧焉寡恩，春鴒飛而友生不如，葛藟蔓而本根無庇。晉之公族，傷於詛；秦之公族，懼於選，則亦弗思焉，而以此身外物視之也。噫！惑已。譜存而人存，人存而愛存，然則兹譜也，亡亦所以貫屬骨肉而永親愛邪？

明興以來，傅氏譜一修於敬齋公凱，再修於石崖公浚。長洲吳公寬、華亭錢公溥，既序其端矣，今且五十餘年，陽春懼其久而多遺也，踵而續之。夫豈其勤瘁，亦惟孝友，睦誼起敦，豈非子姪中之最賢者邪？謹爲之序。

江右舒梓溪芬先生傳序

士君子窮經致用，其正學講於平日，其節操植於處困。志士仁人，以身成仁，無悔也，說在《易・困》矣，"君子以致命遂志"。夫當困之時，憂患叢生，有困于株木者，有困于疾藜者，有困于金車者，有困于葛藟者，何怫怫也。而君子不以求生爲吾仁害，其困以寡怨也，爲德之辨也，而履以爲基，謙以爲柄，復以爲本，恒以爲固，損以爲脩，益以爲裕，井以爲地，巽以爲制。總之，養吾德性，成吾真，是砥柱橫流，以處憂患，如金石之爲堅，如松栢之爲茂。窮也而樂，憂患也而樂，故聖人以困而不失所亨，爲君子與？謂秉正道，植危行，若斯之難也。而說者藉口東漢黨錮率皆殺身賈禍爲大戒，則彼成仁遂志之君子，何以稱焉。嗟乎！君子當困陁憂患時，惟去就時宜奚若耳。遇可去時，則抗知幾；遇無可去時，則耽成仁。謂蹈死爲是，遠難爲非者，非也；謂遠難爲是，蹈死爲非者，又非也。

梓溪舒先生，以武宗丁丑廷對首賜及第。己卯春，議東幸，時宸濠蓄異圖，人情恟懼，先生連疏入諫，大臣莫能奪，杖幾斃，謫福建提舉。及至世宗即位，初政精明，天下濯磨，遜聽望治，詔起先生憂廢之中，侍從脩撰。甲申夏，議大禮，先生又以疏伏闕，復杖幾斃，罰俸。由此觀之，先生所處困邪非邪？先生其以遂志成仁乎非邪？先生所遇時可默默去乎不邪？夫子稱殷有三仁，謂比干之諫，諫而心得，是諫而仁者也。先生之諫，非其諫以成仁邪？先生雖於書無不讀，惟聖賢之學是勵，端居終日，無倦色，夜必計過自訟。謫閩，講靡輟，好《周禮》，繹太極、《通書》，最喜濂溪尋顏子樂處，其養性於憂患，粹如也。困而道亨，幾於不違仁義，是爲正道學。先生著爲文章，制策、封事諸集，志氣激發，義理純凵，不爲回互、隱伏、吊詭，以故操履端愨，風猷骨鯁，忠義電激，稱所爲文。

　　邇年士多粉脂，語調鉤竄，文字捕影譚玄，至吐揚義理，反若桎梏行弊。且行餙而實違，身汙而寄治，惜無有如先生者，出而挽之。惟先生之文，爲正文章。先生忠孝天植，其見不可而諫，諫而罪幾死，不死而復諫，憂患始終無二，操要以遂志成仁，不負所學，不□前言，非徒一諫而搏名高者比。如先生之節概方爲正節概。平生一介不苟，毫髮弗渝。令天假之年，以所學所志效明時，其豐功盛烈，當與聖賢比肩。不幸早世，廼茲禮官建言追獎贈謚。夫今天下誠未有正道學、節概兼而始終弗改者。天下而有斯人，廟祀之典，吾不知其誰與？以先生道德、文學、節概，困而彌堅，如其仁，如其仁！天下後世，必有表章之者，惜乎愚非其人也。因讀先生之傳，想見先生德操。而先生之孫琛，二守泉郡，清白鯁介，有先生家法焉，是以忘其固陋而序之。

【校記】

① 原本殘缺一頁，此題據文意擬補，而集前原刊目錄亦無此題，從字體筆迹，知目錄爲後人鈔補。

傅錦泉先生文集卷四

碑　記

吉安府通判楓山楊公墓碑

　　予讀太師楊文敏公《年譜》，覩其相業，運籌帷幄，折衝衽席，扈從金鼓之間，追攘桀黠，至於榆林、樂安不變，公績尤偉，微公天下幾大震動。予謂勒勳景鐘者，必食其報。武臣從成祖皇帝靖難，其子孫得以侯伯茅胙至今，而公有大功，其報未稱。故天錫公特厚，自太宰公以下，及吉安通判楓山公，皆藉公垂鴻，而襲公休烈不衰。

　　楓山公諱昉，字孔升，別號楓山。祖諱恭，尚寶司卿。父諱仕佶，以孝廉舉，卒都下，公其遺腹子也。生而同母兄司訓公亦幼，俱撫育於嫡母蘇氏。及長，以世系繼叔仕偉後。公事母孝，事兄恭，聰敏豪邁，奮志學問。弘治戊午，以麟經舉于鄉，卒業太學，授宣平令。宣平地褊隘，多豪猾，時扞文網，更數令莫能振飭。公至，均徭役，振孤窮，鋤強暴，理狂狴，修庠序，百度煥然，士民胥懌。三載遷吉安府通判。吉安多巨室，宗強比周，輸賦率多後期。公征撫不苛不縱，豪民振肅。寧庶人干紀，江右騷動，公與郡守伍文定公，協力治攻戰具，親行陣，冒矢石，乘風縱火鼓儳，寧庶人兵潰，遂成擒。奉檄稽府藏，秋毫無所取，論功錫金幣。方將顯擢公，而公適罹霜露之恚，脫然告歸，無意於仕矣。年方五十有五，葛巾野服，擊鮮烹肥，日與昆弟親朋爲歡呼之遊，優游林圃間二十年餘。夫以太宰公在大位，公以干進爲心，固不止於尹宣平。及破寧庶人有功，使少需以歲月，亦且列大用。而公也，樂恬退，不希世耽慕寵利，勇於爲義，其中介然莫能浼，達士也夫。

甲午歲，予年友黃國寵，以病主其家，公撫之如子，召醫爲理，躬視其衣服飲食，恂恂懇惻，黃子雖甚病，亦忘其爲旅次。予因黃子，得矯眴顔笑，時聆德音，侃侃油油，雖枯槁不恌也。古之傾蓋知雅，無過此者。

公卒於嘉靖甲辰，距生於成化戊子，享年七十有七。子幽、豈、嵊、巏云云。予閩言宗派之盛者，首文敏公。太宰諸公，予不及見矣，見公而諸公之風度可知也。以公家之教澤風論，繼是而爲公之子孫，又可知也。於戲！太師之功，奚其艾？奚其艾？兹於子某之請也，爲銘其碑銘曰：

於赫太師，維國之禎。謀謨一施，四方底平。維烈無兢，維報木（未）盈。天意昭然，在彼後生。爰惟楓山，亦紹其彭。溫如其玉，磨之益瑩。穆如其風，久之益清。和也不流，剛也靡争。仕不希世，有駿其聲。隱不絶俗，葆全其真。垂裕未胤，光啓儀刑。呼嗟乎，太師之風，百世錚錚。

漳州府同知北門許公生祠碑①

嘉靖丙辰仲夏，漳庠生魏文翀、沈震，監生張甫，舉人顔若愚，介於蔡子烈，以漳鄉先生及其士庶之意，謁余曰："我漳二守北門許公，德成政立，所至俱不可泯忘於民，而生爲祠，維我漳之受惠渥而祀禮弗可廢已也，請有以紀其實。"

維侯名鑰，字準卿，浙之錢塘人。舉辛丑進士，授進賢令，改教授松江，晉贛州推官，以及今職，淹於宦途者十五六年于兹矣。而持身居官，終始斬斬。吏初謁時，例有公堂供奉，侯一無所受。至於餽遺，蒸耡纖細，率盡却不染，冰乎潔也！

漳俗囂於訟而事繁，侯案無留牘，朝至夕發，處之若無所事，其精如此。而尤恤於刑，讞最詳平。縉紳有過，力爲保全，不以精故爲深文刻詆。當此時，海防急，議者欲增税橘房、澳船，命已成矣，侯執不可。大略言橘房水波蕩折之所，小民無以爲生者厝屋其上，以資糊口，課額不可爲常。舊額已爲民累矣，而況增之乎？至於澳船，捕採水居之匹，船筏之小者，課無幾。乃方艘巨舫，今編號聽調用，已出不得已，計若復徵其税，則必以爲名，而陰搏（博）厚利，莫之能禁也。

老姦巨猾由此造番舶，生意於海外，爲患大矣。於是議遂寢，并增浯、汭等處課鹽，俱不行。

　　龍溪八都港口，衆謂可以築陂興利，侯親爲相度，籌利害，溉田無慮數千。龍巖礦賊千餘，勢且煽亂，侯命武舉生林時化諭以威信，中其忌諱，賊遂遁去，威信旁孚。至漳平感化之寇聞之，亦盡解甲。其有德於民甚溥。

　　乙卯之夏，淋雨不止，且害稼。侯齋戒，徒步涉水，以禱於神。神應侯節，雲駁日穿，天地開除，暴漲不涌，禾乃大熟。及丙辰春，歲事將興，又久不雨，民皇皇。侯自引咎，齋焉禱雨，雨亦應侯節如往歲之禱晴者。府治之東有虎，七八爲群。侯爲文以告於神，募民驅之。無何，虎遂引去。禱晴而晴，禱雨而雨，禱虎而虎害息，其精誠之格於神明如響。蓋侯孝友稱於家，學問聲於世。秉身潔己，一介不取，有四知是畏之節；毀譽顯晦，不入其心，有三公不易之操，而其施於政者如此。

　　夫禮法施於民者，皆從一代之祀典。朱邑之於桐鄉，文翁之於成都，所居民治，所去民思，爲之立祠，久以不廢。漳人竊二邑之高義，遵前世之大禮，欲永久傳誦，以慰思慕。惟先生有以發其思也，惟先生圖許侯之德於永也。

　　於戲！循良之風邈矣。以刻爲明，以矯爲高，救火揚沸者比比，而民滋擾不聊生。許侯刓方爲圓，琢觚爲平，與民相安，而民自不麗于網，且感恩而生，願爲之祠。乃知天下之吏治，在此而不在彼。漳之祠侯也匪私，亦以勸天下之爲吏者也。余嘉其事，因爲之序，而係以頌曰：

　　於休許侯，金玉涵德。學積淵泉，至性惆惆。匪摘春華，乃見秋實。漳俗嚚嚚，惟侯正直。漳俗桓桓，惟侯允塞。一誠所通，百僞俱息。天應休徵，隨禱靡忒。物從風靡，咆暴感格。漳山峨峨，漳水湜湜。有鬱佳氣，作廟翼翼。侯之在斯，父母是即。朝夕敬事，如恐不克。侯之去思，雨霖萬億。漳沾餘澤，時致矜式。於休侯德，悠哉無極。

晉江大尹復軒錢公安民碑

　　晉江郭外安海鎮，環諸山以爲隩區，左襟大海。其居民奔走於市貨，轉徙通番舶，徵貴賤於東南諸夷，由是夷人狡焉，漸啓戎心，因緣剽掠，爲海居之民患。錢侯復軒蒞晉邑，令于衆曰："維海有禁，而民玩之，禍熾其無日矣。茲鎭去縣治五十里餘，防之爲難。惟是因民便宜爲令甲，聯之以社，屬之以長，廉察之以官，領禁寓於鄉約，嚴比鄰，使冒利者無所潛其姦，庶幾海禁可立，而蠢茲睥睨之禍熄。"乃選擇於鎭中素以良善稱者爲義長，四人爲社首，二十八人司檢察，民始惕惕然於三尺矣。侯之未至，愚民扞文罔者紛若。自侯之有斯舉也，義長等朝夕察焉，愚民懼鄰伍之發其姦，亦自脩戢，兢兢焉罔犯於憲章，官亦無煩追捕。耆民某等感侯之德，欲紀其事，以柯少海公狀徵文於予。

予嘆曰：偉哉！侯之政也，簡而密，寬而嚴。何則？海寇之窺伺竊發也，其隙起於愚民之眸利。齎之糈糧，資之器械，誘之繒帛，水通其有，而與其所無，冒利之民實勾引之，可無禁乎？然或處之失宜，則乃并奪良民治生之具。於是乎，海之寸板有犯，漁家束手，其所以治生防寇者盡已落然而奸民之不避長誅也，又且冒明禁，乘民之無避，以煽其姦。故良民日窘，而盜賊日滋其禍，至於不可殄絕。侯之政，使民自相司察，而姦靡容足。俯今思昔，使侯之政，得行於沿海十年之前，奚至有今日橫發哉？宜予之感極而嘆也。

予考典籍，凡法之因乎民者良，民之賴乎良法者安。是故因其民而聯之，以比閭族長，《周官》所以致太平也；因其民而聯之，以軌里什伍，管氏所以伯東海也。地利以興，姦慝以察，富强教化以起，安民之策，無過此矣。侯之舉也，寧茲獨行於一鎭也與哉？

侯名之選，蘇之常熟人，庚戌進士。夫其善政也，不可不爲之記。

南安縣重脩儒學記

學校之關於天下也，詎不稱盛典哉！唐、宋來，郡縣始各有學，有廟貌，以致尊崇；有明倫堂，以萃英俊，師生瞻依，講習其中。

南安儒學在邑治城東郭外，黃龍江之灣，潘山之陽，朋山之原，村落聯繞，靡防禦。嘉靖辛酉、壬戌之亂，倭[寇]憑陵，震蕩我城郭，掠燬我邑廬。黌宮徵有天幸，無煨爐。惟是歲月之侵淫風雨，棟倚趾顛，是咨博士停講，諸生廢業，不振甚矣。

知府朱公炳如，雅意作興，署縣事、同知丁公一中，謀脩飭，未舉也。丘侯凌霄以鄉進士知縣事而來，慨然以爲任，廼鳩材敦匠，董甚勤，而學博樊某，亦宣竭心力，各捐俸助。經始於隆慶某年某月，襄事於某年某月。瞻依之地，聚講之堂，煥然新矣。

公凌霄乃立諸生諭之曰："學校弗脩，責在有司；學之不講，德之不脩，則惡乎責？古者設爲庠序學校以教，非責諸生以脩德講學邪？學以明道，道在彝倫，而君臣之義事，尤處其繁。觀《洪範》所陳彝倫之叙與斁，凡百政事，布滿宇宙，敷錫謀猷者，孰非彝倫？凡倫之以協而叙，以僻而斁者，孰非皇極之用，以盡其義於君臣？五行、五事弗叙，不可以用極而事君；八政、五紀、三德弗叙，不可以用極而事君。徵疑福極弗叙，不可以用極而事君。君臣之義，講明而攸叙之，以聖人爲瞻依，以稽古爲實務，明經則標的端，習史則變故審，詩書說則嗜欲淺，禮樂敦則中和生。好善惡惡之念焉而實，忿懥好樂、憂患恐懼之發焉而平，親愛畏敬、哀矜賤惡、傲惰之偏焉而正，老老、長長、幼幼之施焉而擴，興孝興弟不倍之化焉而成，是諸子之脩身叙倫以事君也。吾有司罣罣之忠，庶萬一塞乎？若徒蒿矢是僥，弁髦是棄。又其矯者，不師古而師心，言空言玄，以資清談，樹風度，塗羹塵戴，繪土繡木，措之天下國家一無所用，亡寧上以土苴置，即諸士且譏而設之責之，謂何是非建學之意也。"

於是諸生唯唯，與學博某等述侯教於夏器也，因援筆而爲之記。

侯凌霄，廣之雷陽人。

南安重脩城隍廟記

邑有城隍，其神佐官長安治百姓，天所司也。以幽佐明，以隱佐顯，春生開陽，秋殺閉陰，俾無縱泄夭閼，爲生靈菑，民於是事之如官長。水涔旱熯，於是乎禱之；牟蝗癘疫，於是乎禳之；善惡辜戾，於是乎鑒之。夫既已神事矣，得亡爲廟貌重乎？既已重廟貌矣，得亡時脩乎？

南安邑治已舊，城隍之有廟，則在邑治東偏，其來亦已舊②。唐公愛邑宰時，常增脩其制③。未幾，遭日本東[倭]④，寇艾我邑，廬廟雖幸不燬，而殘破已甚。見津⑤丘公凌霄蒞任之二年，政洽人和，乃慨然嘆曰："廟宇之不脩，勢且日就圮。有神不能事，其焉能治人？兵餉之不充⑥，將安所取辦？"於是捐俸以爲倡，而僚屬、百姓，皆承公德意，欣欣然子來共成也。

乃飾前堂宇以聳外觀，乃廣後堂署以邃內居。棟梁楹桷代其腐者，瓦甓磚石易其虺者，丹堊垩青新其漫者。像之金碧，望若瓊瑤；貌之威嚴，嶷若干戚；旁之羅猝，森若掾曹，蓋規制乃備而一新也⑦。

古之君子，勞於民治，惟日不足，明之而制政，幽之而禱神，宣化洽教之和，明罰勅法之嚴，斂賦調役之均，興利豫患之勤，雖日孜孜，而適乎天災流行，何代蔑有⑧，猶然爲民憂，亡惟求諸己而不足也，復于神乎是求，庸詎非惟日不足盛心哉？公之舉也，其心惟不足耶？公明察而有威，清惠而有節，不苟媚，不詭狥，可以事神矣。敬爲公記⑨。

仙遊羅峯傅氏祠堂記并詩

仙遊羅峯傅氏，是爲余宗，建祠堂於薦井東，其地自龍頭徙而左紆迤，盤結于茲。其功自提舉公寔肇建，屢燬屢復，以至積顯體純，彥植彥清，曰仁、可久等，漸經營而苟完。嘉靖戊午春，余至其地，適已落成，登堂瞻拜。未幾，倭賊煽殃，余懼其燬也，已而竟徼福於我祖慶餘，保有天祐，廟貌如故，曰仁、可久等請予記。

謹按：我始祖自光入閩，居泉東郊，有子八人，金吾仁裔公，其四子也，早世，夫人鄭氏，與其子遷于仙遊羅峯之下。至孫楫，以治平四年登第，堅重德，世濟其美。元祐六年，若權、若希龍、若求；紹聖元年，若諒友、若巖；元符三年，若誼夫；政和元年，若伫；宣和三年，若知柔；紹興二十四年，若牧；紹興三十年，若淇；淳熙八年，若誠，若丙；淳熙十一年，若諴，若公稷；淳熙十四年，若益，若大

97

聲;紹熙四年,若熺;加(嘉)定十三年,若燁;寶定四年,若一新;景定三年,若炎發;咸淳元年,若夢澄;咸淳十年,若登炳,若虎臣,若雷龍,俱以進士策名,敭歷中外,而特奏名。自芸以下,太學出身;自詒度以下,任子;自謙受以下,亦多附末炎。瓜瓞秀其芳萼,鶯鶯翮其毛羽,衣冠稱奕世榮枊矣。而楫深自刻勵,事徽宗於端府。於初政以敬嚴見憚,以安靜論政,贐鄒浩以得罪,抗曾布而不屈,事已具列傳中。至嘆時事婁異,急流勇退,不以舊僚,故依依摶寵榮,可不謂知幾君子耶?其子孫亦家法是守,履履不及權門,嚴於禮義大閑,先德所風也。

仙遊在宋,蔡、傅二家,俱侈貴盛。蔡氏以進士登者二十八,傅氏以進士登者二十五。蔡以忠惠風烈豎門地,至蔡京父子煽禍,忠惠之風烈亦微矣。傅氏於蔡頡頏當時,夫豈無葭莩其親,鄉曲其情,而罔有一人薰炙,以希榮寵,惟元祐黨籍,則有入者,流風皥皥,固可尚哉!天若惟不盈之善慶是衍,傅氏其將復興也已。乃今焕而立廟,萃而假廟,以成天明。烽燹無熄,天意昭然,其又可知也。謹爲之記,而系以詩曰:

天作高山,傅氏所荒。神啓其秘,世發其祥。令名令德,如珪如璋。其麗濟濟,其流洋洋。我生已後,孰究其詳。但觀京下,威赫何張。孰不朵頤,孰不承眶?孰不附手以取熱,孰不附臂以騰驤?而傅氏藐之若無,視之如常。惟法是安,惟理是強。我觀天道,其意未央。有廟翼翼,羅山在前。高有橫雲,低有流泉。以祀以燕,其鼓淵淵。有廟翼翼,孫子周旋。郁紛芹藻,躍飛魚鳶。以歌且舞,其鼓絲絲。神明在天,賓御在筵。禮樂在廷,詩書在賢。惟世德是求,薦福萬年。

福清縣儒學新創學田記并詩

永康徐某以甲戌進士視福清縣篆,冰清以樹化澤,宵勤以飭治平,政肅而不苛,民順而有恥。越一年,乃以其章教之志,命于橐曰:"君子以人事君,亡寧宰臣,凡宣德意於下邑者,率以此圖報稱。文翁守蜀,選郡縣開敏有才之士詣都下受業,齋之以儲胥,脩起黌宮,教子弟,而西蜀文學禮讓,遂比齊、魯。任延尉會稽,問所部高行士,厚禮待其掾吏之貧者,賑給之,於是多士雲合,蒸蒸奮,而會稽以人才鳴至今。夫得人以事明君,上臣之節也;養賢以及民,經國之遠猷也。教以董其成,養以資其源,功相須待,不可闕。江皋沃土,播樹嘉種,灌溉培植,勃然豐茂,鹵莽滅裂,日就荒蕪。福清僻在海陬,雖夙稱多才,地有其作之,胡教弗興,胡才弗達,弛而棄之,將惟荒是懼。"於是捐金脩廢,創學田隸邑庠,爲畝五十,以資多士之貧者。署庠事尹繼禮,共成其事。庠生陳思謙、俞元芳等,以繼禮之言,徵某言以記之。

　　於戲!國家學校,教養有考校,有廩餼,纚然詳且備矣。顧人才日繁盛,其勢乃至不給,而生徒貧以廢業。漢元、成間,有謂孔子布衣養徒三千,而增學官弟子,後無以給之,遂罷,而漢末人才因以不振。夫謂三千之徒,聚食於孔子之家,固已妄矣。然即事而論之,漢昭、宣以上,人才之盛也,非文、景餘富表章經術之效耶?元、成以下,人才之衰也,又非天下不給,罷弛學宮弟子故然耶?才之盛也,以天下養之而不足,況福清海表逖徼,士得以自給爲尤難。宋初,應天、嶽麓、嵩陽、茅山爲書院者四,皆民間自致養聚徒,遂使天下里評,分爲州縣之學、鄉黨之學。其學之出自州縣也,有司循功令彌文,不免徒具。至其鄉黨所附和,士大夫留意倡率,乃以盛典名彼,移文獻於私家,變公道爲私恩,此豈天下一統之盛哉?詎如良有司加意,而以公田致養也。惟我獨倡而人其有不倡者乎?邑之人豪,必自此奮矣;朝廷得士,必自此侈矣。臣某之舉也,得人之功及天下,裕後世矣,不可以弗記。因爲之記,而系之詩。詩曰:

　　玉融山下,裨海際環。於惟君子,戴命經綸。司聰秉直,百里詡殷。翩翩飛鳥,和鳴關關。集我君庭,歡呼往還。旦而舒之,五彩其班。風而翼之,萬里其飄。竹實之衰,鳳德之艱。鳳德之艱,君子之嘆。籍我東效,芳樹秀苗。山滌祥靄,宇廓虹霄。有風自南,氲實維天。蠁曶瑞應,焱騰鳴條。雲衢旭路,閬苑縈標。雅頌其聲,登拊九韶。玉融之光,君子所招。茲摛鴻茂,百世暉遥。

重脩大盈橋記

　　甘侯宮以江右餘干鄉進士令南安,飲冰蒞政。越二年,能以政和其民,而民是用休。蒿視我南安之民,困於倭燼,諸營茸茸藄廢,謂亂緒也,不可以怠弛理。既脩萬石陂水利,脩西山壩、千石陂,以溉近都之田,百廢蒸蒸起矣。

而康店驛之南有大盈橋,上吞大羅山東來四十里之水,以注于海,旁溉溪南北腴田無慮萬畝,其路通閩、廣往來衝唐⑩,部使按郡邑,及裔旅之負販,陸出者皆經由此,尤關切⑪。創于宋嘉熙間,屢圮屢脩。近復以倭亂圮,來往艱涉,至移驛傳於晉江安平鎮,以通使客。甘侯乃愀然嘆曰:"橋梁之不脩,詎惟行旅阻嗟,實王事不供是懼,而胡以邑爲?胡以守邑爲?"於是以匠石役委耆民某等⑫,捐俸首倡,鳩材聚徒而砌焉,不徵遠,不煩公,期令旁居近民以成始終。於是乎騰游龍於陸埒,棹星旍於雲衢⑬。即時水湧波砰,過若歷塊,其轍迹遂能以南北通天下⑭。經始於⑮丙寅年二月初三日。橋成,擧人林大柱、生員周瀋、耆民陳登之等,請余記其事。

夫此一橋耳,脩圮而治亂徵焉。昔之圮也,以倭亂也;今之脩也,亡亦惟天其悔禍,而假手于我甘侯,以鋪治平耶?使車電拂,旅塗虹通,方來無虞,利往有功,亡惟惠也,政其有知乎?

昔者人謂斯何?今者人謂斯何?侯承亂餘,勤此明功;余承亂餘,勒此明功。秉筆揮槊,感極而傷而幸⑯,幸治平之情不自勝也。因爲之記,而系以詩,勒諸道左。詩曰:

維彼大盈,水自中注。迤北而南,萬里通度。天作之橋,以代方渡。嘉靖己未,倭寇作蠱。浸淫不已,四塞蒙霧。蕭蕭飛風,冥冥亂雨。蛟起鼇騰,莫測變故。我侯之來,淑慎擧措。廢者以擧,頹者以固。有橋中峙,惠聲載路。我水維悠,其流播播。淺有葦葭,深有魚鷺。我道有蕩,我行于于。公有車騎,私有轉輸。侯在有懷,侯去有慕。此邦是府,無我遺斁。

海澄縣尹王公生祠記

嘉靖之末年,初縣海澄,以控海島。隆慶五年,台州王公某以鄉進士視縣事,始砌石城,完雉堞。當是時,披蔚荊棘,月蝕日域之警,時揚波濤,樓船出入如織,公外應内撫,裕如也。築舉役告竣,庶務亦畢舉,而此邦遂翌然雄視海方,内之全漳有藩屏,外之雕題震攝,而狡焉封疆之思寢。邦人以爲維公功也,萬曆元年,相帥立公祠,生而事焉。某生請余爲之記。

夫事難於創始。此邦跨海爲塹,創迹開統,凡百營竪,孰非與斯民始爲鼎新哉? 在《易》卦爲《屯》,乾坤始開,侯邦建焉。雷雨滿盈,天造草昧,君子以經綸,言治此邦,時猶治絲之紛也。政有大小,總其類而挈之謂之經,理其緒而分之謂之綸。余觀公之於政,其大者,城堵之築守,所防也;學校之教士,所養也;講武之場,兵所飭也。廥之蓄積,俟之以平糶;渠之匯浸,潴之以灌溉。振振乎既以次第舉,至於布功令,張弛出納,一惟三尺法是持。革公堂之常例,除流圖之雜綱。官櫃糧料,納户各自包封;澳頭貨物,牙行不得私充。監候靡及輕罪,銅錢尤嚴私鑄。詭名稽而册籍定,詞訟清而官檄省。酒若毒賴則禁,賭博則禁,私宰則禁。凡公諸注措,其于吏胥甚嚴,其于豪猾甚峭,而其于良民甚便。赫赫宏綱,惟公張之;棻棻條目,惟公析之。《屯》之初九,利建爲侯,聖人以爲大得民。其所爲經綸者,周且密也,公豈其人邪? 以故天地鑒其惠德,佑其精誠,禱雨而雨至,拜火而火滅,天且弗違,況於民乎?

繼自今海澄乃爲名邑,雄鎖鑰於一方,燿炎暉於海宇,將自公始矣。古之君子,視民如子,民亦視君如父母。其相率而祠公也,父母公也。公之精神凝注,謀謨運畫,其不舍於海澄必也。異時海澄蒼生,登公堂宇,瞻公貌象,瞬若影動,眇若咳響。愛其人者,猶于其屋上之烏是愛,其没世之不忘公也,又必也。昔朱邑爲桐郷,曰:"必葬我於桐郷,桐郷民愛我也。"公父一江公參政東廣,樹功德,百姓亦爲之祠。至今前有朱桐郷遺意,後有先公遺事,公之謂邪? 是公所不獲辭讓者也。

公諱某,字某,台臨海人。先世祖惺庵,工部尚書;祖木訥,院檢討;祖愧齋,常寧尹,以至父一江公,世積慶矣,公其世美之賢云。

見龍亭記

南安邑庠,上迎大朋山、大葵山之水,下通黄龍江之潮,環庠爲泮,旁溉民田，一望汪洋。

先是，邑大尹唐公婁江，改庠前馳道，築石橋於田中，以通行旅，望之蜿蜒若龍。少鶴丁公署邑篆，廟謁畢，覽而嘆曰："茲非龍與？在田見龍象也，而首下伏，其蟄未伸。"因捐俸築亭，以象其首，命之曰"見龍亭"。

是亭也，前向黃龍江而昂，此江之神，騰怪兆文，自石起宗以來，咸以此徵休祥。公之作斯亭也，固非知往事也，詎有神默相邪？其成也，若神所使；其兆也，人世所異。公清德仁政，視篆洽旬，聲稱炳蔚，神之相矣，天造地設，而默以兆啓。乃今而後，有應龍祥者，乘溢雲，翼疾風，聳九閎而燿八紘（紘）也，詎不稱異邪？

亭成，諸士庶歡然嘆南安人文之盛，自茲愈熾也。邑博樊桓、王士魁，屬記於夏器。

於戲！《易》取龍象，飛，象君也；見，象臣也。"見龍在田"，臣之盛節也。龍能噓風雲，騰霖雨，散熇蒸，以澤潤六合，萬物所以蕃盛也。《易》之"見龍"，《傳》曰"龍德而正中也"。其所以爲龍德，惟是庸言信、庸行謹，閑邪存誠，善世不伐，德博而化。

夫乘時以澤物，龍中之龍也；懋德以應時，人中之龍也。表裏山河，襟帶日月，亭羅景也。朱拱翔雲，飛甍騰霧，亭告兆也。豢之以煙雨，濯之以清波，長其鱗鬣，布其爪牙，有司之德，而學博之功也。持之以敬慎，主之以誠信，善以一世，德以天下，諸士子之成龍，而有司所圖也。樂其成而共其事，大府和州萬公慶也。其作亭，二守丹陽丁公一中也。其記亭，邑人傅子夏器也。其時日則隆慶二年孟夏之望日也。

天　心　洞　記

昔傳仙之所居，環瀛海以爲島，三山是名，黃金白銀以爲宮闕，蓋居大海之中，在粵之南。今覩仙之所遊，環崇崗以爲區，九鯉是名，山高湖朗，以爲靈勝，蓋居崇巒之中，在莆之北。天心洞在泉，峙其中，南覩三山之勝，北原九鯉之迤。

山人顔良教，始以九鯉之夢，繼得鄭應鳴之地，遂止於此，依山爲屋，仰勝成洞，有水從上而下，流若織練，響若操琴，若混天心源注，疏以其清徹激烈之氣，疏去污濁，滌盪世界，故名其洞爲天心。轉而北築九仙觀，以藏仙靈。又下而當道築更衣館，以便客遊。環以山中之秀，連以界外之觀，前望溟涵，鼓蕩吞吐，烟光中瞰山高澗流，雲浮霞繞，嘉木奇草之繁秀，躍魚飛鳥之遨遊，熙熙然接鬪山阿。目與會而成色，耳與會而成聲，心與會而憑虛，神與會而生靈。其三山九鯉之遺勝與？

前者地方以兢（競）利，故争之於郡守朱白野公，乃斷令收産爲永業，以杜後争。夫仙家風致，千古同羨，詎惟盧、衡、華、荆、台、姥，微知丹山、方山之屬，亦且膾（膾）炙人口，表章諸縉紳大夫。若金華叱石、赤城見標、杏林治病、菊潭流響者，豪傑之士，嘲風而坐月，闔陰而闢陽，心通乎天地萬物之中，氣超乎風塵糠粃之外，而奚屑屑於瑣末爲？况天之所相，地之所鍾，以遺其人，而神護鬼翔，常昭明於千古之下，可無毀也。因書以遺後之君子，俾勿壞云，併附以歌：

乾坤廓闢到三洲，帝遣天吳振海流。凌仙山之縣圃，杳天路之脩悠。於惟控會河洛，朝宗江漢。而以爲施靡兮，則有長風鳴號，抗日月以上浮。巨黿冠山，長鯨吞舟，走沙危石，慄膽駭眸。波浩蕩以路絶，景慘慽而風秋。吾欲登蓬瀛之閬，拂驪龍之鬚，以請恩澤兮，何異於乘槎上薄夫斗牛。臨津兮長嘆，動考槃之新情。山人兮歸來洞天，與子兮爲盟。門以草爲徑，居以藤作城。白日新寺，青泥芝羹，林廬李熟，綏山桃榮。圍棋值客，照鏡鬙精。泉雷玉以一瀉，鳥向春以萬嚶。倒景飄飄而上下，烟霞漠漠而縱横。羌獨蹲此寥廓兮，愀空山以若驚。子已棄俗，我亦掛纓。風雲吞吐，喬木瞵英。蛟蜃出没，遊魚潛萍。何所怨兮，汨羅以騷而靡賡。何所慕兮，蹈海以説而靡行。吾雖高二子之清致，而不能學其矯節駭世，惟隨鳶鷗兮嘯鳴。

蓮花石巖室記

南安附郭之勝，有蓮花峯，層巒疊石，纍纍若蓮花之錯落。嵳者几張，卧者繡盤，錯者棊設，架者鐘懸，罅者劍斷，呀者鰲伏，怒者虎踞，貫者魚頡，突者鳥胻。迤南崇崗磷碕，窾然爲石室，如竪有棟，如覆有罿。上有箭道通天，光朗⑰融下照，增宫嶺熒⑱而崟峩，與蓮花峯剡巇嵾崟争奇瑰。向之蔽薆、土湮、草翳、蘙蕪者，不知幾歷禩矣。

姪孫履約，始披翦蒙薄，艾剛荆榛，鑿石門，闢石徑，甃凉亭，砌欄榭，雜植嘉木，異葩玻蘭，桂鬱杉⑲蕙，而紀以八勝。

余履巉巖，攀危石，攝衣而上，四顧嶄嶄噂噂，崔巍壁立，稜嶒聳骨，簸丘跳陵，騰清霄而馭雷霆。山水大觀，有在是者。古之賢豪，覽其勝而樂之，則有抗節危言，批鱗折檻，即百折而不屈。姜公輔氏以是流寓此間，今北望，姜相峯是也。

余至石室入坐，烟火迢杳，霏霧蒙矓，輈軒婥約，寥廓靚邃，水瀾不驚，山青長纓，迥絕乎塵壒。山水大觀，有在是者。古之賢豪，覽其勝而樂之，則有挂巾投劾⑳，鏟采埋光，即没世而不悔。秦系氏以是盤隱此間，今西望，隱君亭是也。

余縱登其巓，遠覜目盡，海色烟浮，天光霞繞，列嶂雲屯，溪流蜒蜷，吞吐萬千，曠若躡閶風閬閬之閎閎。山水大觀，有在是者。古之賢豪，覽其勝而樂之，則有神契真倪，與造物遊，障百川，回狂瀾，宇宙無能爲廣大，江海無能爲盈虚。朱紫陽以是曠覽遊戀此間，九日而還。今西望，九日山是也。

子之構兹勝也，古未有聞。發之自子始，不知山川有助於人邪？不知子助山川靈邪？不知吾子與山川之靈兩有待發邪？因爲之記。

脩南安萬石陂水利記

南安邑治，朋山起之，清源、大葵掎之，蓮峯迆之。自是瀰爲平原，闤闠建焉。山環水匯，左自朋山，東北折而西，又折而南，至鵬溪入黄龍江。右自朋山，西北折而西，又折而南，至萬石陂入金雞江。維陂障水東注，抱邑聚與鵬溪合，是爲山川融結，迺壯都會大觀。歲久陂壞，水奔放入金雞，東流不交，地脉解寬。負郭田畝苦西流靡蓄，既易於旱傷；山谿暴漲，苦東流壅淤陂，不任洩，又易於潦傷。建邦拓迹,相度陰陽,決排地利之意,闇乎没矣。

甘侯宮以嘉靖乙丑蒞茲土。誠篤其德,平易其政,明察嚴於吏胥,節儉斶於繇役,用能惠懷于我有民。登臨縱眸,慨然嘆曰:"美哉洋洋乎!邑有山川,相之在人;邑有水利,興之在人。惟我畎澮之有灌溉焉,我利導也,涓滴珠玉。"

乃畫便宜上請,捐俸首唱,計畝均力。庶民趨事,來㉑若鼓㉒若子。於是乎疏圳道,自萬石陂引水東行,經延福寺,達㉓城濠,以會鵬溪陡門,[達]於金鷄㉔。陂口兩旁浹崖,度水勢與田高下築堰,堅厚其灰石,蓄水之匯,洩水之溢,以待旱乾,備泛濫。繞邑南門,東會鵬溪陡門入江,潦則兼由金鷄而洩。相度水會,若天爲塹,若神輸工。平疇耕作,轆轤成龍,激水上施,亢炎若雨。一望千頃,秀實離離;渙若橫雲,錯若綴珠。民於是乎仰事俯育,有厚藉,實惟懋功。有事則濠塹廻環,隍積水而深,城憑險而高,守禦不鑿而固,實惟懋功。無寧茲陰陽會合,山川孕毓,衣冠之英日熾,龍虎之榜增輝,實惟懋功。

考之元至正㉕,張夔始建此陂。今二百餘年矣,惠澤猶在㉖。侯茲脩復,寧二百年惠烈邪!陂以萬石名,侯方起家縣令,數未盈,漢萬石君家祿秩亦惟子之數而滿,意者侯必有後㉗乎?山川靈秘,茲始兆矣。僭爲勒諸石,以俟後。㉘

傳

山東僉憲石坡趙公傳

公諱勳,字彝伯,廣番禺人,宋太祖裔也。少聰敏,過目成誦。弱冠遊郡庠,博學有重名。德性凝厚,器宇軒昂,督學歐陽石崗甚器之。

戊子領鄉薦,辛丑授瑞金令。瑞金土著民少,多寄籍,賦役不均,爲民累。公至部,廉知其弊,立法均,編民疾苦廼釋。已又處兵役,以復民業;興學校,以作人才;謹婚禮,以正風俗;重喪禮,以隆孝本,皆鑿鑿可詔後世。而於學校尤勤,日與諸生考課論藝,講貫經義,一以成就人才爲己任。冬暇復習冠、射禮,皆邑士素所未聞。時邑寡生徒,大射耦亡以備,乃選民間俊秀而補。初,庠之科目久闕，及至是科丙午，戴生汝器遂中式，邑人謂公作人，果應若符契也。

縣務簡，時委署別邑篆，或賑饑，或均田賦，或覆疑獄，處分無不妥服稱效。黃鄉賊巢曾氏，代夫帥洞賊肆掠，材官屢爲所敗。中丞虞公聞公方略，召畫策，公請單騎往諭，可不討而服，虞公壯而許之。遂入巢，推誠撫慰，宣布威德。賊果信服，自縛首惡十二人以獻，誅之。復請曾氏二子於虞公，赦其戾，送入郡學觀禮，仍往築城寨，設巡司以守其地。經營凡數月，往返巢穴十餘次。初入，賊猶驚疑；再入，則如家人子矣。黃鄉底績，虞公上其事于朝，具疏公賢勞，由是聲名籍甚。仕政五載，而兩臺之交薦者四。

丙午歲六月，赴都下考績，以治行最優，欽承綸褒，以父桂爲瑞金令，母梁氏爲孺人。時二親俱存，邑士庶與鄉邦人，又以爲公福慶戩厚，且承綸封奇遇，果若日升川至也。

會天官奏缺，風憲行取天下賢能，公與其選，擢侍御史，遂陳時政五事：曰禁無名之差役，曰革官司之借辦，曰罷竊盜之工價，曰嚴巡捕之考覈，曰省引稟之賢勞，皆一時之弊。而引稟事，乃公侯宦寺因襲舊例，害民尤甚者，公一疏革之，輦下民賴以安業。

時有武臣犯法，憲臣窮治太過，波及無辜。公聞命參覆，獨持風裁，元惡首服，無辜獲安。不動聲色，平決大獄。其後數年，軍士有求糧之激，竟成其變，乃知向之消禍未形，功匪淺也。

壬子春，晉山東僉憲，巡東兗。歲大饑，以州縣拘文移，不即發廩，躬自馳賑，復移檄旁縣，賴以全活者幾億萬。轉巡濟南，審錄囚徒，平遣冤抑，多所釋放，囹圄爲之肅清。蓋公之才，其當務者，固無不盡。至於平黃鄉之賊，決大獄之變，賑飢民之急，又其應變而當大艱錯不撓者，豈非所謂賢豪間者耶？

甲寅冬，以母喪釋政，繼丁父喪。服闋，遂不起，賦"急流勇退"以見志。廣藩袁參議，嚴分宜壻也，要公歆以不次之秩。公謂兒輩曰："吾生平履歷，砥礪至此，今晚節乃濡足獵膴仕哉！"固托烟霞成僻，不附也。甲子歲，以壽卒于家。於是見公之才之優，又見公之德之貞，是可以不朽矣。瑞金人士思公德澤，久愈切,立去思碑、名宦祠,春秋尸祝之,具載郡志。萬曆七年,廣東按君懷川龔公,廉公仁賢行實,特行督學使孫公,舉祀于府庠鄉賢祠。至今兩省俎豆,公咸得享祀焉。

公子趙思基,以鄉舉司教南安,學行淳雅,類名家子,乃得詳公政蹟。及承郡大府姚洞庵行狀,并以瑞金及廣中立禮之事,信之也,因爲之傳。

論曰:古人不朽,以德以功,功德豈不在民哉?漢世良吏,如文翁、黃霸、朱邑、龔遂、召信臣者,徒所居民安,所去見思,生有榮號,死則祀焉,是足不朽矣,然王成猶以僞聞。余觀趙公功德,施萌隸,奠社稷,事至偉,終不昵中貴,以希炎煬也,此豈粉飾文具人耶?時平有《甘棠》之咏,時蹇有枳棘之歌。山垂峴碑之淚,水永贛川之思,豈惟瑞金,天下其孰不仰之!

字　　說

綸卿字說

史子書言既冠,其祖父西崖君,字之曰綸卿,謁予。予告之曰:若知而祖命字之義乎?綸以治絲,其義關於天下甚大。用之王政爲經綸,用之王言爲絲綸。史氏之先,以典籍命氏。成周以前,在王左右,于言則書,于事則書。今日其事彌璘璘矣,寄其職於翰苑,若修撰,若編脩,若檢討,其職掌也。始之爲宰屬,極之爲宰執。國之官治,詎有重於此者?天下之治,安常無事,則經綸之用爲要;排亂解棼,則絲綸之用,亦其急者也。

唐武宗削平僭亂,李德裕一制,而三鎮奉命恐後。拔城毛楮之間,折衝縑管之上,行之如風,動之如雷,威嚴百萬者,則此絲綸之功也。功業一旦振燿,絲綸爲天下重,命之曰才。積學也者,非以養其才耶?匹士身在天下,卒然遇之,至大不驚,至煩不亂,一言而定國是,非以其所養者鉅耶?吾觀德裕才氣無雙,至其諫書、箴銘、論議,其學有過人者,是爲名家之子孫,而不以名家累,所謂富貴不能沉溺者,非耶?

吾子之積於學也,於絲是倣已矣。觀綸之事,而學亦庶有成矣。仲春之吉,蠶母是調,稀用清明,浴用穀雨,言及時也;爰求柔桑,切若細縷,燥濕是候,起止得所,言致功也。東愛日景,西望餘陽,逍遙偃仰,進止自如,仰如龍騰,伏如虎臥。此綸之始。縱者相屬,橫者交連,解以湯火,擎以纖指,其縷萬千,其白霜雪。此綸之成。起於綿綿,成於翼翼,時積日摩,殷斯勤斯,君子之學,亦若此矣。

　　史子坦腹予家,予兼有父師之義,故詳其義而告之。

習甫字說

　　余女孫壻張子,以翼新名,而字習甫。夫人心本來明德不染,烏用新?不倚,烏用翼?不學而能,不慮而知,烏用習是性?而明之者也,以習而成,以翼而新,是明德之復其本初者耶?盤銘有之矣,曰:"苟日新,日日新,又日新。"聖人以器喻德。器之新,拂之而塵淨,濯之而垢潔,功無過旦夕,而成湯以又日箴若無已時,不知湯之洗彼以其器耶?抑不知湯之洗彼以其德耶?德主於善,善聚於學,學成於習。時習不已,是謂日新。

　　余嘗讀《易》,得聖學焉,亡亦惟是明德之新,日無已息時。乾之自強不息也,聖人之學取焉,於象爲龍;漸之前進不息也,君子之學取焉,於象爲鴻。乾之龍,風雲翼之也,其動也至神;漸之鴻,羽毛翼之也,其動也有序。聖人之學,象諸龍,若潛若見,若躍若飛,雖所處不同乎,而其進德脩業,忠信立誠,以仁禮義智而脩身見世,一也。君子之學,象諸鴻,于干于盤,于陵于逵,雖所處不同乎,而其進德脩業,忠信立誠,以仁禮義智而居德善俗,一也。聖人之習出於自然,賢人之習出於勉然。奚必謂習之自然者爲日新,而習之勉然者爲非日新耶?又奚必謂自然新者之爲聖學,而勉然新者之不爲聖學耶?日日而習之,日日而新之,時不可失矣。

　　子也懷穎異之資,逢進正之日,撟鴻舉之志,乃當此于干于盤盛時,胡進而不可以有功?胡進而不可以正邦?即此明德日新者,措之勳業,鏡寓內矣。若吾老在漸逵時,已出人位之外,其羽僅可爲儀耳,不適於天下大用,亦亡願吾子之至此畫也。

墓誌銘

贈刑部主事史商厓暨安人包氏墓誌銘

公諱宏璉，字伯器，別號商厓，官金壇縣學訓導。以子朝賓應之貴，贈承德郎、刑部主事。夫人包氏，處士包哲女，封太安人。余友於應之，晨夕得侍公，見其德度坦然，不爲斬絶弔詭之行，而其言脩行謹，約之于繩墨尺寸，介然自脱於卑繭。辛卯，應之與予同領鄉薦，裒然爲舉首，而史氏自是日彬彬。若公之從弟宏詢，公之姪朝宜、朝富、朝寀，壻張喬相，賓薦于鄉，制科于朝，鴻朋飛而鵠序立，翼附風而首翔雲，淵源所自，商厓造就之功爲多。

公始從講於粘潞樓、李筠溪、丘省菴諸公，尤邃於《易》。待諸子問答，批郤導窾，當肯綮，如良工馭馬，絡以衡軛，連以轡銜，而教之不易其性，策之不抑其能。義之君幼有敏質，日誦萬言，公固喜之甚，而每痛繩以法。應之、節之君，天資少鈍，則常以優游不倦誨，且慰其苦。夫人問故，曰：「宜也逸駕之駒，緩之且破車。賓與富，款段之犢也，急則蹶步耳，是不一律矣。」故其所造就，敏者不失爲千里之馳，鈍者亦應乎八鸞之節。於是見公愛姪與予之均而善因篤其才，宜史氏之多賢也。

辛卯，以選貢上京師。壬辰，就金壇司訓，攜二僕往。官舍蕭然，與諸生日講肄，不屑爲瑣瑣，諸生多就之。如內翰曹大章、侍御于業、大行王樵，皆當時所識拔士。無何，丁父坦齋公艱，回籍。服闋，以母何氏老矣，遂不仕而終養焉。已而先何母没。

蓋公之不躋於膴仕，與年之不登六十也，豈其命耶？而其卓然行脩者，自足以永世。孝於父母，友于兄弟，没齒無間言。遇人恂恂，雖童僕不忍以睚眥加。至於侯門，雖素所善，恥曳裾，炙手熱也。其鎮重如此，而顧不壽乎，憾哉！

夫人佐公事舅姑孝，遇姒娣睦，又以勤儉拮据持其家。商厓既之官，堂二老在,二女未有家,幼子朝守菫呱呱,夫人仰事俯育,各有條,商厓以無內顧憂。商厓没六年,而應之登第,官刑曹。又五年辛亥,奉檄淮揚。事竣過家,致寵命,夫人悲喜不勝,曰:"爾之有今日也,先人之教不行乎不至此。先人之教行乎,願子盡行之,而以慰先人地下。"應之受而藏之腑。及楊子繼盛上封事,下應之治獄,以不死忤上意,左官泰州。夫人乃唱然而嘻曰:"有是哉,庶無負先人矣。"夫人自于歸,以及商厓公入宦,及以子貴,終始如一,史氏之興,有由然也。

公卒於嘉靖辛丑,距生成化丙午,享年五十六。夫人卒於嘉靖丙辰,距生弘治己酉,享年六十八。丙午七月十七日,應之奉商厓公葬于南安二都霞美山之原,坐巽向乾,而墓銘未備,蓋有待也。至是歲丁巳十二月二十六日,祔葬夫人於其北,求余并爲商厓公銘。

夫史先四明人,六世祖宗馬徙晉江,爲晉江史氏。生元吉,惟公高祖。又爲惠,以孝旌,以長子盛封户部郎中,惟公曾祖。又爲鷟,惟公祖。又爲時泰,號坦齋,惟公父,娶何氏,惟公母,子二,長即朝賓云云。史氏至中書始有聲,中微,至商厓公始大。士君子處世,上而揆策裏理,下而講德垂教。即身爲隱約而抱遺經,稽墳典,與諸俊乂相磨切,仰窺帝王鴻烈,彈究當世條務,成德達才,爲天下禆益,其功不少。若楊伯起明經教授,而一門賢才輩出,豈非古今所希觀者耶? 是可爲商厓銘矣。銘曰:

史氏之先,由史著姓。詩書之澤,宜其所兢(競)。抑其流也孰濟? 而其休也孰迎? 我銘公德,武昭餘慶。祔以夫人,千年鬱鬱乎其同馨。

處士郭梅峯墓誌銘

祠部李君海宗狀郭梅峯公之行實,曰:公諱恭,字士讓,别號梅峯。先世自光州避地於閩中,爲莆人。元至正間,慎德公徙于泉之北孝友坊,因家焉,遂爲泉人。曾大父宗回、大父濟、父體毓,皆潛弗耀,至公漸有聲。公以能幹其家,冠即事事不以勞遺其父母。鄒氏蚤世,事繼母陳氏如其母。母弟寬,異母弟森與賜,撫育之,教誨之,如慈父之于子,至其孫猶然。公之孝友,天性也,有子良璞、良琛,幼即授以義方,爲擇嚴師,儼然立之約束之中,不以愛故少假借。故二子甫齠卯,各以文學聲於庠序間。璞領甲午鄉薦,成庚戌進士,授寧國府太平令。公每貽書,輒以仁廉爲訓。璞在太平,輕刑節費,不邇於貨賄,存心於獄訟,以無速官謗,遵公教也。

予自弱冠時遊學郡中,即聞有梅峯公,息產業,家聲已蒸蒸然大矣。及南北涉舉子途,常從太平君遊上下。庚戌,從太平君年籍,益諗公,詳知公行素,如李君所述亡浮異。然而公德之積豐茂,徵於有子也,亡亦惟善慶之餘是符。至其綸封之崇褒,朝廷所以發潛德之光,慰膝下之思,公將身及焉,而有俟乎其沒也,豈數固有限耶非也?

公生成化癸巳,卒嘉靖癸丑,享年八十有一。娶孫氏,先公歿。有子四人,良璞云云,以乙卯十二月十六日葬于晉江四十一都黃枝山之原,負艮揖坤。予於公有世講之誼,不可以不銘。銘曰:

於維才難,子之能家,臣之能國。有赫郭公,遏矣其燀。子道以己,臣道以子。雖不生享其榮,終有辭於不訾。

處士黃南湖墓誌銘

黃春元君一棟,爲予狀其祖叔南湖翁之賢也,且曰:"士之聞於世也,有幸存焉。爵位足以自崇,而聲因以表見。士之幸也,而不可必也。至如窮於身,亦聞於後,則得有所附於當世之君子,而以文顯焉。叔且葬矣,葬而銘必以傅先生。"余於公爲姻,辭弗獲也。

按:公諱建,字建暉,世家晉江之龜湖。考遺安,妣林氏,生公兄弟三人,兄建中、弟建垣,公居仲,而性果敢,勇爲義,恢拓家計,以及堂構,業有新產,處有新宅,寢息有室,燕飲有所,祝享有堂,孫子繁殖,秩秩濟濟,攸濟攸寧,實惟公功。鄉有溉田湖水,往陂長常以水利扞罔于官,嗣之者率以爲戒,苟且仍事。已而次及公,公命諸子若姪受事焉,其舊姦宿猾,仍恃據上流,如前武,不即工,潴洩不以時也。公隨持塘規聞于官,官爲監築,立石禁,至今堤賴無圮,水得所匯。

春作秋繼,荷插醲輠,交灌互澍,壠畝之間,邐延野綠,遠際雲黃,實惟公功。夫有功於一家者,則亦一家之善士;有功於一鄉者,則亦一鄉之善士,豈亦不可以聞哉。

配吳氏,靖山閑泰翁季女,亦克相公,以立其家。公生於成化甲午,卒於嘉靖壬寅,享年六十有九。孺人生於成化甲午,至今壽八十有六,尚未艾云。承黃子之意,其狀無所溢美,銘有不容辭者。銘曰:

有私其佚,以適其身。一毛不拔,如越視秦。公之辟世,不及於施。居家居鄉,出其餘奇。有勞在人,有述在詩。後世耿光,此其兆之。

湖廣參議黃鰲妻宜人吳氏墓誌銘

周時公侯大夫之妻,脩於閨門,播於天下來世,《樛木》、《小星》諸作,至今述焉。何者?其事至微淺,而風教攸關。其播之聲歌,閟而幽微,則賴有士君子之論著也。故湖廣參議黃三峯公鰲宜人吳氏卒,子瀅等求余次其事以銘。三峯於先君電陽為執友,余以小子奉教誨几席間,辛卯又得附齒錄於三峯後,且姻家也,協之以世誼,重之以姻親,而幸從大夫後,亦得以論列其事矣。

宜人吳氏,以三峯公封安人,進封宜人。父諱宏遠,本邑之三十七都人。母盧氏。宜人幼有至性,盧氏多病,宜人事湯藥,供蕩滌,不離床褥。及歸于黃,又能移其所以事父母者,事舅姑蔡太宜人及束野翁,甚宜之。三峯公學于外,宜人為之拮家計,蓋作夜繼,日積月累,醴漿於賓客,粢牲於祭祀,織作於生計,靡不盡力。至又有難者。婦人之性常妒,席寵專愛,即景迫桑榆,猶以妾為忌,至嗣絕不悔。而宜人於方盛之年,即為置側余氏,數歲嗣後,乃有子,其娣亦有子與女,撫育亡異。三峯宦遊以及即世,諸子多在宜人左右,其所以教之尤勤。嘗曰:"自吾歸于黃,事太宜人、束野翁,以及爾父,見爾先人安其分所當為,而未嘗以忮懘厲人也;見爾父之積於學,而未嘗以燕閒逸也。吾占卜之不能知,知先公之必有後也,又知爾父之必有成也。今澤在爾輩矣。爾也才,惟先慶之餘;爾也不才,惟吾之教不行。"故諸子奉宜人之教也謹。由此觀之,如所謂《樛木》、

《小星》之夫人非耶？

三峯公之葬，某已爲之銘其世矣，諸具前誌中。宜人生於成化壬子，卒於嘉靖戊午，享年六十有七，卜以臘月合葬于三峯桃源洞域。余乃爲宜人銘。銘曰：

猗與宜人，《樛木》之德歟？《小星》之德歟？郁郁蘭有苗，夭夭薪有棘。維後之祥，維德之禎。錦韜象軸，天寵維奕。幽宅之下，兆此新勒。

天台縣尹洪方山墓誌銘

天台知縣洪公諱熊，字世英，別號方山，其先光州固始人也。少聰悟過人，以文學聲于庠，屢獎異於當道。治《春秋》，不守舊説，應癸酉鄉試，憲長劉公奇其説與世儒異，拔登薦書。是時公年甚富也，三試春官不第，遂授浙平湖司訓。所賞拔士，如督學俞公咨伯、大参趙公伊、正郎俞公乾、二守曹公金，皆爲時名臣，一時科第崢嶸，議者歸公善誘之功焉。擢天台令。天台以勝聞天下，士大夫至台者，靡不遊覽，供億竭里閈，奔走敝輿皂。公鎮以靜，因斷其橋道，艱其跋涉，自是遊者寖少，不擾民以藉聲譽也。歲大饑，公竭力賑救平糶，民賴以全活甚衆。而又厚其士之貧者，與夫鄉賢之裔，不以稍費吝。台之庫役，掌一邑之輸，奸民出入輕重，乾没爲利。公一裁以法，嚴爲禁止，奸民無所肆。不以平易故縱弛。台喜事訟，官亦藉以爲利，公於一切小訟，諭之使歸悔，公庭幾刑措，追呼之胥，不突於里閭，邑中翕然以循吏稱。然公亦自知朴率，不能脂韋於時，鮮附麗，無意於仕矣。辛卯，遂棄官歸，家居杜門，以北海樽自娛。蓋公之治官、治身，一意安靜正直，冲泊淡素。其進而之官也，不知於名謂何；其退而之家也，不知於利謂何。

余業舉子時，見俞公之守于泉也，於公爲姻戚，故知當此時，若有所攀援，炙手可熱，噓氣可風。且適有官鬻寺田之事，士大夫一啓口，即阡陌雲連，朝貧夕富，而公恬然其間，絶不以干謁求多累也。余所見於公者如此，其所聞可知矣。平生寡嗔怒，意不平，則托而發於酒。喜怒窘窮，憂悲感憤，愁嘆思慕，抑鬱無聊之懷，寒暑慘舒之變，有動於心，皆於酒乎發之，時或以酒息事乎。然視夫浮沉

113

塵沙,酣飽利欲,逐逐於聲勢之場,憒憒乎險陷之塗,以夢生夢死而不悔者,其於爲人何如也。

公始祖評事諱廷賢者,徙居南安,傳至高祖諱明、曾祖諱一中、祖諱能質,俱隱德不仕云。銘曰:

倬彼方山,素以爲絢。名也不趨,利也不眩。冲淡一味,没身靡變。出智之餘,施及一縣。噫!其葬矣,百世之下,看予所撰。

簡州守呂疊石墓誌銘

公諱文緯,字道充,別號疊石。宋時南安有樸卿先生者,官禮部侍郎,其後裔遷於同之梧州,居焉,數傳皆不仕。高祖逢哲,曾祖應保,祖陸宗。父竹菴,諱明,自奮學舉子業,以不就爲恨。比弄公璋,喜曰:"吾志有托矣。"稍長遣就學,顧落落數十年間,竹菴公病且死,張目謂公曰:"吾死不足恨,恨汝學業未成,名未立,使我不及見其他日也。"公泪簌簌下,而竹菴竟適去。公既痛父臨没時言,愈發憤,偏求名師而事焉。習麟經,不憚千里從游。壬午,補博士弟子。辛卯,遂舉于鄉,又連不得志于春官。以母老,求禄養,乃以辛丑歲,銓受湖廣藍山縣知縣。公至官,殫心竭力,務爲民求便利。而才識敏贍,庭訟一言而決,胥吏受成,靡竄手。日搜其邑之蠧敝而芟除之,政以益清。舊有徵輸餘銀,吏白以爲羨餘,例充私費。公請一歸之官,監司大其請,爲教移旁邑,曰:"令不當如是耶?"往上官按行部邑,庸鄙者或有所需求,至藍獨無私饋,吏懼見謫,公獨不顧,其人益敬重公。

藍介居荒徼間,蠢蠻蕃其中,數苦患民。黎一日掠至城下,公勒兵追捕,俘數十以歸。公度其勢可盡殲,因建平猺之議,當道有難者,公指畫陳其可取狀,遂以平猺之役委公。公按地圖部署兵所從入,率敢死士,搗其巢窟。猺窘乃求撫,公曰:"聽撫即吾民也。"定爲約束而遣之,猺遂平。當道上其事于朝,民爲立祠焉。

丁未,擢四川簡州知州,未赴官而報罷。公誠實而志立,果敢而義奮,追父遺恨,百憤學成絕島中。在官私例,一歸之公,絕不以苞苴竿牘污染。及至平猺事,其績尤偉。夫猺豈非三苗遺種耶?當堯、舜時,以大禹狙征,猶然逆命,至舞干羽于兩階,又七旬乃格。公一覘其害治,征撫方略,不煩騷擾,師徒無久暴露,豈不偉哉?而卒見排不錄也,亦命矣。中丞劉凝齋公在湖藩時,詳其事,及撫于閩也,乃甚重公,凡時政得失,陳說往往愛聽。公之大者如此。至其仁孝施於家,所遺田宅盡以與弟,仍出所賈田三十畝,充祀先之費,廟貌常新,祀禮常肅,公於家政靡遺憾矣。

宜人黃氏,黃選之女,年十八歸于公,婉娩恭順,事舅姑各得其歡。竹菴捐館舍,二弟一妹俱未成立,宜人善體公意,撫之勤。送往事居,動中禮節;內外賓婚,各盡其道。公學未就時,欸欸語儞藉,夜坐晨起,勤執業,逮公入官不改。《采蘋》、《雞鳴》之賢婦,何以侈諸!

公治域於長興里烏石山之麓,歲戊寅,奉宜人以葬。及今公卒,珍等持年友許南峯之狀來請,以甲申奉公柩,啓宜人窆而合焉。余既知君之概,而許君又狀公之詳,銘其奚辭?銘曰:

烏石之山,維石昂昂。雕不增文,磨不增光。含滋土潤,毓奇孕祥。有封突如,吉人之藏。配者伊誰,惟德之行。孰瞻孰依?維珪維璋。比于孫子,百世其長。

工部營繕司郎中王九峯墓誌銘

工部營繕司郎中王公,諱良柱,字全宇,別號九峯。唐刺史王潮之後,世家于郡城古營巷。高祖諱紹宗,遷南安四都,以貲產雄一時,號初齋。曾祖諱尚瑀,祖諱諄,皆有隱德。父諱海,別號東浦,以文學聲邑庠,與先君子同時為文學友。余於公誼世講而跡相左。余學庠,公舉子;余舉子,公宦途;余宦途,公山林矣,而知公甚真。公和易渾厚,平居無戚容,接物無戾色,資穎悟,能自不厭于學,且昕夕邇庭訓,步趨瞠塵,以故卓然早成立。以《易》學顯門名家,旁及諸經史,及《太玄》、《參同契》等書,皆窮其奧。唐、宋以來百家詩,俱領略其關鍵。

文章古雅,諸吟咏聲□殊超絕,有選詩格調。乙酉,領鄉薦。己丑,不偶,遂入太學,遍友天下士,文學日有聲。國子先生龍石許成名公課其文,驚嘆置殊等,一時名動京師,天下知有南安王某矣,諸名公爭延致門下,命子弟師事之。

趙伊者,都黃門趙漢子也,授業爲門人。壬辰,公第進士,伊亦與同登,授官中翰,益得以公暇進脩,名稱籍甚。滿考奏最,率擬兩臺待公,以同鄉私憾於當道,騰無根之謗,公辭不赴選,乃轉水部郎。臨清廠缺分司,當道廉公才也,推使督之。是時朝廷方隆大孝,興九廟,及南、北郊壇,慈慶、慈寧兩宮,需磚百倍。臨清又四方舟車往來之衝,商人射利,權勢請託之私,姦宄出入之蠹,磚商領納之法,舟船搬運之費,嶟嶟沓沓。公至,設便宜法,勤采錯,時給發,公私亡困擾。遂晉郎中回,視司篆,奏革錦衣衛備駕香燈,奏停西苑大工,奏乞因雷火脩舉應天之實,皆得溫綸褒諭,或罷或行。擬公大用有日矣,而太夫人之哀訃至,奔喪南歸,於是又以廠務捃摭流言而排。當公任職時,嘗手書見諭,謂"入湯甚矣,又蹈火何哉"!當時未以爲然,而公尋不免也,庸詎非湯火之憯耶?

及至歸田後,卜築精舍于祖居旁,鑿池其中,朝夕課童僕耕種,課子孫讀書,蹤跡不復及有司公門。良辰嘉節,擊鮮呼歡,相與盡登臨遊眺之樂。晚經寇亂,村落殘燼,殃及墳塋,念若刺心。雖其城中居第,亦足容膝,父母遺柩旋失旋復,總之竭誠無撼,終鬱鬱不樂,時托諸歌舞以遣懷,讀其復葬壙誌,亦可悲矣。乃其孝友天植,篤愛弟機,割己田以補之,而時瞻其乏絕。家庭細行,皆足以訓俗,不縷論,論其宦績云云。

公生某年,卒某年,享年若干。觀音山有祖墳,往堪輿家常指以干豪貴。公疾革時,遺命附葬其旁,因治厝焉,從公志也。子炳等以黃中田公狀請余銘,遂爲之銘。銘曰:

王氏之先,於泉有功。中微載昌,公也其逢。其昌維何?錫寵輝煌,奮庸司空。其終維何?附骨爾祖,式固丘封。生榮沒寧,永世是顒。

湖廣羅田縣蕭太孺人胡氏墓誌銘

湖廣羅田蕭公繼美,尹惠安,以太孺人行狀抵某,曰:"惟母有大德,而孤謭焉寡陋，無能有所聞於人，至今罔表章。敢仗君憫焉而賜之銘，以發幽光，庶幾永不朽。"且曰："母氏冰霜其操，玉石其介，殷斯勤斯，以成環堵。"侍御沈侯爲邑時，聞之入，深嘆賞。嘗曰："吾蒞羅，鉤微剔幽，罔弗盡稱貞婦者惟二人，一孺人，一胡王官妻毛氏耳。以年未六十，格於例，未奏聞，特扁完節以旌云。"嗚呼！沈侯豈徒狥虛聲，輕以盛典獎借人哉？彼固爲羅田樹風聲也，而孺人大節概可論已。

謹按：孺人姓胡氏，行三，世居羅田。族牒繁衍，爲邑首富。曾祖廩膳生昂宗，生月臨，月臨生大武，大武配陳氏，子三，女一，即孺人也。孺人生於良族，巍然殊異，幼即專意女紅，不見有嬉慢態。年十九，歸于蕭公某，亦望家。公父時臣與兄時賓，仝登弘治壬子鄉榜，任上蔡尹。上蔡姓（性）嚴，孺人之歸于蕭也，於姑樊氏爲繼，而孺人事之以孝聞，内外親戚吉凶疾患，周恤補助，意懇懇以睦。聞上蔡卒，喪之齋三月，以禮聞。蕭某公以正德庚辰捐館舍，孺人年二十六，遺孤繼美君甫一歲，孺人煢煢憔悴，儻居外氏，謝膏沐，去鉛餙，課諸侍女，宵晝紡織，内外昆姪歲時罕接其顔面，以操聞。嘉靖辛卯，外舍燬于盗，繼美君年十三矣，始構室廬于邑之西家焉，拮据治産業，佐君問學以幹聞。孺人之孀居也恬恬，言及往事，率無異平時，不見嗟嘆聲。夜則孤燈，母子獨對，寂寞相依，無解顔，如此者三十餘年不改。其喪夫子也，哭泣雖甚哀乎，不以廢聞。及至辛丑哭父喪哀毁過慟，至骨立成疾，鄉人無不聞也，豈其情歸于禮，哀中其節，乃敬姜所謂"不以情累夫"者耶？彼其氣概出於從容，禮義原乎天性，庸詎感激焉以成其烈者之爲也？

繼美君領丙午鄉薦，孺人始一强顔含悲慰君也，曰："庶可下報先人乎？"壬子，將北上圖禄仕，爲就養計，孺人竟不及享而卒。卒之前二日，夢與夫交拜，燕燕然醮也，曉而占之曰："是其爲從先人地下與？"完節下報，其兆先見，亦異矣哉！姻戚摭其行而謚之曰懿節，紀實也。

孺人卒於嘉靖壬子，距生之年弘治乙卯，享年五十有八。子繼美君，娶王氏。孫譽，聘胡氏，亦孺人族。以隆慶元年某月某日合葬。夫以蕭君尹惠安，終始清德，夙夜勤政，持官持身，惠人望之爲仁父母，是孺人教行也。孺人之教行，即孺人之令聞達也，而君猶責余言，余將爲言乎？言者，實之徵也，余將爲徵乎？是爲銘。銘曰：

而志熒熒，而行侃侃。生以江漢，濯以江漢。生世何窮？茶苦菫熯。取德何厚？金輝玉燦。泛泛栢舟，在彼中流。木蘭爲楫，桂樹爲桴。濟彼道岸，爲世大猷。江漢化遠，喬木脩脩。我皇所風，有周同稱。赫然有聲，我惠政平。原厥所由，母教已行，母道已成。則篤夫慶，宜享君榮。

浙江僉憲莊方塘墓誌銘

公諱用賓，字君采，別號方塘，系出永春桃源。宋少師忠敏公夏姪孫古山，遷青陽焉，青陽之有莊，自古山始。傳至公十一世矣。祖父瑰，娶蘇氏，生巖。巖娶蕭氏，生子三，公其仲子。公生而卓犖聰敏，年十八，陳紫峰試《庭草交翠論》，嗟嘆稱異。明年壬午，補邑庠生。乙酉，以未遇歸，不窺家，直抵秀林山中，發憤專惟經子白文諷誦，俯讀仰思，刻苦爲詞章，超越馳鶩，無塵凡氣，而自縱橫於經子史間。丁亥，督學邵公試，居高等，食廩餼。戊子，督學吳公試，冠諸生，適以子憂去位，衆入辭，即以首解許公。及同安劉公汝楠，以内委主試，乃四明陸公銓、貴溪江公以達，文學奇氣，素熟識也。已而放榜，果首劉，而公以拙於書，爲外簾所抑，僅得第七，後陸公甚以爲悔。

己丑，上春官，偕後峯、石山二公同成進士。公已屬内翰王三渠首卷。時泉中文運振振向盛而未發，簾中如劉汝楠已爲霍渭厓推許梁學泉卷，亦屬李古冲首薦，相競不決，廼他屬，而公又僅得第八。蓋氣運使然，而其盛則自此始。授行人，出使蜀藩，盡卻供饋常儀。轉司副、刑部員外郎。滿秩堂考，以冡宰汪公倨傲，故入言之座師張羅峯，爲汪公所怒，出爲浙江按察司僉事，分巡寧紹台道。所部故號煩劇，公風裁振肅，剖决如流，案無留牘。紹興有一書生，以訟黜，潛入京師，夤緣相君門下，奏下辨覆，株引累百人，公卒論如法，不以相君故私假借。四明里老，又號桀黠，公乘其入謁，披籍在手，若有所訪者，於是各吐露無敢隱狀，因得其尤不法者，痛治之，一時神其事，掾曹肅清。陸石溪嘗戲謂公曰："外間以子自出密訪邪，何其神也！"

仕中不廢學，多記覽，益精於文藝。臨歲比，時缺督學，公署事，校寧波郡，揭以袁元峯公煒爲第一，某次之。時元峯久困，未知名，諸生遍記請以某當爲第一。公曰："不然。某子今當决科矣。袁子今年即未可必，必首天下。"已而果如公言，至今佗以爲神。餘姚令顧存仁，以不阿權貴得謗，公廉知其賢，特誇獎之，遂得擢黃門，以直諫顯。寧波府黌宮久傾圮，公議脩葺，請於直指君，直指君以費帑金，當疏請爲辭。公正色曰："比得院移，某縣某鄉士夫餽金若干爲表宅費亦疏請耶？"直指君語塞，啣之甚。公乃自括久近贖金，及犯人鄒七等入官杉木，委通判薛甲等竣事，廟貌一新，而論劾之報至矣。

夫公之質性，始終一直，斷之於心，順之於理，噓之而剛果，吸之而淵深，然諸以立信，節概以成行，完潔以垂聲，奮勵以濟變，其氣幾於浩然，積學以養是，積直以生是。其所以有聲於天下，直也；其所以見阻於天下，亦直也。公固謂："以直而往，何所不可！"而直道之難容，則自古以然，公不計也。

時方以壯年歸田，囊僅餘一二金，而公又能以計然之策治產業，事祖母及二親俱獲其歡。積而田割以與弟，又積而田割以祠祖，又積而田割以祠蕭外祖，又積而金數十與石山公共鬻田，益大宗祠中歲時之需。祠宇燬於寇，則與奇峯公重葺。至其脩譜諜，明世系，揭行義，述起家，表賢婦，詞懇懇，其義尤足以風世。是不顯於職，猶能友兄弟，施于有政。然此猶易爲耳。

當後峯公没於非辜，公號慟，奔訴當道，哀痛迫切，其黨卒以輕重伏法。璧崖公卒於官，扶植諸孤，靡遺力。盈塘溉田數千頃，患淤，公鳩民濬渠，時蓄洩，歲賴以熟，塘民以洪新齋公之文立祠祀公。深滬鎮苦剽奪，衆走白郡，願奉公約，以黃東石公之文勒石。嘉靖間，永寧軍校脱巾懸其帥于旗，將甘心焉。衆以爲非公莫解也，屬公，公遂直入其營，譬以禍福，軍校乃頓顙唯命。皆人所難。是不顯於職，尚能以其餘奇解禍於鄉黨。然此猶居常耳。

及至東[倭]發難，海山沸騰，延蔓歲月，寇掠無所得，廼爲發塚計索富家金。公父塚在發中，公號慟，誓不與賊俱生。當此時，群盜熛至蠭起，八郡充斥，攻陷城邑，亡敢攖其鋒。公以義激備兵使萬育吾公，及揮使歐陽東田公，自與弟率敢死士百餘人，直擣賊巢。賊倉卒望見鋒銳，甚奔潰，二公亦各麾兵競進，斬獲不計。公以遺骸歸，而弟晦竟斃鋒鏑下，賊自是喪膽聽撫，東[倭]之響遁，則是公一勩力也。督撫游龍溪疏薦於朝，謂公在家爲孝子，在國爲忠臣。亡論其功，即其卒遇變故，孝烈奮發，義勇震動，不顧殞身，陷陳衝鋒率先，詎侈譚口説者所能爲哉！他如居鄉慕義節豪，諸不縷述，總之爲人排難解棼而無取。

夫以公之志之才之節，假令世得盡用，必有以掀撼天下。顧欲有所爲，而橫有所制；欲直其行，而橫以口語禍。其平生相知，前則張羅峯、霍渭崖，後則袁元峯、吴霽寰。前則相知之師，後則相知弟子。若肯炙求推挽，亦自不斥；斥之後，且必復用，而公絶無沾沾意。袁元峯入相府，嘗寄語公以厚雅，公不爲動也。山之爲峻，水之爲清，霜之爲烈，日之爲輝，視夫孅趨佞幸，枉尺自直，包羞自滿，雖比周附離，爲將相一時，其於公未霄壤若也。

公生弘治甲子，享年七十有五云云。卜藏于大鵬山之原，將以萬曆某年葬。余於公爲金石友，乃爲之銘。銘曰：

是其爲莊方塘公之宅。青陽舊聳梅之芳也，味之所由，調以成羹也。大鵬今擁風之運也，鵾之所由，化以乘風也。惟公之神之光也。爾木之拱，爾後之昌也。我銘以章之，直道之揚也。

南陵(寧)府知府陳滄江墓誌

公諱健，字時乾，別號滄江。先世自潁川陳太丘氏數十傳，至宋南渡時入閩，居浯州陽翟，遂爲泉同安人。大父諱光澤。父諱禎，貢而授廣東長樂縣司訓，以公貴贈奉直大夫。母李氏，贈太宜人。公自總角精敏洞達，太宜人已知其不凡，教督比諸子尤嚴。隨司訓公泮宫，習舉子業，根極理要，發揮今古，出入經史，詞源如下三峽水，盡屈一時疇類，人稱陳氏飛兔有子矣。十五即補邑庠弟子員，二十四餼廩生，二十九領鄉薦，三十六登丙戌第，是年丁司訓公艱。服闋，授刑部主政，擢員外郎。奉命審錄直隸、江南徒囚，全活視前所平反爲多，人稱平允。又遷四川司郎中，時有某黃門者，以忤旨下公掠治。又有某工部主政者，以忤執政意按劾，下公簿責。公一以正法決讞，不阿嚮上意所便希愉快，卒皆獲俞釋，人稱鯁直。旋擢江西南安府知府，竟以抗直不阿，調貴州思州府，士論稱屈。乃復以廣東廉州府量移，而太宜人之艱報至。服闋，乃起知廣西南寧府。

公之持身任職，大抵以撫綏爲勤，而不務因循婟阿，以此所至搏聲譽，而亦以此不滿上官意忌。其在南陵（寧），適有調土兵，及刷船事。公於調兵，則力爲申飭。以爲土官聞調發輒至，其畏法可知矣。廼所過肆掠，即府城外不免，豈土官敢爾桀驁哉！由本差旗牌官利於搶掠贓貨，陽掩而陰主之。今宜於調兵指揮，嚴加戒示，坐以搶掠之罪，庶幾前弊可杜。至於刷船，則力爲申革。以爲凡調兵至南寧等處，而給與船者，豈非憫其陸行之勞，特以水船節其力哉！而狼貪豺奪，輒多剽民船。至前途，乃放賣不如意，即加凌害。又船一時不能具，官常預拘以待，附郭不能辨（辦），又常搜之窮鄉，客商爲空，良民滋擾。竊計南寧陸路至潯州，無過六日之程；潯至梧州軍門，無過一日。請南陵（寧）勿給船，量加二日行糧，又加犒賞銀三分，以償其勞。至潯陸路頗艱，方給與船，蓋水近船既易辨，而賣放得利無幾，不至奪賣，庶民困少紓。嗚呼！觀此二申，公之制置，又豈不稱壯猷哉！至如點閱有方，虛冒以戢，皆足以讋服軍旅，先聲黎徭者。

夫太平之世，患在邊郡，處之得宜，則熊羆之士，如屛如翰；處之失措，則熊羆之士，如棼如棘。便宜陳而湟中定，恩信開而隴右清。以公才略，電拂颷發，趙充國之在湟中，馬援之在隴右，茲比績矣。廼竟不獲終譽於一郡，即其身亦且廢置。抗直之才，多不容於人世，君子固爲公惜。然其矜恤深仁，王賀陰德，天鑒之矣，又且爲公之後必。及至歸田課子孫，崇先祀，惇睦無間，然諾不苟，以其才之不竟於仕宦者，而竟之於居家。即累鉅萬，皆公餘奇，非其質也。宜人宋氏，梧州董林宋元平女，貴而能勤，富而能儉，孝舅姑，睦妯娌，待媵妾以恩，撫庶出如己子。即以宜人封，而縞紾終其身，見者不知爲宜人也。豈如張安世夫人，自衣皁綈，家八百人，皆有執伎，以此居積，富於霍將軍者邪？

121

公生某年,卒某年,葬云云。孫榮祖、榮選以公所自狀請余銘也,因爲次其事而銘之。銘曰:

陽翟海東,孕秀重瞳。于張厚隤,延颺垂鴻。紆施行尼,歸田歲逢。宜人佐之,少君其風。俾後昌熾,而積愈豐。豈其興暴,而炎烘烘。有銘在壙,百世下兮知有公。

知南陵縣晦吾暨孺人王氏墓誌銘

南陵令傅子陽明,字際熙,別號晦吾,我始祖唐銀青公實之二十一世孫也。父爲翰英。際熙少聰敏,工文學,束髮遊邑庠,每校文,輒居高等。文宗金公、潘公、江公皆極口稱賞,人擬高科,竟爲數厄。嘉靖丙午歲,以貢入順天秋闈,濟南滄溟李公拔登薦書,歷丁未、庚戌不偶,乃就教職于廣之從化。居五載,遷寧國府南陵令。南陵素號饒邑,際熙下車即詢民瘼,爲之節浮費,却常例,毫無染。至理獄訟,決枉直,囹圄稱平,人謂不冤。數月間,薦紳大夫士翕然向風慕德,以爲卓、魯來也。然地頗當煩劇衝,苦於送迎,適罹風露之恙,即飄然引身告休,士民相率保留,有稱其四知自盟者,有稱其五刑不用者,有稱其寬平鯁介者,有稱其醇朴智慧者,有稱其里甲節縮者,有稱其獄訟平允者,廼其歸志已決,固辭,病甚,即就道,卒莫能挽。當此時,不惟南陵士民共追攀,即號傾蓋一日知雅,竊竊然具以施爲未竟爲際熙惜焉。

際熙生平惟持一清白潔介,其遇事輒敢赴義,勇往直任。在從化時,與諸士嚴立條格,惟勉以績學提身之事,而束脩問饋有無多寡絕不計,糧膳收支羨例率革除。及至聖廟賢祀之頹圮,與籩篹籩豆之缺陋,則倡議脩整,自捐俸金,率先罔惜。其解綬歸,惟與宗黨之聲氣同者,聚會譚古今世故,娛歡笑。至於公庭,非公事,不促跡。從化有舊弟子員,以進士宰晉江,際熙終始執師禮,不先投刺,竟三年弗通問,其介如此。見人之惡,深嫉痛斥,至徵色發聲,其人諸不具指。乃如邑有便利事,鄉人有善行,輒爲贊成表章。初爲舉子時,適邑宰唐婁江愛素見重,每事詢問。若查鹽丁之詭寄,除同安之借編,定加禾之串價,革攬户之宿敝（弊），凡諸善政，其贊決之功居多。詩山黃元謙之拒賊，則爲立《義士傳》；屠户丘必塤之事父，則爲作《孝子傳》；里婦黃氏之事姑，則爲作《孝婦傳》，且達諸邑父母，旌之以扁。

夫其少而學，將老而仕，不久而歸，其歸也，猶然澹澹一茹素士，其介如石，遯世無悶，豈人所及？晚見諸子諸孫振振遊邑庠，而其四子履重、其五子履階，仝登庚午薦書，其二子履禮登癸酉薦書，猶於適去之辰，及瞿然聞今禮以庚辰成進士，階以丙戌成進士，餘孫子未艾也。豈楊伯起以清白名世如此，而子孫奕世烜燿，布列公輔如彼，乃非天之以善人報施耶？

配王氏婦，晉江王鎮之女，歸吾宗時，家蓻菽堇菫給，王婦以勤儉佐，舍簪珥治絲枲，茹辛攻苦，息有無，令熙得無內顧憂，家人無間言。舉丈夫子五，舉女子三，婚嫁之費，皆出自經營。婦人之德也，亦若此已矣，若有他美，茲不具溢。其享有福慶，非偶也云云。

余於際熙爲叔行，愛最深，於其葬也，哀而銘之，亡浮美。銘曰：

維出不竟，未大其施。惟施未溥，更遠厥貽。孫子繩祉，有裘有箕。二難濟美，爲熊爲羆。鳳山之原，韞德之基。徵福之符，百世其始。

揮使唐泮濱暨恭人林氏墓誌銘

泉州衛指揮僉事唐泮濱公，諱鈺，字廷貴，先世直隸六合人也。始祖益以從起淮甸勳得世官。益子廣授平海衛，廣子海調泉州衛，是爲公高祖。海子勝爲公曾祖，勝子凱爲公祖，凱子睿爲公父，五世傳無旁支，至泮濱始蕃衍。

泮濱生而穎異，軀八尺以長，雄氣昂聲，美鬚髯，標望絶人，懷奇負瑰，不娓娓葡萄居人後，有古名將之器，以平世無它奮効。年十六，襲前職，視泉州衛篆。操屯捕局，諸紛錯一時委積，公抱功脩職，超距蒙盾，賁、育之倫，杖鏌鋣而驂輜旆者，抗手按節。嘉靖壬午，劇賊號九十三，甚剽銳，卒犯㭿纛，邑聚披靡，電駭蠆軼。公時督戎永春，據堡阻猋扼之。賊卒曲隊徙陳，不敢肆陸梁，時號唐公猛。

丁酉,移總小埕海寨。寨多鉅鱗京魚警,公至,申號令,嚴烽候,斥刁斗,乃使夷獲之技,水格鱗蟲,薄索獱獺,海波晏焉。又移視永寧衛篆,月朔讀法,以無事時講明聖訓,為教民即戎紀律。部下有孝子順孫,必致於庭,禮待而厚遣之,行伍無不感動。其自處亦不以紈綺自安,雅尚儒術,博聞識,日與邑文學才俊,相上下譚吐。事素齋公孝,其歿也,哀毀骨立,祭殮以禮,有儒將風。年踰知命,即勇退,歸老林泉,與朋舊徜徉杯酒間,優游頤養二十餘載。篤愛弟某,為之卜宅治產,飲食服用必及,無爾我也。卒之日,其弟哭之,躃踊呼號,若喪父然,友愛可知矣。

恭人林氏,父為南安林勝,十八歸于唐,事舅姑以孝,固其常分,至其營家貲,躬績紝,植桑麻,息有無,權子母,通穀帛,蓄財貨。前此宮室田產,未有豎立,至恭人始拓迹創統。有子四人各豐,析箸別業,第有輪奐,宅有果實,六畜肥牷,阡陌連墅。唐氏之寢昌,則恭人之為也,此豈一《女誡》中人哉?五代時,李嗣昭起戎馬,佐唐挫梁,而夫人楊氏蓄積鉅萬。嗣昭彌年用兵,及至夾寨之困,乃括夫人畜積佐軍需,卒以滅梁,史氏特表而章之,以恭人之才不多讓也。

子某云云。以萬曆二年閏十二月十四日葬于某。余以姻故,為之銘。銘曰:

唐自六合,入泉有聞。世德世祿,有子有孫。長山之下,陸其外而坎其中,是為唐公。恭人之墳,內兮雙玉韜光,外兮世胄列雲。吁嗟兮,百世之下有徵斯文。

安溪林新溪暨孺人李氏墓誌銘

林新溪先生以嘉靖某年謝世,孺人李氏後先生,至萬曆四年始從九泉下。方新溪之謝世也,山寇張皇,葬禮粗備,誌銘以叙先系,發幽光,未□□。及至孺人李氏之終,仕光等追痛先德未揚,乃□其表兄李君瀾狀請銘於余。

按狀:先生諱回,字文淵,世居安溪□山,其後徙郡城西。曾祖諱媽惠,祖諱□春,父諱新□,俱雅遜,以行義著於鄉。

先生舊家新溪之上,學者稱爲新溪先生。資禀高明恭儉,孝友天植,其性警敏□夙成。方勝衣,識見煉達,即如老成人。鄉之望者,見而撫其頂曰:"是兒必抗林宗矣。"年十六,以俊穎見器於主司,補子弟員,輒試異等,督學邵公奇而廩之,自是以文名。讀書不屑屑於訓詁,務得其精意。教子必擇忠信純確,明於經傳,準繩約束者爲之師,日課藝□,使罔軼蕩。居旁闢齋館,雜植名花脩竹,時使諸子賞玩,以贐精神。蓋先生所以學,所以教,惕焉,循焉,勉焉,悠焉,皆可□詔後學,而著於《春秋》。

世宗中興,議大禮,新一時庶政,下詔增廣太學生員。先生聞之作曰:"士際昌明時,可以自豪奮能,徒鬱鬱處一方已乎?"遂挾策北上,卒業成均。未幾,循次歸省,壯志弗酬卒,豈不命耶?

孺人在家,以孝友爲父母鍾愛。歸林氏,林氏族大,尊行不數,同行不數,卑行亦不數。孺人入門,親疏咸屬目贊賀,相新溪三十年。其相新溪也,家事治,家人宜。內之舅姑享祀,勤禮敬;外之賓客子孫,循禮教。近而臧獲幹辦,遠而出入盤費,事得宜。新溪所理,孺人所助也。其後新溪也,攝家政而家事日昌,教之以馴諸子諸孫,或貢,或廩,或在庠。其外孫鄉舉,其餘桂蘭燁燁,競芳馨未艾。新溪所遺,是孺人之所成也。新溪以乾道始,孺人以坤道終云云。是宜述以銘。銘曰:

維林維李,安溪世華。天作之合,李氏有子,林氏有家。乾其始耶?坤其終耶?奕於時,若火在原,炎炎其燁。慶於餘,若蘭有茁,秩秩其芽。九安山之原,過者日見其輝煌,薄暮霞動昏鴉。

仲弟廷璉暨弟婦黃氏墓誌銘

仲弟廷璉之疾革也,余執手與之訣,噢噓不自勝,曰:"天乎!余與汝同學業,而汝當厄;余猇年相從,而汝先逝,數亦何酷!"璉曰:"不怨天,不尤人。吾無悔於我;不援上,不凌下,吾無求於人。厄也命矣夫,亡之命矣夫。"嗟乎!怨尤之不知,而遯世無悶,貞之至也。上下無求,可不謂剛乎?葬之日,余乃與諸親友題其墓曰貞剛先生。夫易名，亦猶古之道也。子宇容泣請余銘。嗟嗟！余胡忍爲吾弟銘？然而仲弟賢者也，宜有名於世。而名爲造物者厄，微一言以表幽貞，懸藜干鏌，終沉没泥沙乎，則余滋慟，余胡忍不爲弟銘。

念吾先人盛德弗當世厄舊矣。我先府君以始祖銀青公十九世孫居錦田，有子四，長爲余，次即璉，商器其諱，廷璉其字，別號錦里。先府君侍我祖智電山公家學，電山以鄉進士諭高安，爲督學邵一泉公愛重，手書大披"會狀一元"字遺之。入試春官，既鎩羽，恥就縣職，請致而歸。此爲造物厄一。及先府君以邑青衿領袖廩黌宫，辛卯已及貢試，弗利，即余幸附鄉榜亞，弟璉亦以儒應試，而先府君强年飄然謝業高隱。此爲造物厄二。廷璉博通五經，於《易》尤邃，旁及十九史、諸子簡編，靡不淹貫，爲文如懸河東注，幽蘭莊芳。潘公樸溪、江公午坡、田公豫陽絕器異，皆拔置第一。當辛卯南安應試，儒僅一人，爲廷璉。南安儒之有應試，自璉始。江公廩之庠。甲午，塲中題名已登畫一矣，適當事者持館賓舒姓者卷至，争之急，遂爲所奪，而弟僅獲獎。此爲造物厄三。庚戌，余博一第，廷璉益工學業，恥伺候門干請。歷文宗使者輒置高等，塲中屢獎弗偶。甲子歲已當貴，尚以優最入試，而貢例反爲班後黃姓者刺奪，璉弟竟以命數自安，不争辨。丁卯試弗利，引身告休，蔡文宗檄留不就，遥授以閩學訓，不受。此爲造物厄四。

生平自負貞高，有弗事非君，弗友諸侯之介，瑣瑣禄利視若芥物。謂："數奇屢蹶，此天之厄我。既罔有大建白當世，則已耳，安能復俛首浮沉鳥雀間，爲五斗折腰！"當余守銓時，璉弟素籍聲庠序，每以德望見推獎，有司多愛重，而弟璉丰度儼然，巖巖山立，非公事不造跡。憲巡育吾萬公，余年友，轄泉數年，以世誼雅愛，璉自衆見外無私謁。公聞璉弟精星平，至遣術士何武生以星學通慇勤邀致，卒辭，不濡躅。見人之善，如琴瑟在御；其遇不肖，嫉若烏喙，不厲聲色，而見者知不可犯。其貞剛類如此。

痛惟我祖積善困學，而來子姓奮於詩書者幾百，其人伸而厄，厄而伸，即余幸從大夫後，亦以貞孤故不能附離，荆棘嶮巇，挂冠歸田，與弟璉，及簠與球也，徜徉木石之間。而三弟皆倏焉適去，璉又以數奇爲天厄，抱鬱蓋棺，諸不理於黨評者,其後卒享天助,乃弟璉獨遭困齒。范滂有言:"吾欲使汝爲惡,則惡不可爲;欲使汝爲善,則我不爲惡。"不知天之陶鑄分與,何如耶?抑德不當世,將必有達者于厥後而未發耶?嗟嗟者天,余胡忍不爲吾弟銘?

　　弟婦黃氏,海門學教諭黃金綬之女。黃於先府君爲金石友。年十七歸吾家,德方而順,精而勤事。先府君、先安人、府君方嚴,能委曲承歡。妯娌四,皆能和樂相耽,宜,以順吾二親,未嘗有間言,遺吾鴈行憂。仲弟一意學業,不問家,而黃婦能爲息有無,以拓貲産。余四昆弟者析箸,同一第,田畫而居,至今小大靡嘖嘖。余處分爲是,弟璉未嘗以爲非;余指畫諸宅兆,弟璉未嘗不以爲是。余爲弟卜英山藏,即有煩言,弟璉竟弗改其畫。是其肝膈與我同,則黃婦內助之德其有焉。

　　廷璉生於正德壬申六月十一日辰時,卒於萬曆辛巳年八月初五日巳時,享年七十。黃氏生於正德甲戌二月廿六日丑時,卒於萬曆乙亥六月廿五日巳時,享年六十有二。子一,宇容,府庠生,娶陰陽訓術楊廷實女。女一,適府廩生陳敦升,先弟卒。孫男二:長國俊,娶癸未進士、授行人司行人林寅賓女;次國璀,聘庠生洪其猷女。孫女二:長許長沙府知府許自新男爾瓊子應曙;次許鄉進士韋國賢子孚。嘉余未艾,以癸未臘月十二日葬于南安三十二都上英山之原,坐壬向丙。夫惟吾弟知我,亦惟我知吾弟,於是乎銘。銘曰:

　　維子波臣東海兮,將翼搏于北溟。維子志凌華岳兮,將翱翔乎泰清。揮千軍於筆陣兮,一狐橫梗。羞倍蓰於蕡稗兮,五柳爭榮。九經盈笥兮,鍾采上英。雙燕飛語兮,瞩相佳城。冥冥無已太酷兮,桂蘭尚氤氳乎其長馨。

祭　　文

祭大宗伯歐陽南野公文

　　嗚呼！賢才之生,關乎氣運。宋之盛也,重熙累洽,至于慶曆,廬陵有歐陽永叔出焉。明之盛也,重熙累洽,至于今日,廬陵有老先生出焉。觀乎一門,卜乎天下。夫其忠誠貫於金石，學術富乎古今，議論足以定國是，政事足以裨皇猷，此先生之所同於永叔。至其發天理之真，以求人心之是；闡聖教之微，以振俗學之衰，不知永叔之視先生何如也。

某輩辱在函丈，蓋非一日，於先生之盛德懿行，莫能形容其毫末。然見其氣和而莊，辭温而確。啓我後學，則以作聖為期；論及時事，則以負國為愧。寸心炯炯，將謂蒼生有福，後學有造。光休命於皋夔，振大雅於伊洛，詎謂止是？嗚呼！生負天下之望，沒關天下之戚，某輩有慟，豈獨以其愛私！

祭況年伯文

公發科壬午，試政倥偬。賢聲上聞，擢守連墟。牛刀之割，五年有餘。善政滋多，不可悉舉。吾輩不復見公狀貌矣，幸獲見公之子。奇乎其氣，廓如有容；朴乎其貌，燁如有章。儉乎其節卓，如其不可覉。苟無君子，斯焉取斯？聞先生之居鄉、居官也，剛於立身，古之遺直；廉於居官，古之遺節；惠於治民，古之遺愛。觀先生之有子，信吾聞之皆然。嗚呼！前之庚戌，公父開先；今之庚戌，公子象賢。先生雖位弗滿德，壽匪耆年，而無憂之福，芳蕚之聯，炘炘燎燭，孰如公鍾美於蒼蒼之天？

祭少保張龍湖文

嗟嗟彼蒼，數何酷耶？嗟嗟夫子，往何速耶？凡士所貴，身名俱全。寸長尺短，物理常然。惟若夫子，百備靡愆。初發禮闈，天下予先。職司翰苑，群公曰賢。皜皜雅節，侃侃正言。摛華發藻，燦如霞烟。探微鉤隱，奥若河淵。擢居坊局，補袞細旃。往諭交趾，尺一甸宣。乃登少宰，兼司翰苑之權。乃登冢宰，以統留都之官。帝曰予究，乃勞汝，遂予輔位之東閣，以貳天樞。加之宮保，以彰恩殊。蓋八轉乎要職，皆不出乎皇都。想風采之砐砐，見訏謨之瞿瞿。至論其望式和玉，藻鏡青錢。四主衡棘，得士維千。門墻桃李，斯又古人所鮮。

凡我小子，亦與甄收之末簽，傍函丈之後埏。嘗辱教誨，見其剛毅質實，如秋之霜,如夏之日。常恐直道難容,高明取疾,而終始寡尤,家邦罔窒。君子有所畏而成身,小人有所畏而遠慝。故仕宦三十載,私不染於里評,公不傷於譴責。雖聖明之保祐,亦公德之靡忒。嗚呼！衆萬之生,同歸一盡,身名之全,則又何期？而某輩又戚戚然者,蓋傷天下之不幸,而悼吾輩之無師。

祭同年蔡兼峯文

嗚呼兼峯！孰行不止,孰生不死？行自有分,胡恤萬里？生自有分,胡計皓齒？拂簾拂牆,花墜之理。或赤或白,鹿壽之紀。泑穆推遷,同歸一軌。嗚呼兼峯！孰有如子,天植敦素,内藏文綺。異於世人,玉表石裏。芙蓉秋色,恨非桃李。初判于廣,方維其始。繼判于台,將振其圮。將振其圮,反罹其毀。計君之仕,如花方葩。計君之年,如月方瀰。再調南中,一眠不起。嗚呼！天台仙路,胡麻見挑,蒼梧帝墳,黃陵告兆。而公未望蒼野之雲,已離赤城之標。咫尺風雷,瞻依日月,獨立烟霞之縹緲。想公葵藿之心,是惟在易簀之表。羨公桂蘭之芬,且宜有箕裘之紹。

祭衛淦川侍郎文

中原正氣,磅礴南陽。方城爲城,淦水爲隍。清秀所鍾,挺生賢良。有赫衛公,天植其芳。天植其芳,學成其章。一舉殊科,遂試武昌。再居諫垣,四長藩方。進之太僕,進之太常。帝念邦刑,擢公侍郎。公亦知足,因災告藏。昔在武廟,江彬煽殃。乘輿日南,朝野蒼皇。公處其愚,身計不遑。捧疏而跪,不震不眶。繼遭明聖,國運休昌。庶政承平,或弛不揚。公處其智,經理有方。揚歷中外,有弛有張。

嗚呼！南陽多士,自古以然。以公盛德,孰能爲前？有張衡之博學,不以術數而偏。有朱穆之貞孤,不以匿人而慾,直如韓歆而智則過,才如左雄而行更淵。古人如或可作,遺芳固亦難專。

某輩與公之子,忝爲同年。見公之子,想公之賢。雖容貌之未接,信儀刑之可傳。所願菊潭留聲,崆峒珍玄。庶有事於河洛,得領公教,詎凫履之一化,而大雅遂湮?

祭新泉童揮使文

嗚呼新泉!天地有正氣,鐘爲男兒。一氣浩然,爲忠爲烈。適其有變,吹風怒霆,亂雲泣雪。晦冥兩間,神鬼駭慄。萬物遇之,隨手摧折。至其餘輝,譬如既霽,景霄瑩潔。天地賴以不墜,日月賴以無蝕。

嗚呼新泉!平生孝友,忠義奮發。倭賊煽禍,萬民暴骨。惟公受命,不震不忽。恩嚴並立,以率士卒。分道進戰,賊幾敗衂。援師不繼,公力遂竭。殞身陣前,怒氣冲髮。至今誦公遺事,猶昭昭乎日月。自有倭寇,塗炭吴越。當戎諸臣,或以釁端,坐受斧鉞。古人擇死,先軫免冑於赤狄,來濟投身於突厥。蓋寧血膏乎草野,聲名猶不至於有闕。新泉雖死,其亦足以不沒。予獨悲腐血化螢,亂魂棲埉。草色短兮烟青,霧光冷兮冰滑。更千秋而萬歲兮,誰識公魂於荒野與斷碣?

祭王太夫人李氏文

惟靈李樹,兆跡瑤池。垂精德與性,植福與壽并。生篤慶於家邦,没耀魄於辰星。凡婦人功業,豈在身爲?篤生哲人,其及無涯。譬如喬獄大川,雖不見其轉移,而吹風流霆,騰雲行雨,百物膏潤,孰非其施?赫惟遵巖,早歲名馳。仲氏東臺,和塤以箎。二公英邁,放爲文辭。天孫錫錦,天馬脫羈。炳炳烺烺,爲國瓊琚。二公著績,表表特奇。即事事治,即民民思。軒昂崢嶸,爲國棟榱。稽二公之事業,皆慈訓之所詒。況其諸子諸孫,方進未艾者,尤振振乎其不可期。

嗚呼!東海若木,已長出輪之枝;西極老人,將行百歲之籌。孰謂奄忽,世事如秋。某等與令子遊,義屬通家,情以世紬。傷一往之不返,薄陳辭以薦羞。

祭李安人葉氏文

嗟惟安人,質賦清淑。心秉柔徽,葉蓋名門。安人所育,李亦名門。安人所歸,方其桃之夭,李之穠也,相夫而夫貴,祈子而男育。朱紱來於及笄,前星耀於弓韣。其福之并集也如此。及其籍氏士版,荷寵朝章,人謂其與夫偕榮,百年其宜。詎意不測災生,見子之苗,不見其秀。見夫之貴,不享其成。丕遘崇疾,萬里歸櫬。其禍之并集也如此。

嗚呼!福也何由,寧非命耶?禍也何由,寧非命耶?命也則然,人又何悲?予輩獨憖夫安人之禍,發於孝慈。禍之始也,以子之殤。哭子之慟,禍之成也。以姑之歸,念姑之勤。惟二念之并集,竟一往而莫追。

祭冢宰唐太夫人文

祭封一品唐太夫人鄭氏曰:蘭陰之秀,鍾于有唐。卓生夫人,于此鳳鏘。維此夫人,克篤其行。詩書世澤,科甲家望。不驕門世,允蹈婦常。家事方窘,弗愛穢莊。姑病方寢,弗交睫眶。予相夫治,予執姑喪。予罹夫感,夙夜惟皇。既孝且敬,以履天祥。篤生賢子,委蛇廟廊。文總百辟,武靖三疆。載生賢孫,進薄馬揚。士中冠冕,天上仙郎。凡諸孫子,既多且良。凡諸孫子,載錫未央。一品之秩,帝眷弗忘。九十之壽,天眷方將。

嗚呼!金華間氣,百年一揚。若宗留守,誰嗣其芳?若陳同甫,誰追其趾?夫人有之,萃于一堂。匪唐之榮,維國之光。

嗚呼!兒孫之忠,兒孫之孝。兒孫之孝,夫人之慈。于國赫赫,夫人所貽。天亦福只,人亦仰只。縉紳楷範,鄉邦典彝,忽不慭遺。吾輩且悼內教之無師,豈獨惟世誼是悲?

祭周太夫人文

嗚呼!世有慈母,始有賢子。其教既成,則命之仕。東西南北,惟天子使。四牡之役不遑,北山之勞無已。子兮恨母尸饗,母兮嗟子無棄。至於夢斷南北,恨遺生死。吾意京國人士,榮宦故里,母子依依,不出都鄙。生兮子依,死兮子視。生者死者,耦俱無訾。詎意夫人,恨遺沒齒。子使河南,丕宣帝旨。北風蕭蕭，一眠不起。誰啓手足，誰齊衣履？痛之何言，慘矣孰擬？

嗚呼！子之未仕，維母之身。子之既仕，爲君之臣。既仕於國，不有於親。自古以然，亦何足釁？況中槐君才高於儔類，而行出乎古人。往擢鄉闈，羲經絕倫。繼登春榜，奉命紫宸。學博而奇，行端而淳。維母之教，維母之仁。百年之訣，母有遺瞑。百年之名，母有遺聞。某等情屬年誼，分聯縉紳。有感伊戚，而薦以文。

【校記】

① "漳州府同知"：《豐州集稿》卷十《漳州二守北門許公生祠碑》作"漳州二守"。

② 《豐州集稿》卷八《重修南安城隍廟記》此後尚有"迭興迭廢，已難具舉"八字。

③ "唐公愛邑宰時，常增修其制"：《豐州集稿》卷八《重修南安城隍廟記》作"唐公愛宰邑時嘗修之"。且此後尚有"中築當陛，旁列六房，儼如官司聽治，崇等級，列掾曹，以與下民從事"二十六字。

④ "倭"：原抹去，據《豐州集稿》卷八《重修南安城隍廟記》補。

⑤ 《豐州集稿》卷八《重修南安城隍廟記》無"見津"二字。

⑥ "兵餉之不充"：《豐州集稿》卷八《重修南安城隍廟記》作"然兵興餉急"。

⑦ 《豐州集稿》卷八《重修南安城隍廟記》此後尚有"既訖工，衆歸公功，索記於余。余惟"十三字。

⑧ "而適乎天災流行，何代蔑有"：《豐州集稿》卷八《重修南安城隍廟記》作"而大水大旱之變，大疫大祲之災，盜賊兵戈之劫數，寒暑晦明之淫沴"。

⑨ 《豐州集稿》卷八《重修南安城隍廟記》此後尚有"至於神效其靈，民盈其福，明公之政，與神同永。余雖不佞，尚能爲公記之"二十八字。

⑩ "衝唐"：《豐州集稿》卷九《重修大盈橋記》作"衝衢"。

⑪ "陸出者皆經由此，尤關切"：《豐州集稿》卷九《重修大盈橋記》作"陸出者經此尤多"。

⑫ 《豐州集稿》卷九《重修大盈橋記》無"以匠石役委耆民某等"九字。

⑬ 《豐州集稿》卷九《重修大盈橋記》無"於是乎騰游龍於陸埒，棹星旟於雲衢"十五字。

⑭ 《豐州集稿》卷九《重修大盈橋記》無"天下"二字。

⑮《豐州集稿》卷九《重修大盈橋記》此後有"嘉靖"二字。
⑯"感極而傷而幸":《豐州集稿》卷九《重修大盈橋記》作"感極而傷,傷極而幸"。
⑰"朗"字之後,《豐州集稿》卷九《蓮花石巖室記》有"而"字,當從。
⑱"增宮嶺熒":《豐州集稿》卷九《蓮花石巖室記》作"層宮岑熒",當從。
⑲"移":《豐州集稿》卷九《蓮花石巖室記》作"芷",當從。
⑳"劲":《豐州集稿》卷九《蓮花石巖室記》作"笏",當從。
㉑"來":《豐州集稿》卷九《修南安萬石陂水利記》作"應",當從。
㉒"鼓"字之後,《豐州集稿》卷九《修南安萬石陂水利記》有"而"字,當從。
㉓"達":《豐州集稿》卷九《修南安萬石陂水利記》作"遶",當從。
㉔"金鷄":《豐州集稿》卷九《修南安萬石陂水利記》作"金溪",誤。
㉕"考之元正至":《豐州集稿》卷九《修南安萬石陂水利記》作"考文《元史》,至正間"。
㉖《豐州集稿》卷九《修南安萬石陂水利記》此後尚有"故址未堙"四字。
㉗《豐州集稿》卷九《修南安萬石陂水利記》此後尚有"其以萬石昌"五字。
㉘"僭爲勒諸石,以俟後":《豐州集稿》卷九《修南安萬石陂水利記》作"爰勒諸石,以俟後之人"。

傅錦泉先生文集卷五

五言律詩

贈方雙江守松江(原缺)

贈葉越山之臨桂(原缺)

贈張惕齋晴江學博

延陵多秀士,茲邑亦其墟。地向江波起,人疑季札餘。山川迎日麗,桃李縈風舒。教化得吾子,蘇湖應可如。

送林子之南海黃鼎[①]

莫厭南州尉,看君總爲貧,業儒家世舊,防海旌旗新。宇廓天涵水,煙青□與鄰。揚帆破粵浪,自此靜無蘄。

庚申燕邸候補越年[②]三首

萬里愁余駕,蕭然寒與盟,哀榮□靡定,松栢性惟貞。天道富能賭,世情貧自輕。窮年咀藻繪,不博一蛙鳴。

又

朝天豣北闕,玉女不吾携。夢繞寒雲外,徘徊落日西。生涯老歲月,食性甘鹽虀。何得如桃李,無言成徑蹊。

又

高舉八千路,雲霄訪舊居。積薪羨後至,認鹿夢前虛。咫尺天門遠,二三世態疏。關西聞伯起,貧也常晏如。

元 正 對 客

上月凍冰解,中天華色開。雲光翻樹影,鶯語雜山埃。席似竹林會,人疑園綺來。據床聽錦瑟,遐想鳳凰臺。

春日懷舊遊

遨遊憶暮景,耆舊各分風。車馬雖遺跡,聲容半屬空。水浮清勝遠,鴻怨羈途窮。世事春波泛,徘徊四顧中。

春日登樓遠眺三首

野眺春思永,柔枝含綠縈。華光初啓曙,鶯怨忽流聲。繚繞萬家井,縱橫八景情。登望吹鶴嘯,耿耿愧嚶鳴。

又

樓下春風起,四望到處浮。斷崖分勝氣,高嶺簸天遊。花草看新雉,雲煙籠素虬。試聽天邊鴈,嘐嘐過前丘。

又

登高聊一望,春色幾芳菲。野氣浮仙掖,天文涵紫薇。鶯遷繁巧態,日出爛新暉。誰忍孤遊客,曠念自依依。

春 遊③十五首

我築傅巖下,深藏布褐身。倏然玄運轉,不覺歲華新。室裏掃愁網,梅梢彈指神。撫心灰默默,差次後先塵。

又

行行天路霽,寒意轉成春。雲外水寰闊,風前野氣新。當年來往跡,昔日詩書塵。更賞東山月,殷勤寫一真。

又

陽毫春樹綠,到處各依依。月影山涵盡,水流雲引飛。行間元自得,天際看孤暉。謾作反騷賦,芳菲尋路歸。

又

隱几讀書史,春芳相映深。素雲長掛鬢,飛鳥各知音。身外多遺恨,鍊中成變金。空留愛日意,畢我白頭吟。

又

高羈山海跡,憑堞四望通。景引中天月,歌披春水風。艱難話稼穡,去住任西東。更悟真空訣,不須寶座中。

又

試論園圃興,踏踏各成歌。雲蕩碧孤影,水搖綠漾波。風吹律應黍,電過珠翻荷。物數由來定,天倪是錘和。

又

春風吹雨夜,罣罣高樓陰。忙裏傷千變,静中托寸心。山川憶舊跡,絲竹聽新音。東北青天望,白頭月下吟。

又

山中風景清,到處新鶯鳴,泛泛户庭趣,喧喧絲竹聲。高連金粟香,奇接鹿僊坪。吾欲通玄理,遙尋塵外盟。

又

未買乘桴勇,悠悠花草間。功名與日卷,農圃對風閑。瀛渚白雲遠,泉源綠竹斑。從兹揮手去,烟景誰追攀。

又

金洞隱净域,仲春常迫寒。生涯采蕨易,迷路出花難。江静日初就,雲歸龍已礎。更悲淒切處,萬里見長安。

又

春霽憑高檻,夕陽倚樹斜。幽情□不浹,芳勝對雲誇。野色生空谷,燈花落片霞。興中言不盡,夢寐自成家。

又

冥想白雲外,春風同一襟。氣連星極曙,聲屬天和深。已住明時願,猶懷愛日心。楚騷不忍賦,山郭聞禪音。

又

高閣清溪邊,抱芳一味玄。山容花借影,風響鶯調弦。幾處陽春曲,欲揮碧玉緣。自憐筆夢斷,空鬭小娟娟。

又

岡頭鳳一毛,今日在蓬蒿。春草迎衣袖,晴花映佩條,孤雲愁自遠,流水意更騷。向晚登望處,風烟萬里高。

又

默然無所為,春色相追隨。花柳開帷幕,烟雲作指麾。夢中如有約,心裏更無私。耿耿芳遊意,天涯語燕知。

夏　賞④十二首

雲山新潻暑,焦沸起炎暉。斜景天來逼,流風火掛飛。荒村謬評錦,浴地羞稱沂。隨意春餘燼,王孫草色菲。

又

衰年杜障業,沉默忘機心。豈不□長策,其如還舊林。天中涵遠意,天外散幽襟。空惜荷花彩,隨風向日森。

又

海天去已遠,居復海方南。萬水東歸盡,四陽壯氣酣。薰芳蕩橘柚,華艷渙纓簪。潮漲會宗念,時應折北瞻。

又

自憐不得志,出入水雲間。風景似相約,烟光共一閒。江山几座伴,花柳簾帷班。萬里天中意,戀戀心所攀。

又

自厭炎蒸氣,高樓憑扇風。青岑抱水綠,喬木掛霞紅。禪持三摩戒,心含一寸空。從茲清穎處,塵蹤四望中。

又

暑色延幽徑,層巒起巫臺。行雲朝解霽,飛雨暮吹埃。劍落南津近,夢翔北極回。傳聞宋玉賦,何必空中煨?

又

削跡避暑地,都無人世喧。氣瀺曾作雨,地僻別成村。水木涵清景,漁樵寫寓言。山翁莫道老,惡負炎曦恩。

又

平皋逼暑威,徙倚欲何依。竹動□□翠,荷披水上暉。景排天外盡,心寄風前歸。相顧無相識,放歌捉采薇。

又

炎光烘萬里,風發微薰消。朱實似披錦,艷花疑列朝。壯心時折葵,忘味欣聞韶。妃子何須笑,紅塵處處囂。

又

時物雨餘變,盈盈川谷新。榴花沉暮色,笙笋起朝筠。偶此賞心路,渾忘機巧神。不空杯酒興,獨葆天倪真。

又

壯志與時盡,謀身半未安。春歸回祿熾,暑盛祝融殘。燎日風颷爍,連雲莎蔦乾。試觀鵬鶥賦,天外颦眉看。

又

寂寞潛荊扉,青嶂隱夕暉。解風如有約,湧月欲誰歸。門外當遊席,熱中引綌衣。若逢舊伴識,笑指釣魚磯。

詠 荔

吾愛嶺南珍,扶蘇繞四鄰。色香奪苔射,翠老比松椿。英釀上池醴,膚凝玉液津。不知妃子笑,幾種颺紅塵。

秋 興十二首

木落滄波動,微茫野氣涼。烟浮□□暑,風發自吟商。流水潮頭轉,白雲天際翔。冀方予日望,歸鴈引愁腸。

又

草閣倚山巔,清秋縈晚烟。華夷通一視,牛斗掛孤筵。散髮衝風戲,冥心對月眠。因知高世士,頭上惟天懸。

又

欲學竹林賢,洒心泉水前。桂蘭芳不盡,風月來無邊。南矣憐吾跡,蕭然草有玄。此情何處道?夜夜夢青蓮。

又

草閣明秋月,玄華浮碧雲。星河天外出,燕越樹杪分。地靜無儴影,景清多顥曛。灰心何處托?惟有韶聲聞。

又

涼氣草亭多,王孫此日過。出門當旅路,行色引烟波。綠樹悲風動,青雲羨鳥歌。聖朝無棄物,吾老空婆娑。

又

歸來秋興動,倚杖閱僮耕。露白傾真醴,菊黃湌落英。那堪鴻鴈侶,更續絃歌聲。去去雖行樂,無能負此生。

又

遊旅山中去,秋風似送行。偏能開□影,獨自起新情。興動花閨闊,興殘月貫平。倦時憑一几,夢覺鈞天榮。

又

天高涼氣多,秋色滿江河。簡簡方將舞,蕭蕭忽起歌。身餘看有幾,意動遊無何。誰把此中景,逍遙春夢婆。

又

蒼翠空山路,晚來曇氣幽。秋光豪遠意,明月伴清遊。芳會金花徑,長歌蘭槳舟。側聽欸乃唱,第一此中洲。

又

山中臥一丘,蕭瑟寡同遊。琴撫雉飛操,窗聽鷄語調。雉飛憐舊跡,鷄語益新愁。天上視明月，悽涼萬里浮。

又

清源圖畫裏，平墅盡成秋。錦水我家宅，龍江獨步丘。浮雲海色斂，碧磊天心幽。曾想龍門會，雄豪一嘆收。

又

紫帽秋江月，青霄無片雲。登樓四野望，空憶范希文。天引先憂念，人開後樂薰。夢中栩栩適，楓葉落紛紛。

冬　懷二十三首

濱江不繫舟，氾氾繞泉丘。浮世幾多變，吾生惟一憂。雲寒北嶺闊，日入虞淵幽。自嘆倚天末，蓬蒿湖海遊。

又

萬里江湖望，皓然霜雪游。風高木似怒，雲急水疑浮。五嶺女分野，三山海島州。此心隨所適，直到天涯休。

又

清時誰著先，獨抱寒芳眠。雲徙物無意，水浮天似懸。汗編歸六一，色界瀰三千。若有高人會，齋心莫逆傳。

又

天際青雲客，寒山抱日歸。故園人接踵，平野鳥孤飛。霧暗錦川色，波淘黃石磯。凌霄如可問，飽食何時肥？

又

紅葉風前望，塵紛天際飛。不知人萬里，惟見鳧雙歸。故跡連芳草，錦江一白衣。縱懷報國意，對日徒依依。

又

黯然默抱悲，落日寒風時。身外浮雲變，心中忘物羈。馳馳三島望，赫赫八神知。無異登玄圃，飄飄自得師。

又

高歌歸去辭,肅爾仰陶公。五柳門前月,孤桐雪裏風。江山回指盡,松竹黯塵蒙。此際拂衣袪,遲遲步泰嵩。

又

留連烟水闊,世事任浮沉。月色通仙袚,風聲彈劍鐔。艱難勵壯節,淡泊養真心。對景無多事,興來惟撫琴。

又

歲暮啓天關,歌聲白雪閒。五經萬里外,百舌三更間。地僻無朋侶,林深有草菅。不知濱海意,戴日時來還。

又

山居倦世態,緬想欲登瀛。始探蓬壺妙,旋知天地輕。風回物籟寂,雲淡芳情平。自嘆茫茫裏,神遊惟一清。

又

白雲臨去路,新想含新悲。涼月寫清意,殘陽惜舊奇。江山思寂寞,賈董魂流離。欲折寒馨薦,明神詎得知?

又

惆悵朝雲地,行行一徑通。已停青瑣思,試邕紫山風。京洛潮橫外,巢由花藏中。自慚憔悴後,到處惟譚空。

又

南中山水地,半爲遯懷開。風落寒聲斷,月明蜑語來。斗牛劍氣路,杞梓楚方材。天綷不窮意,倏從棄簫回。

又

林居窮歲夢,囈語憶京華。雪看今冬夜,梅思舊日花。老農戀聖節,脱景迫天涯。蒼翠茫茫裏,遙瞻北極斜。

又

試觀白雪興,因起愛梅心。野曠霜華入,日臨霓彩森。含章飄下影,綺里煮中金。維是春來兆,更愁華鬢侵。

又

　　五嶺南來遠,況居五嶺南。江流天地迥,山勢風雲驂。道味歸滄溟,真源自斗參。燃登(燈)欲作賦,一醉寒更酣。

又

　　日霽幽深處,門墻不蔽風。雪山如有待,花柳半成空。白雪悠悠調,寒梅處處紅。遠懷千萬里,歲晚滄瀛東。

又

　　莫怨羈孤愁,風光動滿樓。從來吟咏發,更勝管絃浮。天静雪霜路,月明江海流。悠悠懷不盡,悽惋望中丘。

又

　　歲華看已晚,原野散冬暉。萬木忙歸路,餘生觀化機。塵心付一照,愁意常多噫。業作百年障,蒼翠徒依依。

又

　　不繫天中情,坐看物累輕。風霜一片影,鹿豕兩扶行。黃石垂弢略,見龍化雨聲。東溪總問月,垂老何須縈。

又

　　寒梅雪裏忙,笑日向東妝。六出先春噴,一枝魁衆芳。風雲早醖釀,蘭桂嗣薰香。惆悵洛陽錦,飛花何處揚。

又

　　閒中寸日愛,燈影更相親。落木烏啼亂,空山鹿夢頻。步虛天寄跡,覽勝道涵真。抱邂寒威逼,羈情俯白蘋。

又

　　南中冬晴路,乘月傍山行。縱是逢佳景,那能寬老情。松聲韻絶嶺,燈影搖孤城。不作干時計,何由説姓名。

植庭桂

爲問山中桂,歲寒更若何。月輪搖翠蓋,天際挺芳柯。色比槐庭媚,香如梅徑多。數株堦下樹,對酒紅顏酡。

葺敝廬

王叔執周政,蓽門吾自安。鵲風穴壁入,鱗雨穿梁彈。曾見構堂易,今知綢繆難。故人數忉上,呼我是稗官。

七言律詩

春日望春宮應制

春入寰郊寒改盟,離宮景色四垂生。樹從雨後青青出,花列仗前裊裊縈。行問嗇夫數不億,笑看仙女樂初成。微臣幸際芳菲運,翹首薰風眼向明。

興慶池應制

昆明池沼覘神功,十里和光更受風。河漢分流浮日表,樓臺寫影滿寰中。淵源百尺黿鼉折,勢入五雲萍藻紅。聖主恩深遊有度,微臣奏頌愧揚雄。

立春遊苑迎春應制

候臺吹律破寒灰,春溢人間浮酒杯。玉宇高傍日月煖,上林新喝地天開。風光漏洩先占柳,野艷橫分不數梅。勝景何妨綵仗轉,威儀喜見漢官來。

香山寺應制

鳳剎相誇綠與纁,飛翔體勢若爲雲。樓臺倚薄青霄近,鍾鼓高標紫極聞。路入蓬萊金輦度,鏡開蘭若塵沙分。雄才猶惜漢天子,樂地何須遠渡汾。

嵩山石淙應制

崇巒回薄翠波紆，宮殿嶒嶝盤此隅。物外真遊掀玉几，人間勝事排金爐。日光天語瞻雙喜，水色冰心駢一壺。曾道太平昀有象，山川千古襲宏圖。

揚州進白兔上聖壽二首

淮海賀章奏九重，一雙瑤兔祝華封。冰精陶鑄造浮骨，月姊浩涵魄借容。天上神丹看已擣，人間玉瑞歡□逢。霄旰有儆猶如昔，望極虞淵四外烽。

又

皓質瑤姿來自江，長開壽域鏡神邦。靈通月窟開三穴，景落桂宮成一雙。四海同書歸管子，中原拔穎看嘉幢。堯天搔首人渾醉，鼙鼓殷殷聲轉蚌。

遊鯉湖仙宮紀跡二首

靈巖縹緲窮幽玄，俯隔塵沙路似千。戶牖高懸日月上，禽魚馴集湖山偏。金丹玉漿漫無跡，流水落花別有天。因問黃粱炊爨頃，吾鞭孰與祖生先？

又

烟雨沉濛古殿陰，一燈明滅翠光沉。清都杳杳鈞天夢，方丈懸懸化極心。萬里功勳生枕席，百年懷抱滿衣襟。此身自惜睡無著，起坐聊爲梁甫吟。

壽李石麓椿萱⑤

第一仙郎舞袖張，金章焜耀髮華黃。瑤池西上觴王母，函谷東開迎伯陽。昔道夢中聞鼓角，今同老裏拜君皇。愚生抗祝南山壽，八百春秋從老彭。

遙壽蔡可泉太夫人

王母行籌蓬島間，春風拜舞五雲端。珮聲杳眇鳳毛在，舞袖翩躚鶴影盤。楷範百年瞻蟒袞，精心一片憶熊丸。樽前三復馮勤傳，遙瞰倚門心未寬。

送鄭筜溪督學江西

赫赫泉阿閃豫章,斗牛之際露精芒。石爲磨礪水爲淬,霜借嚴稜日借光。北顧已曾避象虎,南驅應是起龍凰。旖霄爍氣搣人骨,劂揥詖淫承聖皇。

送方存吾之柳州永興

湖海聲名二十年,塵沙吹鬢欲蒼然。仙凫初度衡陽嶺,秋水應浮橘井烟。半世功勳鑄粵鼓,百蠻風俗播僮絃。愧予無策驂行旆,惟祝祖生快着鞭。

送吴自湖守揚州

維揚寥廓盪江皋,君去盛年試割刀。司寇秋宗兼受珙,長天秋水欲争豪。無雙亭樹迎車至,九萬里風看鶴高。二十四橋人望處,誦聲應可繼謳騷。

送林少雲僉廣東海北道

壯懷鞏鑠據征鞍,銅柱銘勳意未闌。萬里問津通海角,一車甘雨起秋寒。天容海色和相入,漢語蠻音静不歡。更值明珠回浦日,隨光焯爍炫奇觀。

贈同年麻養静令杞縣

吾兄意氣吞洪流,磅礴中原百二州。郎宿昨霄(宵)辭紫極,華輿此日向雍丘。祖生祠下丹青舊,夏禹墓前蘆荻秋。君去應饒懷古思,冰心似月掛東樓。

贈林雙臺督學湖廣

濂溪溪上荷花香,君去荷香若爲長。清賞如今屬夫子,計程何日到衡陽?長空宿雨月初霽,碧水漾波風正光。極目川原同一色,蘇湖象景滿瀟湘。

贈温省吾之徐聞

南去徐聞萬重山,孤城縹緲蒼波間。地鄰鮫宇長疑夏,色雜黎居半是蠻。

漢將威傳銅鼓豎,萊公名寄竹浪班。誰知氛靄漸消日,木鐸一聲曕海寰。

贈李後齋之博白

黃綬分符出上都,秋風八月下蒼梧。九疑北首天何遠,匹馬萬蹤興不孤。郎位列星瞻百里,雲間飛舄落雙鳧。此行豈爲丹砂藥,直憫蒼生播令圖。

贈唐小漁給假葬漁石公⑥

獨獻萬言動紫宸,青袍荷寵及先臣。玉堂舊骨息新肉,衣鉢遺經跨後身。衡部事功烜日月,永康學術貫天人。秋風分手悲歡併,遥寄寸情到瀔濱。

贈通府張谷泉入覲⑦

一望溪山訣別中,雲逺萬里惜匆匆。由來家世正堂後,若論逸才馬類空。墟落耕桑占愷悌,行裝琴寫看豪雄。羨君此去日邊近,搔首春風顏自紅。

贈朱肖簡四川僉憲

樽酒相逢意未窮,離亭行色更匆匆。却看燕蜀幾千里,不似朱陳共一風。萬丈天梯懸日月,兩涯劍水瀉玲瓏。王尊許國何愁險,匹馬蕭蕭出棧中。

贈蔡梅皋之南都

瑞氣金陵鬱不消,神功猶可問漁樵。山環吴會青青出,水引長江漭漭朝。文獻亡勞訪秘室,威儀復得覿官僚。壯懷此去更悠廓,南泩橫涵吞賈晁。

况丹湖貴陽提學⑧

莫於天末惜離群,歌雅吹聲鬼國聞。奎宿昨臨午夜動,春風直到百蠻分。犬馴雪裏無驚態,豹變霧中多蔚文。漢吏任延今慣見,南中何處更揚氛?

寄江雲石二首

逐客飄然剖玦分,崐崗嘆惜玉俱焚。江湖生業隱高處,琴酒流風失舊群。

萬里重霄春縹緲,千方歧路晝氤氳。烏烏一曲堪腸斷,天禄何時召子雲。

又

憐君萬里豫章歸,遥憶燕臺情更悲。海内弟兄逢有數,天涯風雨來無期。麻姑洞裏論山勝,盱水江頭理釣絲。欲候起居杳信息,東皋楊柳帶新吹。

題張月洲朋紫樓二首

勝跡何須塵外求,市廛不覺層樓幽。水浮天際如千尺,山引江南第一丘。日月吐吞同笑話,烟雲來往對冥搜。高人未許登臨數,目極長安轉百愁。

又

君築高樓五架餘,生涯藜藿與圖書。曲蘗積意歸毛穎,豪逸披章凌子虛。野色背城迷去路,春聲隔水起弁鶯。青青惟有孤峯在,坐對吾廬意不疏。

積雨哀王燦（粲）

身世蕭條吊古悲,凄風吹雨黃昏時。西京烽火詎堪說?南國湖山未有期。積水平原看浩浩,漏光夕照轉遲遲。登樓欲賦愁添長,不覺片雲暗入詩。

覽仙遊諸宗懷古

喬木相誇奇與蒼,羅峯深處舊家鄉。尾箕列宿歸天上,花萼餘輝半水陽。兩地山川嗟闊別,一根瓜葛惜芬芳。春風惆悵千年業,黃鳥嚶聲鬧白楊。

示　諸　姪

吾宗淳朴由來傳,一部詩書十畝田。家慶積餘宜有後,流風如此豈無賢?三槐影動尚留月,五柳氣浮欲上烟。若憶龍圖應好念,殷勤爲誦高山篇。

登萬松關

萬峯聳翠倚雲霞,龍鳳飛翔作帝家。玉輦亡復歸汴土,錦帆應是到天涯。

六陵事業沉流水，一代文謨空落花。猶有長松傳慘恨，不禁秋色盤昏鴉。

直沽阻水

浩蕩橫流一葉舟，菰蒲何處覽芳洲？滄溟會合雲逵杳，村落涵吞世界浮。慚我已非援溺手，覘時誰爲濟川謀。夕陽縹緲西風急，湖海孤臣萬里愁。

楊村阻風

凄涼蕭索半成秋，一棹夷猶萬里流。歲月不禁悲老大，江山何意苦淹留？玄［雲］際海開蜃宇，白浪粘天起玉樓。安得乘槎興未盡，馭風直逼星河遊？

月食中秋

萬里涼風秋正中，冥氛藹氣貫天宮。四旁光射地遮盡，一鑑冰懸蟾食空。奏鼓不妨閩闕里，脩刑幾處覓豺熊。至尊屬是憂戎日，海寓何時奏定功？

惜　時

江水無情日夜流，百年身世一孤舟。朱顏倏似驚風度，白髮勝於野草稠。新息事功嗟已晚，永康學術愧難酬。憑君欲話前賢事，蘆荻蕭蕭起暮愁。

桃花口水次獲雉二首

野水漾光浮霧端，春風暫與寄江干。百年際會開離象，一片飛旌引雉盤。華羽垂榮琇色絢，紅顏掩映夕陽丹。顧余無足瑞當世，何物文明得借看？

又

吾身涉世一舟輕，文鳥何祥伴此行。在旅不須費簇矢，如皋豈爲賈才名？鼎中膏食勤三施，堂下彩紋覘九成。莫怨德衰空自殆，千年猶識翔時情。

秋日聞警報新設督撫四首

八月秋風下九垓，飛聲蕭瑟送悲哀。鯨鯢吹浪欲沉日，髑髏卧沙半縵苔。

舟楫寧辭湖海闊，龍阿曾應斗牛間。如今明主憂尚切，寄語諸公心自摧。

其　　二

孤城海上倚雲間，半屬滄波半屬山。貧薄何堪言樂國，旌旗空復借高班。層峯落木塵沙裏，滿渚衰荷野水灣。爲是平居多感慨，不勝秋色損朱顏。

其　　三

高臺北望紫雲深，錯莫塵沙千里陰。鴻雁聲悲天路斷，樓船水戰夕陽沉。飄零江漢六年事，淒愴藤蘿一片心。此夕更逢黃落節，秋風漫漫入哀吟。

其　　四

門巷蕭條經過少，幽懷山色兩嵯峨。十年風景抛三徑，萬里勳庸寄一歌。地僻浮丘隱日月，天寒秋水謝菱荷。梁園對酒欲爲賦，縹緲烟波不禁多。

荷　　花⑨二首

十里回塘遠水鄉，荷花婷約占年芳。神搖光幻異人世，天放妖嬈當女妝。舞散霓裳憐影醉，步連結綺覺形香。與君俱是日邊客，盱頷樽前說上方。

其　　二

隱几蕭條坐水鄉，南薰吹送菂華芳。寸心中赤何須秘，一色天然不用妝。雲霧翳山姿態別，鉛丹浮鼎霶塵香。前生應是赤松子，羽化華池索妙方。

贈堪輿師蘇士中⑩

先生抱隱苟江蘅，嶒嶒泉山故有情。覽勝千峯窮野島，披輿萬里見蓬瀛。雲浮翠嶺歡登屐，日轉滄浪任濯纓。法眼重逢今郭璞，乾坤何處不分明？

感　　懷⑪

世事艱辛畏惡多，此身苦似涉風濤。臨岐欲問心先折，彈鋏歸來意更豪。海上旌旗蔓歲月，人間粟帛箄秋毫。龍阿出匣無奇略，空負斗牛一氣高。

過　金　山⑫

鐵作孤峯巨浸中，盤根深入蛟龍宮。四垂漠漠渾無地，相對颼颼惟有風。

境界涵天吞浩蕩，精光浴日透玲瓏。更看浪湧橫流處，一柱砥空千古雄。

送陳仰雲司訓擢九江德化

陳君詩禮陸隨文，此去絃聲江上聞。豫劍皓光動夜月，泉源芳景隔青雲。二孤水急灘聲轉，三笑亭高樹影分。烟霧遙連歸鴈信，試將消息對南薰。

春　遊八首

東風吹綠散江沱，萬里氤氳天一羅。極目波浮槎影斷，回眸日煖泉烟和。花間酒氣渾相入，松裏鳥聲各自歌。雄念猶傷話不盡，逢人嘆息春夢婆。

又

天涯行徑遠通閩，航水梯山欲暮春。只覷芳菲供吻笑，誰知辛苦掛眉顰？烟光變動劍華外，荔色皴肆泉海濱。聞說冀方堯日煥，倐看雷雨起龍鱗。

又

若在天涯幾十年，每依南斗挾飛仙。百花風色供陣睒，一掬天和散几筵。銀海日迎樹影動，金箋彩鑱賞心懸。行行物理堪言樂，何用浮名鴛鷺前？

又

和風吹律散幽芳，海國瞻天氣溢張。積翠雲山疑似盡，含薰松栢列成妝。只知斗極遙開景，無數荔華更着香。嘆息夢中何作苦？差從隙裏過浮生。

又

宦客歸山何處依，門墻桃李鬭芳暉。桑麻四野通堯日，絲竹數聲舞魯沂。望斷長安附鳳輦，愁看磻谷釣漁磯。垂垂草樹無窮意，朝夕催莢倍慨噫。

又

春日陽春煦眼前，更逢花柳掛雲邊。波光浩蕩蟠龍窟，巒勢參差黃石淵。意外焱驚瀛島闊，心中遐想斗辰懸。逍遙北面冀方澤，欣頌南山壽萬年。

又

春雨晴餘曙色光，霏霏萬里散花芳。雖知堯日初開景，已說湯要今括囊。興入深山霞繞動，笑隨流水風扶行。最傷衰謝子雲宅，閉閣草玄模太蒼。

又

撩落梨花姿態輕，春風送過蝸盤城。夢中左右鴻翔勢，醒處高低鶯怨聲。秦地石橋空遠跡，周家土德遠流名。逢人相説乘浪事，羞把白毛引斾旌。

夏　賞七首

南島蓬瀛煩燠天，衝逢風景艷華朒。乾坤萬里煉中石，日月七枝焰裏烟。宦跡已從枯草老，壯心猶落葵花前。請看曦煟相憐處，不盡芳菲彌錦川。

又

高山深處識孫登，用火與才究所能。保焰已從薪積術，全年不必技多稱。道心淡淡伏來水，世事兢兢履下冰。若使嵇康得此意，應同松栢結親朋。

又

荷香浮艷氣蒸蒸，勝似天然一味冰。抱日葛衣垂兩襯，乘風紗帽動微稜。登筵不受污泥染，出水絶無塵態澠。濃興已成解慍調，花中君子爲誰稱？

又

積翠中天紫帽臺，登臨曙色嚴晶開。朱明燎灼憑誰畫？錦地幽荒悲自裁。隱見九龍乘化境，高低黃石授書堆，不將風景供遲暮，猶想涓涓答颸埃。

又

炎暑爍傷荔樹陰，苛氛無處不相侵。蒙枝積翠終成幄，結子連環兢（競）列琛。頻令入唇飽食客，何妨餘啄肥山禽。分明時屬太平盛，色色天香滿巨林。

又

嶺袖高樓炎氣熅，扇摇奴子送風薰。南臨燧木陶公冶，北接瑤池王母雲。菖茞已憐白芷老，燕鴻應惜舊鴇群。江山兩地萬餘里，長計何由謁聖君？

又

二紀孤懷倚層顛，斜陽引去又孤還。大羅天外雲飛綺，丹竈火前霓舞烟。往往花間逢綵石，時時照處訝團淵。暑中敢鬱尋幽勝，垂老涼芳一線懸。

秋　興七首

秋聲吹透茂林陰，浪逐白雲飛處吟。曙色碎分鴻雁影，夕陽遙寄竹松心。山盤瀚海鵬程闊，槎去星河天路沉。對景繁華式望盡，那堪風外笛笙音？

又

窮居無處不傷情，況自孤高秋浦行。辛苦送歸湧月影，繁華引入冽風聲。龍江波漾見潛態，洛水橋橫南北程。宜業嗟予已似夢，百年摹說太階平。

又

零落餘魂棲錦埏，忽逢萬曆神堯年。星飛海國灰成夢，恩普日邊澤一天。宋玉樓前嘲落帽，子游邑下筦聞絃。自知白首無高志，獨抱清風秋夜懸。

又

秋色浮雲忽掃開，試供芳餌釣深洄。隔溪寒洎月初湧，倚竹悽風鶴更哀。山翠萬重雉尾影，水涼一抱魚竿臺。不堪衰腐窮經處，空說渭濱弔伐材。

又

萬里淒風萬里秋，紫峰絕頂見瀛洲。閩山塵靄凌雲霽，仙島瓊烟旁日浮。覺處無心看鶴運，定中有約與天游。蝠蜪顧化何能寫？夢到閶闔上玉樓。

又

涼山老去獨含悲，對酒看花讀黍離。羞把風雲論際會，却將葵藿得心知。浮煙亂颭闕門影，曉霧長攀仙仗儀。秋菊落英那可道？縈騷天外縐蛾眉。

又

重陽娓娓獨遊身，倚杖登高自苦辛。九月寒砧催落葉，百年玄草迷平津。霜飛瀛海仙衢闊，鶴嘯異方聖德新。不羨茱萸看細插，秋花最喜浪涵春。

冬　懷十二首

曾以辭華隨斗極，不堪寒影對孤雲。生涯已看雕鴻落，四壁還旁螢蝠群。簇紫胭花銜霰茁，高歌白雪凌霄聞。愁來欲作反騷賦，睞目流芳天外紛。

又

幽芳碧草坐王孫,茹飯烟光共爾論。風御不知幾甲子,羅張惟有舊荁門。閩方曾網半浮海,至日山川萬紀元。葑體慚無平世策,總逢霜雪盡君恩。

又

颰威凜栗杳紛盈,獨坐危樓世態輕。吹雨陰風千籟瞥,飛霜寒露一天清。黃公石上蒐書訣,陶令門前抽菊榮。忍耐江山寥落處,猶時起舞撼鐘鳴。

又

曾見黃龍江水清,龍蟠泉窟欲轟聲。流澌臘月重淵注,光射星墟一劍橫。得雨總歸天上物,失時誰識鐵中錚？莫將柱下姓名道,魯國多儒無兩生。前江名黃龍江。

又

景界薨慚蝠蠖違,結茅種樹急流歸。銓衡昔闊經綸策,電徑今紆蘿薜衣。葵藿有心愁靄動,橙梅留恨對風揮。最嘆草閣兩三友,晚節常看落日暉。居後山名電山。

又

行吟林畔惹風塵,隱隱經箱愊瘴身。已與三冬殘景泛,更聽一曲嫋音新。梅花雪裏歌無和,栢葉風前韻有神。萬事到頭休咳問,倉忙汗愧效眉顰。

又

垂老側看華鬢絲,幽林道是白雲師,開田種玉伺仙侶,閉閣談玄怕鬼嗤。萬里灰心歸馬命,百年抱赤舞鷄思。風前遺恨何由寫？到處酬陳嵩岳詩。

又

海濱風景復如何,孤對寒松歡自多。曙色撲來荊蒿障,蒼霏拂起霾塵波。蔓荒三徑羞迎客,肥遯百年愧問科。性僻不耽爐火炙,逢人搔手説摩訶。

又

寒威觸處倍傷情,況在江湖懸玉京。萬里文華浮水影,千山鳴籟夕陽聲。書傳橋下鄰黃石,星列巖中流傳坪。故事悠悠何足問,鴻飛雲遠日邊縈。鄰鄉名黃石頭。

又

游鰍浮世一杯輕,出入風雲踏踏行。窮海天中分兩岐,隔簾月裏嘆三更。騷聞天籟倏成夢,寐挹王休仍對揚。性拙自知頭白盡,洗心堅作雪松盟。

又

短景陰陽催促盡,天涯波浪栗寒中。萬吹之夢風來相,六出之花雪作宮。黃帝鴻名河水遠,齊宣高苑華堂空。青山回首無能語,掛在萬年枝葉東。

又

滿鬢霜華種種絲,傅巖居士欲何之?天高萬里若開幌,潮滿三洲各聚奇。白雪幾歌催歲變,錦江一色對風披。恍然妙悟心安處,綠水青山莫謬悲。

北上過閩嶺遙望

閩山霏霧暗濛濛,此去京華縹緲中。建水重經九折險,桐江遙送一絲風。釣臺高掛嚴陵節,磻石侈揚尚父功。自是行藏隨用舍,由來出處不言同。

舟次錢塘懷古

嚴灘東下過錢塘,三跳驅回倒海浪。江畔吞聲故野老,籬邊太息古賢良。鴟[夷]於邑吳門恨,金字欷歔報國腸。惆悵九原如可作,壯魂孰與怒潮強。

小樓夜坐

孤樓獨坐三冬晚,不寐逍遙欲二更。文史昔人誇足用,汗青此日愧垂名。嶺松層翠寒霜積,庭桂交陰冰月馨。君子固窮常忍耐,故交惟有鱸蓴羹。

五言絕句

早春

晨聽鳴心鳥,起看奪目花。始知春色遍,浪入山翁家。

過山寺

寂寞欲參禪，愧無相識緣。梵山今日過，惆悵阿彌前。

春日種樹

宦途不得意，澤畔度芳春。可愛新桃李，莫愁種樹人。

題菜花圖二首

青紫垂芳藻，芙蓉帶笑妝。臨軒曾入夢，此味更馨香。

又

一團清白趣，留與子孫知。咬得此君慣，做成萬事時。

春遊

春從何處來，風送自燕臺。山鳥歌聲囀，岸花綺色開。

夏賞荷[13]三首

蓮船乘晚浪，歌舞迎風歸。人競摘花去，誰憐花摘稀？

又

瑕紅落日時，花亂晚風悲。湖裏水深處，賞心惟水知。

又

嘆息倦遊人，落花滿水濱。莫將郎面比，搏得濂溪□。

夏夕對月二首

蟬鳴催夏昃，草腐化螢光。不厭風花馥，披襟乘月涼。

又

月色海東出，蛩聲夜半聞。鬱啟宵起坐，遙睇廣寒雲。

秋　興六首

鳥跡風吹盡，孤雲山際開。逐臣不盡意，隨日到函關。

又

夏盡炎薰解，火微凉露飛。開窗通月色，卷幌引螢歸。

又

朝暮錦山景，凌霜秋色凝。枕前方寸地，風外一片冰。

又

鮒池滿壁月，桂露翔箕風。徙倚堦庭玩，余香襲綺籠。

又

露滴秋光縈，天高月魄清。但逢寒颷動，更作落花聲。

又

清霜初落翠，叢菊競抽芬。欲飡不忍摘，留景邀陶君。

冬　懷十三首

日月年間促，乾坤望裏新。朝朝沙上路，不忍頭白人。

又

梅花悲笛引，栢葉忍風欺。霜雪朝朝落，貞心誰有知。

又

巖隱問津路，偶逢沮溺耕。忙忙兩不識，惟見隴雲橫。

又

高閣南望遠，雲山一障長。人心似汐水，相送出水鄉。

又

殷憂苦不寐，寒積朔風哀。天白鴈行斷，雲陰鶴舞來。

又

憔倅歲寒節，來春計幾辰。朝朝明鏡裏，無語對風鬟。

又

行負青山影,聽吟白雪聲。風流無屈宋,騷怨纍紛縈。

又

已見寒梅發,復聞啼鳥聲。春前放物景,不盡化工情。

又

園林積樹藝,樓閣避霜寒。堪賞懸珠綴,倩君帶雪看。

又

衰顏無穉日,潮水有歸期。安得如窮歲,明春花滿枝。

又

岸楊呼倒插,庭桂催新栽。根荄固須有,春前自發荄。

又

辭榮冀北闕,淒惋舊山泉。日照天寒淺,鳥聲風勁遭。

又

歲窮除夕促,人困粒囊傾。不見陽城吏,猶聞接摺聲。

七言絕句

鐵

鏌鋣未鑄鐵華沉,一氣錚錚已有心。大冶但逢莫自躍,怕人笑指不祥金。

鏡[14]

勳業無成引鏡羞,影形相吊一雙愁。蕭蕭眼底江南岸,白盡蘆花滿地秋。

烟雨二首

烟靄含風暝不收,楓葈未落已知秋。江流夜漲欲平岸,瑟瑟飄蓬一片愁。

又

淫雨霏霏白晝昏,高山深隔幾重雲。清風洒落未應斷,吹播氤氳四野聞。

新　春三首

清春湮鬱孤雲愁，細草悠悠迷古丘。昨夜月明燈下夢，飄然身世在瀛洲。

其　二
春風吹綠漲橫坡，輸與人間千尺羅。借問王孫朱戶裏，此時光景更誰多？

其　三
冰入東風水自浮，柳條新色覆河溝。湖光渺渺春千頃，吞納人間不盡愁。

京邸候補遣興八絕[15]

塵漲長安陌上陰，寒聲散入五雲深。獨騎瘦馬衝殘雪，世路茫茫何處尋。

其　二
朱閣曉開鴉乍驚，蕭蕭車馬雜風聲。繡帷深處人沉醉，夢裏翩躚過客情。

其　三
風鳴萬竅暗塵飛，彈鋏孤歌何所依？輦下若無容足地，海濱應有釣魚磯。

其　四
十載郎官為世輕，春風未改布衣情。皓光一壁寒吹骨，絆（伴）坐東窗欲二更。

其　五
水飛風浪陸飛埃，天入蒼茫漫不開。郎署十年未徙舍，無端猶夢得禾來。

其　六
壯心零落幾經春，眯目不知問要津。陌上渾無傾蓋遇，眼中惟見入襟塵。

其　七
清時讓與祖生先，愁臥牛衣又一年。更作書生辛苦態，孤燈殘照亂風烟。

其　八
春歸屋上報新杓，天放陽光破寂寥。日御猶愁雲路隔，車塵今喜雪花消。

對　月

天回北斗掛高樓，別引人間撫髀愁。對月醒吞巫峽夢，看雲抱佇新亭憂。

東齋即景三首

奔馳南北二毛侵,淡蕩春風葵藿心。翹首國門無限思,五雲遙帶夕陽深。

其　　二
昨夜東風上柳條,萬山明媚雪山消。白雲不解春中意,一片清陰引寂寥。

其　　三
雨後春深靄半空,蒼茫景象有無中。偶來風啓太陽路,萬點山尖萬點紅。

次蘇東坡梅花十韻

冥冥千里亂風號,萬木棲寒雪正多。瘦盡青山惟有骨,縞衣仙女悄爲何?

其　　二
老蒼曾厭寒威虐,故遣陽和次第回。碎剪碧綃懸絶壁,翻飛玉綴幔蒼苔。

其　　三
萬木傷春日望回,不勝寒颸鎖難開。素君爲有回天力,一發珠離結綺來。

其　　四
凌雪幽花墻角芬,陽和布嫩媚黄昏。烟光四照摇紅粉,佳麗一枝牽旅魂。

其　　五
雪雜寒風紛似麻,花魂消削瑶姿斜。來春去此無多日,放盡幽芳織素家。

其　　六
調羹世味先鹽梅,繁蕊今爲結子催。五出寶妝風引去,同心紫蒂雨携來。

其　　七
寒心吐盡菲芳時,一點微酸已着枝。天借名山開勝景,烟浮蘇苑錫名醫。

其　　八
嘉實披連璀燦奇,三三五五挂高枝。煮金綺里渾閑事,調鼎商丘計幾時。

其　　九
朔風吹盡雲山平,洛涘繁花次第明。一色乾脂□不盡,何人奈得懸冰情。

其　　十

琅玕紫府仙人家，綠萼瓊華枝半斜。借問霜標誰得似，白頭猶説碧蓮花。

秋　感三首

追尋舊跡意茫然，古木蒼藤自一天。夜半秋風江水白，五湖烟景夢成千。

其　　二

靄靄荔陰環舊山，生涯埋没蒼茫間。有憐白髮無成業，幾種朱丹照酡顏。

其　　三

枯桐落葉瀰天愁，野眺歸來更上樓。山郭水村風月夜，猶疑光景在孤舟。

己未夏北上過督漕稱病口占⑯四首

中夏炎曦焦半空，流塵散入萬山紅。越人何處逢甘雨？惟有白楊一蓋風。

其　　二

羽檄如星旁午馳，茸茸細草競含悲。朱門一徑垂楊閉，好似東山高臥時。

其　　三

楊柳蒙枝一院風，角門高起旄旌紅。烟塵坐覺清氛掃，談笑兵戎帷幄中。

其　　四

風塵車馬日交馳，策士豈無在旅羈？一幄轅門千里隔，深謀欲效仗誰知？

觀　荷二首

錦浦迎風自漾波，芙香國色噴天和。朱顏不盡巫山夢，半入夢中一笑歌。

其　　二

綠蓋紅敷濃露香，長傾儒雅風流腸。花中君子評芳品，豈入幽閨嬌婦妝？

冬　　詠

千山殘柳萬山雲，塵況依依欲日薰。惆悵一年陰景盡，春聲不識誰先聞？

京邸過舊館慨嘆

人世周回欲盡路,故花追認無多叢。此身南北成何事？滿目烟波醉夢中。

渡杭口二首

萬里滄波送羽旗,一望烽燹倍凄悲。錢塘渡口問消息,雨濕衣巾忙不知。

其　二
世事多端日日新,菲才何敢薄今人。出門偶與粃塵會,嘆想先賢俯白蘋。

過　建　溪

箭激建溪南向流,劉安畏道是閩州。只今北上衝洶滥,爲報涓涓前席籌。

春　遊七首

春風淡蕩燕雙雙,飄送花芳過錦江。清興已隨芬葩盡,書聲猶似南窗逢。

其　二
温陵淑景新春調,秦系青山聯洛橋。無限日斜江上趣,蕭蕭笙管泛清潮。

其　三
桃花半染臙脂紅,零落翩翩泛錦江。蝶醉鶯慵蜂迷亂,綰催珠蒂任東風。

其　四
萬里同春一統時,草茅更積膏粱悲。孤村樹色凝烟暗,野店鷄聲徹曉遲。

其　五
離別京華時日多,白頭意氣未消磨。春風自有幽冥趣,散入錦江作太和。

其　六
紫陽巖下是鄉關,妝點樓臺雲水間。翠蓋春山罩月色,碧襟滄海卷霞顔。

其　七
五柳先生本在山,浪逢春色瀾人間。今宵萬里涵清思,夜裏開籠玩白鵰。

雨後遣興

唧唧池邊促織兒，忽驚震電起龍螭。一聲訇磕千山雨，没跗接頤掛短籬。

盛夏二首

祝融舒轡聘丹衢，腐草爲螢繞碧窗。徙倚登樓看月色，心閒何處不生風。

其二
朱炎鬱暑倦柔肌，蝴蝶入夢栩栩時。喚起不知人懶僻，聲聲啼繞上林枝。

丹荔下

荔子青時綠滿空，熟時荔子滿空紅。朱唇不厭瓊膏飲，爲惜嶺南天路窮。

秋興六首

金粟洞戶九日天，層巒聳翠積風烟。不知蕭瑟夕陽下，一行鴈影一聲弦。

其二
京國常悲南竁路，潮聲更掉北望愁。一杯獨酌黄華酒，兩引淒風萬里遊。

其三
紫陽霧爽天閶高，皎鏡澄潭風更騷。春色消磨應不盡，秋聲別有蜚鷹豪。

其四
一碧露華濃草香，巫山雲雨夢中涼。月規銜到襄王殿，別起悲秋宋玉忙。

其五
北斗天迴出鳳樓，指揮秋色萬山浮。落英踏盡跋遊處，好向江頭問釣舟。

其六
極目紫峯溪海潆，聊浪風景玄關清。回流抱掛中秋月，一片冰團處處明。

冬懷

離葉天涯晨暮紛，園林蕭瑟水中雲。欄干掃盡飛烟遠，張作雀羅網鳳群。

渡前洲

前洲渡水嚴冬寒，盪槳罟師向北看。寂寂飛花啼鳥處，日邊遥指是長安。

冬懷七首

疇昔鳳池兩華門，容臺賓客幕燕雲。芳時已逐雀蚊過，寒靄今籠錦綺紋。

其二
生意摧殘離葉落，灰心寂寞幔雲陰。青山層聳風哀嘯，明月孤高竹和吟。

其三
雪掛衰揚冰練清，寒風林裹杜枝輕。燕山路遠空悲苦，夢寐依依殘月行。

其四
耐風松栢翠山岬，忍寒竹梅縈圃間。偓佺羽化授真訣，姑射丹成傾玉顏。

其五
歲寒莫念老將至，日短且呼酒看花。滿地綠陰棲眛夢，逍遥勝種邵平瓜。

其六
霜華浸迫月華清，寒入衾裯冷似冰。獨宿孤房二十載，憑虛欲問安期生。

其七
黃石洲前好月明，錦山巖下暮潮平。荒涼自有沙鷗伴，何事羊裘動客星。

題畫菜

列鼎飫吞肥犢醇，對爐煮喫小巢根。試看數朵清芬色，一日誰能忘此君？

過虎丘弔古二首

虎丘山下垂楊柳，楊柳枝頭舞嫋肌。陌上清歌鬧子夜，猶恨沉醉西施時。

其二
吳宮沉醉越西施，甲楯孤棲渾不疑。忍嘯秋風嘗膽夜，螳螂有恨向黃池。

題墨菊

露浥秋華逼歲寒，瓊英璀粲出琅玕。松滋莫妬幽芳色，須盡陶令百斛歡。

窮途吟

窮途衝冒風騷騷，行色蕭然一縕袍。驊騮江湖歷塊阤，鷗鴰巒壑啼聲多。

五言古風

春望

雨施千峯春，柔條含紫葰。廣陌雲凝翠，深林草接茵。我向東窗卧，起望西山矄。雖知烟景媚，曾奈晚照渝。缶歌無共和，磬聲誰過聞？光陰如激電，苦樂比轉輪。且歡良辰會，齊呼唱舞人。書餘娛笑樂，游絲柱喧奔。市上嘆黃犬，樽前飽肥豚。試與較長短，誰肯舍身殉？

春遊

草堂暘終毫，出野瞰天宇。雨氣浥輕塵，鳥聲和振羽。山川本降神，芳景知何許。時邀五柳春，共過三徑主。錦水向東流，巖野當前宁。廣成是我身，憂戚庸玉汝？緣合鷗亦親，心灰鹿爲侶。不見屋上烏，不知人餘稰。莫誇豕白頭，莫騁雞金距。惟我直道行，杳默含鼻祖。

春日邀客飲

萬景總一天，憂喜不在年。朱顏矜歌笑，垂老亦同然。曾見冬寒盡，又見春風還。時換賞心發，物育和氣宣。歡逢群英會，呼設肆席筵。喜結海上契，浪稱天外仙。風運鯤已化，水釣魚忘荃。神對清景晤，興逐亂流翩。不慣斗石飲，不辯宮商絃。所欣與眾樂，最惡苟氛煎。逍遣崎嶇障，縱情浮雲邊。

春日有感[17]

芬馥東風裏，繁華爲誰披？綠萼結羅幄，紅英妝綺帷。我觀五侯貴，輕薄遊俠兒。陳朽積豐富，衣服競纖麗。足下綺紈纐，頭上簪玳琦。輿馬裝牙鑄，羽蓋餙翠綺。層宮五雲出，金埒九霄迤。朝向金張約，暮從許史期。□僮魚頡跂，唱女鳥胻跂。左枕藉孺子，右抱樊素姬。一顧傾城國，千金買盼眉。激楚調聲越，陽阿舞態垂。流連浮白飲，湎沉捉月時。燭繼暮霞艷，纓絕醉筵私。知彼春輝爛，萬紫鬭芳菲。侈極不可縱，樂過自生菑。呂霍終勦滅，王竇竟受□。何曾萬錢食，季倫綠珠姿。一旦烽火熾，盡化爲塵糜。宴安皆疢毒，何獨一西施。人生如浮寄，留福與騏麟。焉用多厚積，胺剥民膏脂。驕養不肖子，怙寵自罹危。落花辭故條，飄隕於糞墀。當此光榮節，想及凋零悲。但須克勤儉，蹈規執禮儀。書讀香不斷，身脩未自治。放歌歌一曲，請君時細思。誰得曲中意，年年春在茲。

涉園遣興

春山春草芳，春日拂衣裳。開我東窗坐，試向東浦望。新緑染新色，秀榮發秀香。桃李自家植，蜂蝶此際忙。紅妬臙脂錦，碧練琦玉璫。應須借一朵，持此侍花王。

爲人題五老圖

白髮五老公，披圖觀太極。元化涵育冥，渾淪安可測？五行迭循環，端倪日滋息。大塊當穹凝，層空積厚德。處處落川圓，生生自家色。時噓炎伏蒸，倏吸商颱亟。盡由一實分，即從神解得。而公拂鏡臺，燎然在胸臆。涉微研至精，含默藏真識。吟象嘲風宵，弄丸彈月夕。彭聃但嬰孩，松喬更羽翼。綿綿齊二儀，爲我開壽域。逍遥偃仰間，乃與天無極。

頌晉邑大尹彭秀南國光均田茂績

地利天終始，稅法時變遷。嘗聞李安世，於魏奏均田。頃畝自官授，公私以法編。庶幾九一後,喜看古意傳。兩稅之法行,庶民之弊延。不識擊壤事,價求種玉仙。水起錢神浪,風舞文法箋。闔陽野換色,開陰蘿噴烟。我公作霖日,域中欣泰然。仁流天澤溥,令下鏡華懸。遐想荒土績,高詠徹田篇。尋尺經地紀,阡陌應天躔。漸鴻通海島,舞鶴盡晉川。安世以地定,我公以產平。責授本有異,上功俱稱賢。萋萋陽春路,肅肅重民天。泉山四國仰,滄海百川戀。雨師溢恩濺,風伯颺聲綿。何須鄭國水,盛德自千年。

贈喬純所戀敬榮擢江右大參

六條憲天下,專麾出海隅。山河襟帶國,日月炎離都。陸贄經綸業,機衡文藝儒。延津度劍氣,溫陵廓雄圖。幰輅蓬瀛近,旗纛雲蜺殊。憶公分闈日,方痛脫巾呼。膏血愁猶在,老穉息未蘇。束薪過毒寇,熬骨如洪爐。公按七邑屬,鏡洞仁亦孚。墨吏不敢肆,良民無冤辜。式瞻帷褰去,遂覺化覃敷。草染和氤潤,花競清霢腴。漫漫烟歸渚,烜烜星燦湖。雲間鶴傳樂,海上龍還珠。已識范滂志,還駕黃石符。回天資漢策,破浪假□艫。搖羽胡笳徹,揚旌重譯輸。燕貉無後至,庸濮競前驅。連雲樓船會,拂電鬪士趨。鯨鯢當日翦,豺虎百年無。海曲宣風地,草茅沐化軀。未懷硯岡磶,尚想隆中圖。清白雪霜節,山高江漢謨。春風橫野望,曉日觸心瞿。留犢敢操筆,掛牀願效愚。思君豫章去,化狎二江鳧。杖戟今北指,人馬望踟躕。

爲陳蓋臺王策君題菜圖

望望洛橋南,翹首壺山看。岡勢相經亘,海濤轉回盤。陳君早拾芥,試硎文學壇。經籍摘鉛槧,蘭藻煥琅玕。後繞蓮花綺,前瞻金粟丹。初履清霜署,頓覺小巢歡。藿食懷長策,菜根耐百艱。最喜葵蔬晝,青紫光樊欄。以君太素質,對此淺絳觀。腸腑與滋味,淡泊總一般。此徒助鼎俎,不當爲素餐。此兆入宸夢,曾聞冠金鸞。皓皓清源景,洋洋黃龍灘。始知祥物現,都在壁上紈。

春 雨 行

輕風細雨後,草樹新含春。雷出驚閃電,烟霏凝紫茵。薄潤没日色,紅碧鬪花芬。化工播淑景,歡遊及佳辰。我行巖野下,試問負耙人。春深已如此,天澤未洽淪。豈不沾沾至,依然燠如焚。曾傷雲漢虐,誰知今轉殷？往歲春雨少,祈禱處處喧。天公漫不應,雨師來不瀕。下田激潮水,播種已畢耘。高田競種豆,華實落紛紛。一朝滂沱俾,百尺漲江瀆。連日沉淹浸,高下同蕪蓁。少時渴涓滴,多時苦渾潛。室既如懸磬,邑亦無輪囷。彼蒼不假恤,何處愬慇懃。但仰海飛輓,筋骨備爐銀。日換升斗粟,且供妻豚吞。若無苛猛虎,粗可圖饗飧。傷哉追兵突,咆哮東西村。雞酒長鯨吸,孔方不饒文。係縲公庭候,木石亦生噴。索我催勾例,索我保押緡。輸負三厘半,票飛一卒跟。又有徵税外,公私無觸藩。胼足事田畝,忽兮惡聲聞。稱稽古絶業,并及寺佃民。持此奉中貴,騷騷貊豨塵。當此荒祲日,逐捕滿四鄰。報傳發倉粟,平糶振饑貧。良善豈望惠,豪猾僅得龔。即沾銖兩便,半為胥徒分。發糶曾未幾,糶穀如束薪。大戶飴百十,小戶損釜鈞。我本農家子,敢希一粒陳。多為買倉粟,里甲通融均。雪上加霜露,葘禍雜紛繽。何如勿發賑,寬得一分仁。佇聽老農訴,悵然默嚘呻。發倉古美事,民今不為恩。況如苛政酷,可知百倍冤。多制非國福,勿擾吏治循。只見春光好,豈意春膏屯。只道天隔越,豈虞人盡秦。纔歡遊得侶,今我眉轉顰。歸去衡門掩,東窗鎖白雲。

春遊芳草行

鬱鬱適相逢,萬事來填委。春色豈不歡？此時正蓬纍。高歌喬林下,忠憤不可揣。目極燕冀雲,氣劇屈賈壘。遠徑惜草荒,流水看魚唯。草不厭茝蘭,魚不厭魴鯉。皇皇聲利塗,何獨惡我你。

初夏有感[18]

大明馭海內,太陽煥其精。赫矣流珠狀,皎然連璧形。吾觀鶖子說,每日景屢更。旭旭炎曦燿，暎暎茂禧榮。加以嚮晦處，更存遵養情。天地生萬物，一陽通元貞。舒之容光照，動之物類亨。嘆息成周治，泰階何其平。於今懷長策，叙述聞賈生。

伴客行

桃李垂街實，倒屢賞濃香。飄然清風至，薰爽天際凉。煩疴已消散，伴侶忽同翔。公門今羅雀，佳實何穰穰。自慚遐跡早，幸遇世界康。障破是非遣，神和爾我忘。近自山樓上，遠瞰奪利場。達順自爲術，抱冲惟守常。新荷芳過浦，橫笛聲繞梁。到處是嘉會，琴酌清光長。

炎暑短歌行

南星流大火，熱中人不安。鳳歌知已殆，龍劍望自寒。孤雲遶岫宿，吾心天地寬。

苦暑

繚繞倦炎燠，沉默俟風清。暫輟魔筆翰，棄惡隈送迎。聽鐘禪意動，捲簾物態平。暗覺靜中景，微凉此際生。

看賈玉行

赫赫豪遊子，勢利起炎氛。忽燎崑崗火，嘆息石俱焚。愛憎生豪末，禍福變風雲。曾聞握白瑾，光涵虹彩文。君子以比德，王度是式遵。六瑞等邦國，三棘寶璵璠。山韞木含潤，櫝藏席抱珍。其用隨時變，其權盡在君。亦有觀王父，亦有泣王閽。不貪自爲寶，賈害何足論。賜玦非福至，缺齒豈祥臻？箕山有高致，湘水有清芬。皜皜完大璞，千古其誰群？

見龍行

吾觀龍變化，乃是至陽精。小如蠶蠋狀，大涵江海浤。形之延劍動，變之周麰鷟。古稱神幻物,信與元化並。五彩舜圖負,六乘羲卦成。登仕龍門閃,鑄鼎荊山崢。苟將爲世用,亦異凡類生。衆人眯道術,禹步吹縱橫。最惡桓溫盡,遠羨南陽耕。形象誰能測?玄冥本無聲。一朝雲雨作,訇然迅雷轟。

清 秋 吟

遠遯無高興,清秋伴白雲。辛勤古昔事,沉吟風雅文。霞谷何寂寥,煙景自昕昏。簾幕鄰烏鵲,户牖秀苴芸。瓊靡和露飲,菊英陪酒湌。飄零已如此,暮蟬豈堪聞!收功功何似,騷騷倚蓽門。

倚 樓 歌

新居傅巖下,馮峯結小樓。俯仰乾坤闊,枕籍溪海悠。秋色涵烟碧,凉雲繞岫浮。關山塵界外,業障錦江頭。江頭學釣魚,魚戲不上鈎。我年如吕父,安得岐周侯?周侯不世有,吕父空[夷]猶。問津過楚岸,端冕思禹疇。孤舟泛覺海,一柱砥橫流。橫流割方寓,僞譚亂真脩。上寡知己遇,下鮮同志儔。少壯不如意,老去徒悲秋。近水常得月,我今見月愁。月光長四照,何我獨幽幽。

望 泉 山

北面泉山洞,泉清爽氣多。風高塵塩歛,境静俗情摩。蘭桂聯芳笑,鸚鵡競巧歌。日落浮夕影,江流起逝波。生涯杳入夢,世事嘆成旛。藜杖全孤節,菊華養太和。已追孔北海,更學蘇東坡。江南雲帽紫,兩山峙嵯峩。此中潛大隱,物外任抛梭。靈均不敢吊,反騷更若何。

暮宿白葉山莊

寂寞深林下,幽貞誰與群?落日憐過鴈,青山伴旅魂。世業寄鳳墟,丘墳望鵝墩。莊館煨爐後,荒址蓁蕪存。呼僮翦荆棘,樹藝葺籬藩。今秋禾稻熟,輸負滿前村。農家時作苦,樂歲競歡欣。太平如有象,何必悲秋雲。

秋樓吟二首

十里平原徑,結樓倚木深。中有謫仙隱,都無人世心。凌霄我戀祖,舉目紫雲侵。清源作賓主,縱望台光臨。門前席芳草,宅畔蒙脩林。梅李景初歇,龍荔叢更陰。絲竹歡嘉會,鸝鴛送好音。暮蟬聲入幔,疏螢飛撲襟。陶籬菊蕊爛,謝堦蘭玉森。詩成不慣酒,伴至但聽琴。休憔秋色悴,且對秋聲吟。吾已休世事,開懷顧影衾。

又

樓上常極目,世情似已閒。綠樹夾流水,白雲掛遠山。黃鵠來何處,翱翔烟波間。羽毛參天宇,東西搖風圜。雲漢爾撇壽,飛斾將誰攀?孰與白鷗鳥,水際自開顏?興隨湖汐泛,機忘飛宿閒。錦田恣飲啄,龍江時往還。九日登望闊,一見意闌潛。孤樓傷寂甚,畏途苦行難。寂寂猶全璞,行行悲倚蘭。況復淒風動,蕭蕭錚鐵班。此身忙何事,趑趄罹百艱。

清歌行

魏闕曾承乏,江湖放遯還。浮雲京國變,流水蓬瀛環,對此丹林樹,悠悠強破顏。塵襟常抱瘵,遠志惟慕閒。故人來問訪,清夜叩玄關。道同新調合,味投淡芳殷。天闢桂蘭徑,月瑩瓊玉寰。長歌歌寡和,短歌歌未闌。清歌歌一曲,流響愀空山。蕭蕭稔老嘯,幽谷是所攀。

寒風歌

風勁霜威揚,萬象歸深藏。行邁無前侶,御風意洋洋。風發自廣莫,颰來在我旁。我昔抱小草,欲乘破長浪。今已灰心老,空爾號徬徨。文明慚虎變,退飛悼鷁忙。知風不能避,北風不能強。翼風不能摶,終風徒自傷。傷我寒芳質,一冰倚孤牀。風霜中挺拔,龍鳳共翺翔。絲桐韻風雅,鶴鳴唳風光。敢云君子德,歲寒拂衣裳。

巖野行

家在巖山下，巖野主人居。雖邇郡城外，總爲小隱廬。本分傅巖派，今歸版築餘。隆冬土功動，般倕并鉏鋤。巢燕初落構，旋馬僅容車。垣墻不圬餙，茅茨不翦除。三千望裏界，六一窗前書。默探草玄訣，白守太素初。朔風常作客，彩霞時映渠。學曾聞一貫，騷乃比三閭。瓠人斤質亡，伯牙桐音疏。孤庭嘆凉月，耐寒獨晏如。

山僧對話

山人與僧偶，幽林俱避喧。風霜稿草色，凈空寂教門。君子有高躅，忘骸相温存。浪說因緣法，了然次第禪。碧山住真慧，流水洗六根。顧我何煩惱，不入削髮群。剥終見一復，貞下起天元。絕無芥蒂累，自是性道源。盡爲化身計，誰可撑乾坤？性界自無欲，優游度昕昏。

冬夜夢

滿目蕭蕭望，常在枯槁中。身寄竹梅裏，心與松柏同。那堪歲芳盡，更使春夢逢。夢遊三山上，飄飄豜閶風。仙聖擣丹鼎，雲鶴盤瓊宮。棋看柯未爛，桃食樂無窮。雪爾鳴籟焱，驚醒霜半空。變化非一狀，夢覺別雌雄。登仙已息念，戀闕徒飛蓬。不知炊粱枕，何緣遘吕翁。

冬圍行

亡嗟天地閉，貞元剝復時。韶華歲已盡，啓籥物先知。荔挺凌霜苗，梅花帶雪麗。古稱隱君子，安土隨所宜。南方和煦地，隆冬亦委蕤。賞心看物曠，潛神對景怡。曾遭世味變，混同世情熙。動處天心見，静中天樂頤。四時皆佳境，何事戚戚悲。

贈唐子喬楨掌嘉禾篆

高天明太白，瀚海未銷戈。吾子分符去，予心奈別何。長風移武座，擊楫渡

171

鳴珂。夙仰敦詩禮,嘗聞學牧頗。泥丸封倒海,強弩矢回波。水晏鯨鯢盡,天清日月和。遥搏萬里程,發軔自嘉禾。

弔支推府子憂去位

楓樹千聲滿,秋風焱氣豪。喜看戲綵會,帥痛視衣勞。曙月慈烏囀,背園玉笋高。野花愁對客,泉水咽歸濤。憶昔陟岵話,逢君飛鳳毛。舞衣偏籍杏,獻壽豈論桃!日月開屏几,風雲掛笏袍。地播膏腴澤,天寵綸綍褒。川逝嗟何及,民望今已牢。暫收白雪唱,更調陽春璈。宇宙論勳業,山河邕鴻波。無窮未炎耀,翹首三江鼇。

壽劉大尹

聖神念遐陬,銓部簡諸侯。文學結符綬,海國分隱憂。惟君起江右,拜命承天休。匹馬燕臺出,一星嶺表流。雲麗彩繞座,雨施澤霑鷗。地迥蒼垂幔,風和囀互謳。昔以文章著,今以政事優。此邦鄰日域,城雉望滄洲。蜃樓常噴霧,鯨浪時驚艫。物繁釀怒臂,網漏失吞舟。林箊半原海,萑藪伏貓貅。我公來朞月,丰采壯謨謀。魚鹽填里巷,禾黍盈田疇。易俗無猛虎,安民仰遺裘。上蔡已歌德,小黃更願留。適此陽月至,正值水德浮。執權坎位乘,觴壽盈數酬。天開將履瑞,春回自泰猷。操與冬冰潔,王母今行籌。

贈尹斗山大尹去思

仙鳧起葉縣,龍劍度延津。送送鶴琴伴,蕭蕭車馬塵。貪泉猶覺爽,采蕪一何貧。爹收不歸吏,犢留特贈人。公道總在世,憶公當似春。

壽劉二尹

水秀沅湘上,山聳衡岳中。公家棣萼映,鬱爲荆楚雄。佐理融風日,斗杓建亥逢。壽星天中系,片詞祝華嵩。

七言古風

過淮安舟次吟[19]

我爲服闋赴燕臺，琴聲未調筑聲哀。一望洪水連天闊，挂篷撐過臨淮來。臨淮訪古更悲傷，聞說淮陰欲斷腸。胯下忍驚一市笑，塵中誰識國士强？漂母不過憐王孫，杖劍西歸未有聞。不是滕公奇言貌，烟樹盡籠十輩魂。將壇數語三秦定，迭出水罌背水奇。囊沙堤决龍且碎，假王勇略震一時。一時雄傑誰與比？拔山力盡舟空艤。江東子弟看何在？赤帝山河奠鼎蕭。三分固謝蒯通策，偽遊始信良弓藏。不賞高功無退地，萬家廠塚枉在旁。若使學道知讓能，破軍何必王齊楚。寧獨龍準生疑嗔，已招附耳躡足語。流言赤烏猶居東，成王感悟緣天風。功成惟有拂衣去，扁舟駕泛五湖中。五湖便無隱身處，辟穀應須從赤松。自古勳烈既震主，又遇怛中猜忌重。由來難與同安樂，孰似蠡良最高蹤。烟霞遙嘯會稽月，口吻絕譚黃石書。身名俱全號上節，豈戀秦越駟馬車？沉吟往事淚滿襟，淮水東流夕霧陰。騷弔湘纍我扼腕，族如信越我酸心。不知持盈總有道，虛誇烜赫忽西沉。

長安道

青眼陽春白眼秋，世事炎涼巧拙謀。薰風拂袖烟飛度，雪山晅日冰消流。榮枯自有蒼蒼命，高低爲我問君平。君不見吕霍焰時客，丹轂朱輪聘柳陌，瞥似茵華落玉魄。

行路難

鵬搏扶遥九萬里，燕起雲程已八千。自我間關牛馬走，爾來跋涉三十年。水闊天長無羽翰，魂飛魄苦摧心肝。滿目風波荆棘道，蕭瑟方知行路難。宮中妬殺蛾眉好，席上侈珍金穴寶。綺紈俠客煽炎灰，輕薄少年侮犂老。方柄員鑿空相摩,翻雲覆雨安可保?招招舟子渡頭喧,卬須我友問邛津。黃河水底長鯨窟,鋸齒磨牙競食人。莫滿舫篷飛箭鏃,莫摧馬足眯車塵。又有畏途干戈阻,窦貐咆吼橫黃昏。昔日曾隨春風起,三素雲中拜紫元。忽聽子規啼夜月,重垂烏鳶哺寒雲。朴忠自古無與立,直道由來最難容。況當嶮巇巉巖路,使人見此心惘惘。嗚呼難哉!南北名利相奔逐,側身何處是高蹤?

贈司訓鄭子雲誕長孫

四望泉山春色懸,更有二扉來瑞烟。座上文明風教邇,天中斗極化機連。歌麟趾兮振振動,歌鳳雛兮嫵嫵翩。可畏後生吾老矣,試咨黃石圯橋前。

題張星湖遂溪遺愛歌

雷陽襟三島,濱海億千家。下有溟洋之波濤,上有巒障之樹花。張君作宰於其地,邑播絃歌饒桑麻。爛如瓊海明珠碧,皎如南斗飛星斜。濡如湛露浥秋草,清如皓月照仙槎。齊民痛痛釐君憂,上官意忌不能□。掛冠已去二十載,邑人遺愛猶未休。東粵憲使史夫子,烈霜最喜揚潔修。行部按轡問遺俗,父老語及張君涕泗流。嗟君林壑埋清白,空餘瀲澤潤田疇。因爲君樹遺愛碑,硯山時發晉黎思。循良有恨蒼生惋,揮毫便作遂溪詩。自古賢豪不遇多如此,請君排遣莫淒悲。

壽王紫南[20]

南極老人星蒼蒼,紫帽萬丈參玄光。烟霏浩浩楓梧景,曇靄沉沉蘭芷芳。我向其中訪古蹟,是爲金粟真人飛仙之幽方。古之歷數如彭聃,古之脩隱如綺黃。笙歌夜來縱嶺月,鑪烟朝起博山香。百年三萬六千日,看君今稱七十觴。筋力既壯錚錚鐵,鸑鷟又多冉冉揚。金坑自有煉真訣,試方諸老孰短長。

壽陳志齋太安人莊氏六十

積翠兮青陽,揚芳兮梅岡。上有古栢之可舟,下有長楸之可傍。江都人豪陳太守，拱梓垂陰蔭壠畝。北山不遑將母劬，南山遥拜觴母壽。春風吹緑溫陵草，夜月朧深越國雲。瑶池籌箅桑榆始，百年之樂樂釅釅。

壽錦峯兄八十[21]

紫帽一氣凌泰清，紫帽一氣連滄溟。回飆吹散八方坛，遥看南極老人星。吾兄戩福有如此，大耊之年望錚錚。箕裘磊落錦江艷，詩禮芳菲傅野馨。嘯發白雲縈三島，目極瓊樹茁千枝。茘栢高連綺電幄，竹松裒挺鼓雷旗。春風若解天外意，喬木應先物數知。青青長繞白頭在，把酒臨風試問之。上燕百年之風景，下貽百世之丕基。

爲陳心庭題蔡宜人像子獻樞，余孫婿。

衡州別駕陳夫子，宦節清如楊伯起。十年州郡四壁家，宜人遺像掛在此。瓊姿冰質映丹青，霞帔霓裳爛繒綺。妙齡蚤沉香佩璵，一兒今能讀父書。文史三冬曾足用，總角浪吹泮水魚。坦我東牀誦我詩，三復蓼莪涕交頤。云我有母童年背，今我有父萬里馳。時命未濟途多舛，浩恩罔極報何時。空對形圖甘水菽，心非木石能勿悲。嗟子勿悲且奮思，聽我低聲歌一行。不見孔門曾仲閔，鍾釜豈盡及親甞。備羅荼苦涉艱辛，慈顔杳絶見無因。立身揚名今稱孝，徑須景行古時人。織縑織素休嘆問，母愛子抱情所至。如彼階前玉樹花，陽春華秀正嬌媚。鳳侶此時應笑看，豈繞夜烏悲訏訏。瀉水平地東西流，宦途藝林各好修。一朝汗竹跨前武，玉顔壁上祥光浮。

長 短 句

題蔡海東孫士瑜塘東水亭

君家何在名塘東，長風萬里送秋鴻。昔日海東最豪發，常懷逸興摩昊穹。經史文章擬揚雄，直上青天覽華嵩。我昔少年與君駢，攜手斐遲天路長。君今孫子又清發，其中繩繩何從揚。俱懷雅思眺盧眉，欲馳閶闔奏宮商。邀仙山之凌兢兮，聽天籟之汪洋。浮瀛海之波濤兮，振大雅之鏗鏘。盤沙石兮月垂鉤，據輅軒兮雲對揚。近之濫瀏乎洙泗，遠之摧破乎天荒。君不見磻溪一石臺耳，水內環以茫茫，山外蟠以蒼蒼。清風明月長在望，功業烜赫何可當。塘東鄉，海東岡，表裏江山正嶕嶢，左右詩書憶古羌。到處形勝纓帷幄，便蹤先達數低昂。

題青芥圖呈程龍湖有守二守

高堂壁上圖山水，看見蓬瀛巫峽列繒綺。高堂壁上圖神仙，看見偓佺彭聃在尺咫。壁上誰爲青芥圖，烟生緗縑青紫裏。青紫垂色，水火變形。水兮形生，恍若洞庭湖中魚龍旌。火兮形熟，恍若渭水磻中鹽梅羹。（下原缺）

錦　江　行②

（上原缺）和日煖常啁恩。竹林七子賒去路，蘭亭雄筆何足言。舉頭向天天益遠，酌酒開心心亦煩。眼中惟見將暮日，別意與風繞背萱。

登　望　行

登高閣，北望冀，南望海。冀中六龍飛御天，海裏三山流成甗。倒凌南斗看仙城，風雨一聲巨鰲待。鯤鵬翼搏扶風搖，日月槎浮祥烟塏。三十六曲水縈廻，一帶中散萬花彩。意氣當時傾九垓，誰信飛零閩國來。朝宗□束壚畔蒲，乘桴笑取洙泗材。蒸雲霞之薈蔚，網珊瑚之琅瑤。樓蜃噴霧，騰蛟鼓潮。似驅燕石，更憐楚招。總爲飄風催蘭桂，角巾南下滄州遼。雖既還山尋故巢，猶似長安門下渡石橋。君不見公子牟，身江海，心殿闕。望中似以管窺天，心裏常疑冰就熱。黃粱炊枕車塵喧，醒時空悲草芳歇。倐魂悸以風動，恍神駭而電惚。世間萬事枉紛奔，古往今來風花瞥。摳衣歸去錦山下，聽風聽雨駕吾説。

【校記】

① 集前總目作"贈林子之南海"。

② 集前總目作"庚申燕邸候補"。

③ 集前總目作"春遊雜興"。

④ 集前總目作"夏賞雜咏"。

⑤ 集前總目作"壽學士李行麓椿萱"。

⑥ 集前總目作"贈年兄唐小漁給假葬漁石公"。

⑦ 集前總目作"贈泉通府張谷泉入覲"。

⑧ 集前總目作"贈況丹湖貴陽督學"。

⑨ 集前總目作"看荷花"。

⑩ 集前總目作"贈堪輿師蘇士中"。

⑪ 集前總目作"感懷自嘆"。

⑫ 集前總目作"北上長江過金山"。

⑬ 集前總目作"夏賞觀東湖荷花"。

⑭ 集前總目作"看鏡"。

⑮ "遣興"：集前總目作"遣懷"。

⑯ "口占"：集前總目作"戲題"。

⑰ 集前總目作"春日有感懷"。

⑱ 集前總目作"初夏感懷"。

⑲ 集前總目作"淮陰舟次吟"。

⑳ 集前總目作"壽王紫南七十"。

㉑ 集前總目作"壽堂兄廷文八十（高州通守春容父）"。

㉒ 此處原缺一頁，題據集前總目補。

題叔祖錦泉先生文集後

　　余小子往計偕,强而服官,延接寓內諸薦紳豪雋,肅揖一二語寒暄外,即問錦泉先生。余曰唯唯。已即舉其制義,且誦且詫美弗置,已又問先生它雜作。余索諸行囊,得一二際客,仍詫美弗置,恨未覩其全也。

　　茲集梓行,余作而嘆曰:"夫文果雕蟲技哉?"國家以制義囿士,士亦以制義自囿,剽外郛,啜餘醨,僅以獵取一第而止。試質以秦、漢人語,輒面頳無以應,若墳索無論已。邇來士慕古比比,知有秦、漢語,然不會其意,徒掇其詞,遷、固、老、莊,幾無完膚。其高者鈎爲隱語,倔爲澁體,眩睞駭聽,不則緣餙以內典,色相業障,異端紛疊。文之盛也,惟今日,而敝也,亦惟今日。

　　三復先生之文,沛若江流,藹若春溫,富若武庫,誠足以砥柱横流,稱一代宗工。至其時發爲詩歌聲律,陶寫性靈,體物含象,天趣潑如也。雅以躬行隱約,鏟采埋光,不欲雕蟲牛耳。諸賓客每摘其一二付之梓,輒不爲心喜,以故集久未播,詩文且散佚十之五六。

　　甲午歲,捐館舍,諸子姪廼檢故笥,得其僅存卷帙緒言。嗟嗟!豈以先生砥亡論著而可勿傳?昔人以言爲心聲,又曰"文以氣爲主"。先生髫年下帷發憤,自籍經子史,以逮季主、計倪之書,鮮不考究,而宅心醇易沉厚,絕不知有伎倆雌黄習態。惟其氣完心正,故捴而爲文,大都肖之。今集播矣,和白雪者,當有定評,諒不以小子阿所好云。

　　萬曆丁酉正月上旬,姪孫履階頓首書。

校 點 後 記

《傅錦泉先生文集》五卷,明傅夏器著。

傅夏器(一五〇九——一五九四),字廷璜,號錦泉,福建南安錦田人。祖傅智,字時明,號電山,弘治三年(一四九〇)庚戌乙榜,歷官弋陽訓導、高安教諭。父傅齡,以子夏器貴,贈禮部主事。二弟傅商器,字廷璉,號錦里,"博通五經,尤邃於《易》,諸子、史皆淹貫"(乾隆《泉州府志》卷五十五《傅商器傳》),蹇滯科場,先其兄而逝。夏器少時閉門苦讀,足不窺園,"自籍經、子、史,以逮季主、計倪之書,鮮不考究"(《傅錦泉先生文集》卷末《題叔祖錦泉先生文集後》)。師從蔡清門人蔡潤宗,精研《易》理,與黃光昇、蔡克廉、梁懷仁並列爲其四大高足。十八歲讀書已過萬卷。年二十三,登嘉靖十年(一五三一)辛卯科鄉試第六名。但此後磋磴春闈近二十年,遂愈發憤爲舉業之文,"沉酣於六藝百家之言"(吳偉業《梅村家藏稿》卷二十八《傅錦泉文集序》)。歲初置一甕於几下,每作文捻而納之,歲末已滿,其矻矻如此。

嘉靖二十九年庚戌會試,傅夏器以不惑之年高中會元,闈文一時風行天下,京城士人嘆爲"從來會元所未有"(乾隆《泉州府志》卷四十三)。因廷對時斥責權貴,權臣嚴嵩甚爲嫉恨,又遣人試圖招致門下,被傅夏器拒絕,因此廷試僅名列二甲第九名,授儀制司主事。三十二年奉命提調會試後,其座師歐陽南野讚嘆"不意君精經術,顧精世務也"(乾隆《泉州府志》卷四十三)。後歷任光祿丞、吏部稽勳司郎中。由於他在任免事務上與閣臣意見不合,遂拂衣南歸。

歸鄉後隱居於錦田山,廣買荒田,與僮僕共同勞作,開闢園圃,"離支、龍目、來禽、青李,皆身植而手蒔之"(何喬遠序),"皆名品異種,自給不外求"(何喬遠《閩書》卷九),絕跡於權貴之門,時人讚其持身有節,"精心制舉,以名其文;精心種樹,以名其果"(何喬遠《閩書》卷八十八)。傅夏器熱情地接待登門求教者,並諄諄告誡年輕學子:"爲人最要緊者在於立身,大節處切不可隨聲襲響,依人門戶,以至不可收轉。"(乾隆《泉州府志》卷四十三)

隆慶初,泉州知州萬慶聘請傅夏器與尤烈、朱安期、趙恒等纂輯《泉州府志》,隆慶二年(一五六八)告成。穆宗即位後,朝廷欲起用,但傅夏器早已無意於仕途。萬曆二十二年(一五九四),卒於家,享年八十六歲,葬於一都金雞報親寺後。著有《易義》及《錦泉文集》。

《傅錦泉先生文集》五卷,由其子侄蒐集編刊。卷一序三十二篇,卷二序三十四篇,卷三序三十九篇,卷四碑文三篇、記十篇、傳一篇、説二篇、墓誌銘十四篇、祭文十篇,卷五各體詩三百零九首,其中五言律詩七十七首、七言律詩八十五首、五言絶句三十首、七言絶句七十四首、五言古風三十四首、七言古風九首。書末有萬曆二十五年正月傅夏器侄孫傅履階所作的跋文一篇。文集所收詩文大多爲應酬文字,其文主要涉及薦書、祝壽、贈行、記善、爲親舊作傳、闡釋字號大義、應邀撰寫墓誌銘和祭文等。傅夏器爲文,汪洋恣肆,情真意切,言之有物。

《傅錦泉先生文集》,現存五卷,《明史》卷九十九作"六卷",乾隆《泉州府志》卷七十四作"四卷"。傅夏器去世三年後,即萬曆二十五年,南安傅氏首次刊刻,題名爲"泉郡傅錦泉先生文集五卷",何喬遠作序,書尾有傅履階跋,國家圖書館有藏。據周茂源所作序文、乾隆《泉州府志》卷五十五、嘉慶《松江府志》卷五十五和民國《南安縣志》卷三十一《傅爲霖傳》等文獻所載,康熙六年(一六六七),其從孫傅爲霖(字石漪,號晦三)任松江府通判(《重修台灣志》載其被殺於臺,實爲傳聞之誤),抵任之初,攜其祖《錦泉集》與雲間吳偉業、周茂源、張若羲、董俞等輯校爲五卷,作序而印行,後被收入《四庫未收書輯刊》第五輯,扉頁題名爲"重刻叔祖錦泉先生文集五卷",目錄題名爲"刻泉郡傅錦泉先生文集",文中"夷"、"寇"等字被挖掉。該刻本被標爲"明萬曆刻本",蓋緣於其卷末有萬曆二十五年丁酉傅履階跋。實際上,此次重新校刊只是沿用了萬曆刻本(即初刻本)而進行了挖改,而非重刻,卷首校者姓名中列有傅爲霖、傅用錫等康熙年間傅氏後人,當爲此次重印時添加。清嘉慶十一年(一八〇六),南安傅氏再次刊行,題名爲"温陵傅錦泉先生文集四卷",國家圖書館有藏。

此次點校以《四庫未收書輯刊》收録的五卷本爲底本,參校商務印書館出版的《豐州集稿》點校本等。書中生僻的異體字、訛字、俗體字、行草字體等甚多,均按照《泉州文庫》叢書體例改爲規範的繁體字。諸如卷首目録中的篇名與集中篇名之異同,以及集中文字見録於他集時之異同等,均出以校記。明清之際"江左三大家"之一的吳偉業(一六〇九——一六七二)和清雲間士人周茂源曾爲傅夏器文集作序,重刊本未見著録,今分别從《梅村家藏稿》和《鶴静堂集》中録出而增補於本書卷首。另據乾隆《泉州府志》傅夏器本傳、嘉慶《松江府志》傅爲霖本傳記載,黄九石(民國《南安縣志》卷二十九作"黄八石")曾爲傅夏器作傳,清雲間士人張若義、董俞等也曾作序,惜傳與序均未見。胡勃博士幫忙查找了部分資料,在此表示感謝。

編　者
二〇一八年十二月

圖書在版編目(CIP)數據

傅錦泉先生文集/(明)傅夏器著;閻海文點校. —北京:商務印書館,2019
(泉州文庫)
 ISBN 978－7－100－17437－4

Ⅰ.①傅… Ⅱ.①傅… ②閻… Ⅲ.①中國文學—古典文學—作品綜合集—明代 Ⅳ.①I214.82

中國版本圖書館 CIP 數據核字(2019)第 082653 號

權利保留,侵權必究。

責任編輯　陳明曉
特約審讀　李夢生

傅錦泉先生文集
(明)傅夏器　著

商務印書館出版
(北京王府井大街36號　郵政編碼100710)
商務印書館發行
山東鴻君傑文化發展有限公司印刷
ISBN 978－7－100－17437－4

2019 年 6 月第 1 版　　　開本 705×960　1/16
2019 年 6 月第 1 次印刷　　印張 13　插頁 2
定價:65.00 元